수繡

박계순 장편소설

繡

박계순 장편소설

시와소금

그때는 시간이 느릿느릿 흘렀다

어느 날 낙서처럼 써놓은 한 문장.

그 문장이 시간이 지나면서 꿈틀거렸다. 세포분열을 하기 시작했다. 때론 악기소리를 내기도 하고 때론 채찍소리를 내기도 하는 세포분열은 그러나 꾸준히 진행되지 않았다. 어쩌다 한밤중이나 새벽녘에만 감질나게 이루어지곤 했다. 애를 태우며 수년을 끌었다. 그런 과정을 거쳐 장편소설 '수(繡)'가 탄생했다.

내가 태어나 자란 곳. 아침못을 옆에 끼고 있는 마을 '아치모시'는 나에게 태반이며 요람이었다. 나는 아침못에서 물귀신에게 다리를 채일까 두려움에 떨면서도 여름이면 줄기차게 멱을 감았다.

마을 사람들은 샤머니즘의 짙은 그늘을 머리에 이고 사는 전근대적 백성이었다. 그 대표적 인물이 내 할머니였다.

아득한 시절의 전설이 현재진행형으로 재현되는 토템의 땅에서 나는 땋은 머리타래를 늘어트리고 수를 놓는 '삼분이'들을 보며 언제 나도 저렇게 자라 반짇고리를 옆에 끼고 수를 놓을 수 있을까 조바심쳤다.

바늘 한 땀 한 땀이 빚어내는 문양은 황홀했다. 나는 빨리 성숙한 처녀가 되어 바늘을 손에 잡고 싶었다.

그때는 정말 시간이 느릿느릿 흘렀다.

아치모시가 온 우주였던 시절 내게 알알이 들어와 박힌 기억들. 그 기억들이 소설의 얼개를 짜고 등장인물들을 불러냈다. 그러나 등장인물들과의 동거는 결코 녹녹치 않았다.

나는 그들 하나하나의 언어와 정신과 개성을 이해하기 위해 끊임없이 내 자신을 담금질해야 했다.

자연 속에서 자연의 혜택을 누리며 자연에 대한 외경을 스스로 깨달아가는 삶. 나는 그 삶의 무늬를 수놓고 싶었던 것이다.

과거의 시간을 더듬으며 소설을 쓰는 동안 현재의 하루하루는 휙휙 지나갔다. 달이 가고 계절이 바뀌고 해가 바뀌어도 나는 멈춰진 시간 속에서 더 이상 늙지 않을 수 있었다.

| 차례 |

▌작가의 말

수繡

옛날이 어제가 되고 오늘이 되었어요.
한 줄기 바람처럼 나타난 한 사람 때문이었어요.
그 사람이 기억의 물결을 휘저어놓았어요.
기억의 실마리는 무당 옷자락이었어요.

　　넋이야 넋이로다
　　녹양심산에 저 넋이라
　　넋은 받아 넋반에 담고요
　　신의 신은 받아 옥반에 담아
　　세상에 못 나올 망제가
　　놓고나 갈까

쾌자에 빨간 동달이 입고 붉은 갓 비스듬히 쓴 무당이 아직도 이승의 하늘에서 서성거리는 망자를 저승길로 인도하려고 온몸으로 애를 쓰는데 언월도 삼지창을 허공에 휘두르다 넋두리하고 부채를 폈다 접었다 발 구르며 혼을 불러내려다 갑자기 방울을 세차게 흔들면서 노기 띤 목소리로 꾸짖어대더니 북소리 징소리에 맞춰 멍석 위에서 경중경중 솟구치고 나서 한바탕 진양조 무가를 읊어대며 넋 대를 집어 들고 둘러선 사람들을 하나하나 쏘아보며 거친 욕설을 내뱉고는 한쪽 구석에서 열심히 손을 비비며 머리 조아리는 망자 어미에게 건네주는데…….

아침못 둑에 허옇게 널린 사람들
홀로 못 둑을 오르락내리락하는 무당
득달같이 올랐다가 허청허청 내려왔다가
둑에 올라 못물을 하염없이 바라보다가
몸을 돌려 마을을 향해 주저앉아
주저리주저리 중얼거리다가
목 놓아 누군가를 부르다가
꺽꺽 흐느낄 때
예서제서 훌쩍거리는데
고요한 낯빛으로 하늘만 우러르는 못물
마침내 무명필을 허리에 두른 무당이
너울너울 하얀 저승길을 가르며 못물 속으로 들어 갈 때
못 둑에 울음소리 진동하는데
못물도 몸을 뒤채며 흐느끼는 듯

제 1 부

아침못 물귀신

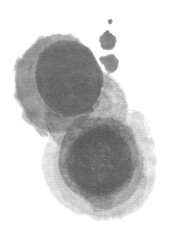

1

왜 안 올까. 많이 아픈가. 아파도 왔는데. 혹시 죽을병에 걸린 건가. 아니겠지. 죽을병은 노인네들이나 걸리는 거지. 분명 오고 있는 중일 거야. 어디 만큼 왔을까. 아마 영자네 울 밖을 돌아오고 있을 거야. 이제 도랑물 앞에 다다랐을 거야.

폴짝 도랑을 건너뛰는 삼분이. 저고리 등짝에선 머리타래가 들썩. 고쟁이 위에선 치맛자락이 펄럭.

나는 벌떡 일어나 대문 밖으로 달려 나갔어요. 도랑도 영자네 울 밖도 그 너머 길도 텅 비어 있었어요. 멀찍이 동쪽 하늘과 닿은 아침못 둑만 동네를 내려다보고 있을 뿐이었어요. 웬일인지 둑이 다른 때보다 더 높고 길게 보였어요.

막대인형 같은 누군가가 둑길을 어정거리고 있었어요. 우리 집에서 바라보면 못 둑에 올라선 사람의 팔 다리 몸통이 누구나 막대기처럼 보였어요. 일없이 혼자 둑길을 어정거릴 사람은 바보 덕배밖에 없었어요. 둥실 솟아오른 아침 해가 아침못 둑을 금빛으로 물들여놓고 있었어요. 막대인형 같은 둑배도 금빛 물결에 파묻혔어요. 눈이 부셨어요.

갑자기 둑이 움찔거렸어요. 못물이 둑을 밀어대는 건가. 금빛 햇살이 둑을 밀어대는 건가. 둑이 무너지면 둑 밑에 있는 삼분네 집이 제일 먼저 물에 잠길 텐데.

둑이 무너졌어요. 세찬 물줄기에 떠내려가는 지붕 위에서 삼분이가 위태롭게 흔들리고 있어요. 지붕과 함께 점점 물속에 가라앉고 있어요.

눈을 부릅떴어요.

둑은 멀쩡했어요.

예쁘게 머리를 땋지 않고 학교에 가긴 싫었어요. 나는 끈질기게 삼분이 발소리만 기다렸어요. 할머니가 담뱃대를 탁탁 두드렸어요.

"깜짝 놀랬잖아!"

나는 빽 소리쳤어요. 담뱃대를 털던 할머니가 움찔했어요.

"핼미는 간 떨어질 뻔 했구먼."

"담뱃재 좀 잘 털어. 방바닥에 구멍 생기잖아. 함머이 땜에 새 집 망가지는 거 몰라?"

"새 집 새 집. 삼 년을 넹긴 지가 은젠데 허구헌날 새 집 타령. 아, 집이 상전이라두 된다더냐? 그럴 바엔 느 에미허구 아예 집을 떠메구 살던가."

할머니가 발끈했어요.

"땅 판 돈 처딜여 지은 집이라구 뻣쩍거리기나 허지. 당최 그전 집 반맨치래두 펜헌 맛이 있길 헌가, 푸근헌 구석이 있길 헌가. 자고로 집이란 훈짐이 돌아야 허거늘."

할머니는 툭하면 내가 모르는 옛집 얘기를 꺼냈어요. 할머니와 티격태

격할 시간이 없었어요. 나는 사근사근한 목소리로 물었어요.

"근데 삼분이, 항아 말이야. 왜 여태 안 와?"

삼분이를 항아라고 해서인지 할머니 낯이 금세 누그러졌어요.

"그러게나 말이다. 엔간이 체헌 거 가주구서는 티두 안 내는데. 고뿔이래두 접쳤나, 원."

나는 구시렁거리는 할머니 앞에 등을 돌리고 앉았어요. 할머니도 삼분이처럼 얼레빗과 참빗으로 번갈아 내 머리를 빗긴 다음 한 줄로 땋아 묶었어요. 그런데 삼분이 손길과는 영 느낌이 달랐어요. 발딱 일어나 거울을 보았어요. 역시 매끄럽지 않고 엉성했어요.

"세껭 딜여다보나마나 핼미 눈엔 댕가리진 게 이쁘기만 허구먼."

나는 고무줄을 잡아 채 묶인 머리를 풀어버렸어요.

"저녀서거 승질머리 허구는."

할머니가 혀를 찼어요. 고무줄엔 머리카락이 엉켜있었어요. 나는 식식거렸어요.

"핼미는 백날 해두 그보다 더 잘헐 수는 읎으니깐, 느 에미헌테 해달래던가."

내가 안채 엄마한테 가지 않을 걸 잘 알면서 할머니는 그렇게 말했어요. 아무래도 학교에 지각할 것 같았어요. 나는 다시 할머니 앞에 엉덩이를 디밀고 앉을 수밖에 없었어요.

어제 뒤란 장작가리 뒤에서 토악질을 하던 삼분이 모습이 눈앞에 어른거렸어요. 난간마루를 지날 때 얼핏 눈에 띄었는데 삼분이는 누가 볼까 두려운 듯 주위를 살폈어요. 해도 지기 전에 할머니에게서 소화제를 받아든 삼분이는 해쓱한 얼굴로 대문을 나섰어요. 대문 밖으로 사라지는 삼분이에게 할머니는 약 먹고 따끈한 아랫목에 배를 지지라고 소리쳤어요. 부엌문으로 얼굴을 내밀고 내다보던 엄마가 입을 삐쭉였어요.

"체허기는…. 허기사 평생 애를 못 낳아봤으니 애 들어스는 구역질을 알 재간이 읎지."

마당에서 사방치기 하던 나와 눈이 마주치자 엄마는 나를 째려보았어요. 자기가 한 말을 할머니에게 고자질하지 말라는 엄포였어요. 나는 엄마의 그런 눈빛에 단련이 돼있었어요. 그런데 애 들어서는 구역질이라니. 그런 구역질도 있는 건가.

어쨌거나 삼분이가 오래오래 많이 아프면 머리를 어찌 손질해야 할지 큰 걱정이었어요. 심분이는 솜씨 좋게 종종머리로 촘촘히 땋기도 하고 한 줄로 땋아 똬리를 틀기도 하고 두 갈래로 땋아 리본을 매주기도 했어요.

"좀 빨리빨리 해. 학교 늦겠어."

나는 몸이 달았어요. 이번엔 엉성하거나 말거나 거울도 보지 말고 냅다 달려가는 수밖에 없었어요.

"아, 몸떼이를 그따우루 흔들어대믄서 으트게 빨리 허라구 성화 바가지를 해쌌는 게야. 우물에서 숭늉 내노랴?"

할머니가 투박한 손으로 내 머리통을 눌렀어요. 나는 얌전히 참고 있어야 했어요. 한동안 할머니와 내 숨소리만 들릴 뿐 조용했어요. 조용하니까 시간이 더 빨리 가는 것 같았고 할머니 손놀림은 굼뜨기만 했어요. 아무래도 지각할 것 같아 침이 말랐어요.

나는 학교에 입학하고부터 3학년이 될 때까지 지각이나 결석을 해본 적이 없었어요. 밥을 못 먹을 만큼 병이 났을 때도 늦지 않게 학교에 갔어요. 학교공부가 아주 좋아서 그런 건 아니었어요. 아버지 때문이었어요. 나도 아버지에게 칭찬받을 짓만 하고 싶었거든요.

아버지는 주말마다 집에 왔어요. 그때마다 할아버지만 빼고 모두 아버지에게 잘 보이고 싶어 애를 쓴다는 걸 느낄 수 있었어요. 갑자기 일꾼들 몸놀림이 날래졌어요. 비 오기 전 분주히 울타리를 쌓는 개미들을 떠올리게 했어요. 엄마는 확 달라진 몸치장으로 딴 사람처럼 변했어요. 삼분이도 살랑살랑 분 냄새를 풍겼어요. 족집게로 가지런히 손질한 삼분이 눈썹은 분 바른 이마에서 두 개의 초승달로 도드라져 보였어요. 할머니까지 참빗질로 비녀를 새로 꽂고 허리를 곧추세웠어요. 엄마는 빨갛게 칠한 입술에 웃음을 물고 걸음은 사뿐사뿐 걸었고 문은 살살 여닫았어요. 그러면서도 순간순간 삼분이를 쏘아보는 눈초리는 매서웠어요.

갑자기 마당에서 심상치 않은 발자국 소리와 인기척이 났어요. 각설이나 시주승이라면 개가 달려들며 짖어댈 텐데 조용했어요. 눈을 마주친 할머니와 나는 퉁겨지듯 툇마루로 나섰어요.

마당에 삼분 엄마 못둑네와 빈 지게를 진 종덕이가 있었어요. 왜 두 사람이 함께 들이닥친 것일까. 종덕이는 밥숟가락 놓자마자 산에 나무하러 갔는데. 그보다 더 이상한 건 백리길이라도 달려온 듯한 그들의 꼬락서니였어요. 못둑네는 저고리 앞섶에 무엇인가를 움켜쥐고 있었어요. 고개를 들어 할머니를 바라본 못둑네가 땅바닥에 고꾸라지며 울부짖기 시작했어요.

"아이구 아이구 마님. 이게 무신 날베락이래유."

퍼뜩 삼분 할머니가 눈앞을 스쳤어요. 하얀 귀신처럼 조글조글 늙은 그 할머니가 눈을 꼭 감고 죽어있는 모습으로. 그런데 그 늙어 꼬부라진 자기 시어머니가 죽었다고 우리 집에 들이닥쳐 울부짖는다는 건 좀 이상했어요.

"삼분아아아아! 아이구 삼분아!"

못둑네가 주먹으로 땅을 치며 딸을 불러댔어요. 못둑네의 몸부림으로 품에서 놓여난 것들이 제각각 널브러졌어요. 하얀 고무신 두 짝과 시커멓고 긴 털 짐승 같은 것이었어요. 몸이 오싹 굳어졌어요. 할머니가 바람처럼 못둑네에게 다가갔어요. 나도 딸려가듯 댓돌에서 마당으로 내려섰어요.

시커먼 털 짐승처럼 보였던 것은 하나로 묶인 머리채였어요. 깨끗이 닦인 고무신과 길고 풍성한 머리채는 단박에 삼분이를 떠올리게 했어요. 삼분이 고무신은 언제나 깨끗했고 머리는 길고 탐스러웠거든요.

종덕이는 행랑채 쪽으로 물러나 빈 지게 옆에 등을 보이고 주저앉아 있었어요. 사랑채 아래 칸에 있던 할아버지가 문을 열고 어험, 기척을 냈어요. 안채에선 엄마와 동생 정우가 대청마루의 미닫이 유리문을 밀어젖혔어요.

할머니가 못둑네를 일으켜 세우려했어요. 그새 못둑네는 기절한 듯 잠잠했어요.

"이보게! 못둑네!"

할머니 목소리가 다급했어요. 나는 벌벌 떨고 있었어요. 내가 떨고 있는 사이 종덕이와 엄마까지 합세해서 축 늘어진 못둑네를 겨우 마루 위에 눕혔어요.

"하양 고무신 우에다가 잘라낸 머리채를 걸쳐 놨더래지 뭐유."

쯧쯧쯧 혀 차는 소리가 이어졌어요. 모여든 사람들은 모두 낯빛이 굳어있었어요.

"근디 못물 어디메께서 그랬대유?"

나는 귀를 세웠어요. 도대체 그 넓은 못물 어디에서 삼분이가 빠져죽었다는 걸까. 삼분이가 죽었다는 게 정말이기나 한 걸까.

"글쎄 즈 집 앞에 있넌 언덕을 다 벗어나서는 펜펜헌 뚝으루 접어드는데 있잖우. 바루 그 밑이랩디다."

"시상에나. 거기메가 젤루 가파라서 못물이 댓바람 짚은 덴디."

"고무신서껀 머리채가 종덱이 눈에 젤 먼첨 띄었대믄?"

"그렇대니까유. 오늘 아침 낭구허러 가던 질에유."

"무지골루 낭구허러 갈라믄 버덩 질루 가야 빠른디 왜 해필 못둑 질루 갔으까."

"누가 아니래유. 뭔가 끌렸던 게비지유."

아낙네들은 끊임없이 숙덕거렸어요.

"아침못 물귀신이 조화를 부린다더니 맞는갑네유. 삼 년을 넹기지 않구 또 한 사람 잡어 갔잖아유."

"영자 엄마 말에 사람들은 대꾸 없이 어깨를 부르르 떨었어요. 모두들 몇 해 전 아침못에서 멱 감다가 빠져죽은 아이와 또 그 전에 얼음구멍에 빠져죽었다는 사람을 떠올리는 듯했어요. 영자 엄마가 목소리를 착 낮췄어요.

"그러구보이 한 목숨이 아니네유. 뱃속 애꺼정 두 목숨이네유."

자기 딴엔 소리를 낮췄지만 우렁우렁 울리는 목소리라 다 들렸어요. 밤골네가 주먹질시늉을 했어요. 모두가 쉬쉬거리면서 고개를 끄덕였고 서로서로 눈을 맞췄어요. 그러면서 연실 할머니 쪽을 흘금거렸어요. 할머니는 사랑채 툇마루에 혼이 나간 얼굴로 앉아있었어요. 담배 피우는 것도 잊은 듯했어요. 삼분이가 애를 배고 있었다는 걸 할머니와 못둑네와 나만 몰랐던 것 같았어요.

나는 학교에 가지 않았어요. 처음엔 학교 가는 걸 잊고 있었어요. 어제 저녁까지 본 삼분이가 밤사이 아침못에 빠져 죽었다는, 그 믿기지 않는 무서운 얘기만을 듣고 또 듣고 있었어요. 어느 새 해가 중천에 떴는지 그림자가 발밑에 웅크리고 있었어요. 아무도 내게 학교에 가란 말을 하지 않았고 왜 안 갔느냐고 묻지도 않았어요. 엄마 눈에는 내 모습이 띄지도 않는 것 같았어요. 엄마는 사람들 사이와 부엌을 씽씽 휘젓고 다녔어요.

씽씽은 아니지만 덕배도 기웃기웃 안마당과 바깥마당을 휘젓고 다녔어요. 아침못을 놀이터로 삼으면서도 동에 번쩍 서에 번쩍 어디든 안 끼는 데가 없는 덕배였어요. 실실거리는 웃음은 여전했어요. 그런데 안 하던 짓을 했어요. 체머리 흔들 듯 고개를 휘저어대고 있었어요. 도대체 왜 저러는 걸까. 갑자기 '도리도리'를 하던 아기 때 생각이 난 건가. 사람들이 혀를 차건 눈살을 찌푸리건 바보답게 눈치코치도 없었어요. 아무리 반편이 칠푼이라지만 삼분이가 아침못에 빠져죽는 끔찍한 일을 당해 모두 얼이 빠져있는데 어떻게 고개를 흔들어대며 실실 웃을 수가 있단 말인가.

바보새끼. 병신새끼.

나는 속으로 욕을 퍼부어댔어요. 늘 측은하게 여겼었는데 그 순간엔 나이를 똥구멍으로 처먹은 덕배가 꼴 보기 싫었어요. 덕배는 열아홉 살인 삼분이보다 몇 살 위라는데 누가 나이를 물으면 언제나 다섯 살이라고 했어요. 좍 펼친 손가락을 하나씩 접으며 다섯까지만 세었어요.

그런데 덕배가 일을 할 때는 바보 같지 않게 잘했어요. 우리 집 밭가는 일과 똥 푸는 일은 덕배 몫이었어요. 양쪽으로 똥통이 매달린 똥지게도 잘 졌지만 이상하게 덕배는 소를 잘 다뤘어요. 소가 다른 일꾼들보다 덕배를 좋아한다는 걸 밭갈 때 보면 알 수 있었어요. 소의 목에 얹은 멍에에 봇줄을 걸어 연결한 쟁기를 양손으로 잡은 덕배는 앞세운 소와 한 몸처럼 움직였어요. 뒤에 매달린 보습으로 밭을 잘 갈아엎도록 소가 덕배를 이끄는 것 같았어요. 소와 덕배가 사이좋게 밭가는 모습은 구경거리였어요. 할아버지 할머니는 물론 동네 노인들까지 밭을 누비고 다니는 소와 덕배를 흐뭇한 얼굴로 바라보곤 했어요.

나는 삼분이와 메 싹을 줍느라고 덕배 뒤를 따라다녔어요. 갈아엎어지는 흙더미에 국수가닥처럼 하얗게 드러나던 메 싹. 삼분이는 흙더미 속에 숨어있는 메 싹도 잘 찾아냈어요.

덕배가 바깥마당에서 오락가락했어요. 아무도 덕배를 눈여겨보지 않았어요. 덕배는 여전히 혼자 실실거리며 도리질을 해댔어요. 나는 덕배에게 다가가 소리쳤어요.

"이 바보야! 실실 웃지 좀 마! 삼분이가 아침못에 빠져죽었단 말이야."

덕배는 얼굴을 일그러트리면서도 여전히 도리질을 해댔어요.

삼분이가 토악질을 하던 뒤란 장작가리 옆에 쭈그려 앉았어요. 닭들이 땅바닥을 헤집으며 돌아다녔어요. 구구구 소리를 사방에 퍼트려대면서. 만일 아버지가 집에 있었다면 나는 학교에 갔을까. 삼분이가 아침못에 빠져죽었는데도 아버지는 내가 학교에 가기를 바랄까.

나는 삼분이가 죽은 사실을 모르고 있는 아버지가 안타까웠어요. 한편으론 아버지가 알게 되는 게 겁이 나기도 했어요. 아무도 모르게 숨어서 우는 아버지 모습이 그려졌어요.

닭들은 줄기차게 땅바닥만 쪼아대고 헤집어댔어요. 모이를 뿌려주던 삼분이가 죽었는데도 알지 못하는 닭들이 밉살스러웠어요. 밉살스런 닭들이 부럽기도 했어요. 자꾸 눈물이 고여 고개를 뒤로 젖혔어요. 드넓은 하늘이 나를 내려다보고 있었어요. 하늘은 구름도 없이 새파랬어요. 삼분이가 빠져죽은 아침못이 거꾸로 매달려있는 듯했어요.

언니. 삼분 언니.

처음으로 내 입에서 터져 나온 '언니' 소리는 하늘까지 닿지 못했어요.

2

아침못은 숨어있어요. 높고 긴 둑과 산줄기 사이에. 마을에선 산 능선과 둑이 겹쳐 보일 뿐이지요. 높고 가파른 둑 위에 올라서야 비로소 못물과 만날 수 있어요. 산과 둑 사이를 아득하게 벌려놓고 있는 어마어마한 못물을 처음 보면 누구나 감탄사를 터트려요. 우와! 어머나! 세상에!…. 그러곤 한동안 말을 하지 않아요.

아침못은 삼분이가 죽기 전까지 내게 서낭당 같았어요.

아침못, 이라고 소리 낼 때면 급히 얼굴로 피가 몰리는 듯했어요. 남의 목소리로 들을 때도 마찬가지였어요. 온몸이 조여드는 느낌과 함께 거짓말 했던 일 몰래 저질렀던 일이 탄로 나는 것만 같았어요. 그 순간엔 억지로라도 착해지고 싶었어요. 앞으로는 정말로 착해져야겠다는 결심까지 하게 했어요. '아침못' 이란 독특한 못 이름 때문인지, 전설 때문인지 그 까닭은 잘 모르겠어요.

전설 속 인물 가운데 유독 젊은 며느리만 맘을 안타깝게 했어요. 아차, 하는 순간 돌로 변해버렸기 때문일 거예요. 며느리는 절대 돌아보지 말고 앞만 보고 도망치라는 스님 말을 왜 지키지 않고 어겼을까. 그게 뭐가 어려웠을까. 왜 돌아보고야 말았을까.

그런데 삼분이는 시집도 가기 전에 왜 먼저 애를 뱄을까. 왜 참지 못했을까. 그게 뭐가 어려웠을까. 그렇다고 생목숨을 끊을 건 또 뭐람. 누가 끌고 간 것도 아니고 제 발로 걸어가서 빠져죽다니. 무엇에 씌우지 않고는 깜깜한 밤에 거길 어떻게 갈 수 있었겠어.

삼분이가 빠져죽은 아침못은 더 이상 서낭당 같지 않았어요. 잔잔한 겉모습 속에 흉측한 귀신을 숨기고 있는 괴물로 여겨졌어요. 뒤돌아본 며느리를 돌로 만든 다음 다시 물귀신으로 만들어 삼분이까지 잡아들인 괴물.

어른들은 눈에 힘을 주고 말했어요.

아침못엔 물귀신이 있어. 혼자 멱 감으면 절대 안돼. 물귀신이 끌어당겨. 물귀신은 혼자 온 애를 제일 좋아한대. 여럿이 멱을 감아도 가장자리를 벗어나기만 하면 다리를 채간대.

여름이 되자 물귀신이 있거나 말거나 때 묻은 땀을 줄줄 흘리는 아이들은 못물에 뛰어들었어요. 그럴 때만은 덕배가 대장노릇을 했어요. 아이들은 병아리들처럼 덕배를 에워쌌어요. 덕배는 바보여도 헤엄을 잘 쳤어요. 아침못을 건너갔다 올 수 있을 정도라고 했어요. 덕배는 물귀신이 뭔지도 모르는 게 분명했어요.

엄마는 정우가 한동안 눈에 안 띄면 다짜고짜 아침못으로 내달렸어요. 볼이 부은 정우를 데려온 엄마는 나를 향해 눈을 부라렸어요.

"누나란 년이 지 사내동생이 못에 가믄 쫓아가 봐야 헐 노릇이지. 태평허게 자빠져있어?"

열 길 물속은 알아도 한 길 사람 속은 모른다는 어른들 말은 틀린 말 같았어요. 열 길 물속을 사람이 어찌 알 수가 있겠어요. 물속에 들어가 보지도 않고. 만약 물속을 알 수 있다면 아침못에서 삼분이를 왜 못 찾았겠어요.

못 둑은 보고 싶지 않아도 보였어요. 고개를 돌려도 못 둑은 삼분이와 함께 눈에 선했어요.

달 밝은 밤 삼분이가 백발 할머니를 부축하고 나온 적이 있었어요. 그날 밤은 모두들 늦게까지 돌아가지 않았어요. 둑이 높아 시원한 바람이 일었고 모기도 없었어요. 둥근 달은 수많은 별들을 거느리고 왕처럼 세상을 내려다보고 있었어요. 못물에서도 달이 별들을 거느리고 하늘을 올려다보고 있었어요. 내 코앞에서는 고개를 뒤로 젖힌 삼분이 목덜미가 달빛을 듬뿍 받고 있었어요. 그날 밤 나는 둥근달과 함께 못 둑을 치달리고 내리달리곤 했어요.

허리보다 높은 우물 턱을 양 손으로 짚고 뒤꿈치를 들었어요. 우물에 하늘과 함께 내 얼굴이 비쳤어요. 수없이 삼분이 얼굴도 비쳤을 우물은 고요했어요. 바람이 슬쩍 건드렸는지 내 얼굴이 흔들거렸어요. 내 얼굴이 삼분이 얼굴 같기도 했어요. 두레박을 던졌어요. 얼굴은 금세 사라지고 숨 가쁘게 물무늬가 일렁거렸어요.

뒤꿈치를 더 높이 들고 허리를 꺾어 얼굴을 우물 속으로 깊이 내려 보냈어요. 겨우 땅바닥에 닿아있는 발끝이 들릴 듯 말 듯 했어요. 우물 속에 거꾸로 처박히는 건 눈 깜짝할 새 일어날 수 있는 일이었어요. 우물 밖 세상이 아득하게 느껴졌어요. 순간 얼굴로 피가 확 몰렸어요. 눈 깜짝할 새 죽을 수 있다는 게 무서웠어요. 발끝이 바닥에서 들리는 듯한 아찔함과 함께 나는 우물 턱 아래 널브러졌어요.

세숫대야에 물을 담을 때면, 접시 물에서도 사람이 죽을 수 있다는 할머니 말이 떠올랐어요.

얼굴을 물이 가득한 세숫대야 속에 쑥 담근 채 참아봤어요. 숨이 막힌 고통을 더 이상 견딜 수 없을 때까지. 좀 더, 좀 더, 좀 더…. 어느 순간 고개가 쳐들리며 입이 딱 벌어졌어요. 헐떡거리느라 정신을 차릴 수 없었어요. 못물 속에서 삼분이는 어땠을까. 너무 무섭고 고통스러워 물속을 빠져나오려 발버둥치지 않았을까.

3

한산하던 못 둑길이 사람들로 울타리처럼 메워졌어요. 마을에서 못 둑을 오르는 길은 윗말 삼분네 울타리 밖에서 시작된 길, 중간 말 밭길 사이로 이어진 길, 그리고 아랫말 신작로와 이어진 길, 그렇게 세 군데였어요. 둑을 오르는 그 길들은 겨우겨우 발을 디뎌야할 만큼 좁고 가팔랐어요. 그 세 갈래 길이 모두 사람들 발자국으로 다져지고 있었어요.

둑 주위의 작은 들꽃이며 키 큰 풀들도 놀랐을 것이고 삼분이를 감추고 있는 고요한 못물도 놀랐을 거예요. 아이들뿐만 아니라 어른들도 아침못의 그런 광경은 아마 처음 보았을 거예요. 아이들은 괜히 들떠서 이

리저리 몰려다녔어요.

웬일인지 덕배는 아이들 속에 섞이지 않고 혼자 어정거렸어요. 실실 웃지도 않았어요. 덕배가 그러거나 말거나 아무도 눈여겨보는 사람은 없었어요. 모두들 얘기를 나누면서도 못물만 바라봤어요. 나는 자꾸 덕배에게로 눈길이 갔어요. 실실거리지 않는 덕배가 이상했어요. 바보가 아닌 것처럼 보였어요.

두 사람이 갈고리를 매단 긴 장대를 들고 쪽배에 올라탔어요. 쪽배는 곧장 오리처럼 못물을 휘젓고 다니기 시작했어요. 둑 아래 물가에 등을 보이고 홀로 주저앉아있는 못둑네는 어린애처럼 작아 보였어요. 못둑네 양손에는 삼분이가 못물 가에 벗어놓았던 고무신과 머리채가 각각 들려있었어요. 삼분아 삼분아, 딸을 부르는 소리는 물속 끝까지라도 닿을 것 같았어요. 고무신과 머리채를 가슴에 안았다가 얼굴에 문질렀다가 할 때마다 못둑네 머리와 엉덩이가 심하게 흔들거리며 못물 속으로 고꾸라질 것처럼 보였어요.

둑 위의 사람들은 훌쩍거리거나 웅성거리면서도 쪽배가 떠다니는 곳으로 눈길을 모으고 있었어요. 나도 할머니 곁에서 쪽배를 바라봤어요. 행여 삼분이가 살아있을지도 모른다는 생각을 하면서요. 그 순간엔 죽어서 장사지낸 사람이 살아나 무덤을 뚫고 나왔다는 허풍쟁이 주상사 말을 믿고 싶었어요.

배는 사방으로 멀어졌다가 가까워졌다가 다시 멀어지기를 하염없이 되풀이 했어요. 진력이 난 둑 위의 사람들은 주저앉기도 하고 아예 둑을 내려가기도 했어요. 하루 이틀 새에 해결날 일이 아니라는 둥. 솔가지 속에서 바늘 찾는 격이라는 둥. 치마폭에 돌을 싸안고 빠졌으면 떠오르기는커녕 물고기 밥이 될 일이라는 둥. 예서제서 한 마디씩 했어요.

아침못이 다른 때보다 더 넓어보였어요. 며칠을 배를 타고 휘젓는다 해도 죽은 삼분이가 스스로 떠오르지 않는 한 그 넓은 물속에서 삼분이를 찾아내기란 힘든 일 같았어요. 나는 할머니 치맛자락을 움켜쥔 채로 몸을 뻗댔다가 빙빙 돌았다가 초조함을 못 견뎌했어요. 할머니가 내 어깨를 잡아 채 옆구리에 붙이며 야단을 쳤어요. 순간 한꺼번에 터진 외마디소리가 사방을 울렸어요. 사람들의 비명소리에 놀란 나는 눈앞에서 벌어지고 있는 장면에 더 놀랐어요. 물가에 있던 못둑네가 못물 속으로 깊이 빠져들고 있었어요. 둥둥 물에 뜬 삼분이 고무신 두 짝과 머리채도 점점 멀어져갔어요.

둑을 내려가던 사람들도 앉아있던 사람들도 모두 한 곳으로 모여들었어요. 삼분이를 찾던 쪽배가 급히 이쪽으로 방향을 바꾸고 있었어요. 쪽배는 냉큼 다가오지 못했어요. 못둑네 머리가 물속에 잠기고 있었어요. 안절부절 못하던 사람들 사이에서 누군가 다급하게 덕배를 불렀어요. 그제야 생각난 듯 모두들 헤엄 잘 치는 덕배를 찾으려고 두리번거렸어요. 덕배는 눈에 띄지 않았어요. 주상사가 물속에 뛰어들려고 했고 누군가는 말리느라 옥신각신했어요.

잠깐 덕배가 눈에 띄었어요. 멀찍이 떨어진 비탈 풀숲에서 몸을 일으켰다가 바로 주저앉는 사람은 분명 덕배였어요. 나는 못 본 체했어요.

할머니 손을 잡고 둑길을 내려오며 나는 삼분이를 빠져죽게 하고 못둑네도 빠져죽을 뻔한 아침못을 이제부턴 우리 꺼 하지 말자고 말했어요. 할머니는 별 해괴망측한 소리도 다 한다며 못물은 그 누구네 꺼도 아니라고 했어요.

"그럼 왜 우리 꺼도 아닌데 못물에 절을 하며 빌었는데?"

"그야 사시사철 마르지 않는 못물 덕에 농사를 지을 수 있으니깐 고마워서 그러는 게지. 이 동네에 있는 논덜이 거반 우리 꺼인데 못물이 읎었으믄 우찌 농사를 지을 수 있겠느냐."

그러고 나서 할머니는 고마움을 모르면 천벌을 받는 법이라며 소리가락 읊조리듯 아침못 전설을 얘기했어요.

"옛날 허구도 까마득허니 머언 옛적에. 그러니깐두루 호래이가 담배 피우던 시절이지. 저 못 자리에 대궐 겉은 부잣집이 있었더랜다."

할머니는 몸을 돌려 손가락으로 못 둑을 가리켰어요. 아침못 전설은 이미 여러 번 들어 알고 있었지만 말하는 사람에 따라 느낌이 달랐어요. 나는 귀를 기울였어요.

"그란데 쥔 영감이란 작자가 욕심이 하늘을 찔르구두 남을맨치 사나워설랑 동네에 피죽만 끓여먹는 사램이 수두룩헌대두 즈이 곳간에 쌀이 썩을맨치 쌓였건만 눈 하나 깜짝 안 허구 쌀 한 됫박 꿔주지 않구설랑 즈이 식구찌리만 호의호식 허는지라 시주승이구 각설이구 간에 사정을 아는 작자덜은 애시당초 그 쪽으로는 눈도 돌리지 않는 판국인데 어느 날인가 범상찮은 시님 하나가 홀연히 그 부잣집에 나타나설랑 목탁을 뒤딜기며 목청껏 염불을 외는데 시주는 고사허구 쇠똥을 퍼다가는 염불 외는 시님에게다 던져대는 통에 시님은 쇠똥 범벅이 되얏건만 미동두 안 허구설랑 끝까장 꼿꼿이 서서 염불을 다 외구 나서는 치마폭에 쌀을 감촤온 그 집 메누리에게만 내일 먼동이 트기 전에 절대루 무신 일이 있어두 뒤돌아보지 말구 도망을 치라구 일르구는 돌아갔는데 다음날 동이 트자마자 희한허게두 그 집에만 뇌성벽력이 몰아치믄서 장대겉이 굵은 빗줄기가 쏟아지기 시작해 눈깜짝헐 새 집이구 사람이구 논이구 뭐구 간에 몽창 물에 잠겨뻐지는데 시님이 일러준대루 급허게 먼첨 도망을 치던 메누리는 두구 온 금은보화가 눈에 밟혀설랑 고만 뒤돌아보지 말라던 시님 말을 잊어뿌리구 고개를 돌리는 바람에 그대루 돌이 돼 함께 물속에 잠겨뻔지구 말았다는구나."

할머니가 푸 숨을 뿜어냈어요. 나는 며느리에 대해 새로운 사실을 알게 되었어요. 며느리가 돌아본 까닭이 재물 때문이었음을. 내가 알고 있던 전설에선 며느리의 재물욕심이 빠져있었어요. 그럴듯하면서도 왠지 며느리가 뒤돌아본 까닭을 재물욕심으로 몰아붙이는 게 못마땅했어요. 한밤에 몰래 써놓은 일기장이나 한 땀 한 땀 수놓던 횃댓보가 눈에 밟혀 자신도 모르게 고개를 돌렸을 수도 있지 않은가. 남의 속마음을 어찌 알 수 있단 말인가.

"하루아침에 대궐겉은 집이 집터와 함께 못물이 돼뿌렸으이 아침못이라구 부르게 된 게야. 사람이 제 욕심만 채리구 베풀 줄 모르며는 은제구 간에 천벌을 받는 법이지."

나는 할머니의 느린 걸음에 맞춰 걸으며 아침못 전설을 되새겼어요. 스님에게 쇠똥을 퍼붓는 욕심쟁이 영감의 모습과, 빗줄기가 억수같이 퍼붓는 모습과, 도망을 치다가 뒤돌아보는 며느리 모습이 눈앞에서 어지럽게 어른거렸어요.

뒤에서 빠른 발자국소리가 났어요. 덕배가 바람을 일으키며 할머니와 나를 앞질러갔어요.

"저녀서거 화상이…. 그런데 아까는 대관절 어디 처박혀있었던 게야?"

할머니가 걸음을 멈추고 멀어지는 덕배를 향해 중얼거렸어요.

"덕배가 이상해."

내 말을 할머니는 시큰둥하게 받았어요.

"온전치 못허니 이상시러울배께. 미화천치가 그럼…."

"미화천치 같지 않아서 이상하다는 거야."

"미화천치가 갑재기 온전해지기래두 했다듸?"

"아까는 실실거리지두 않았어."

"반펜이라구 주구장창 실실거릴까."

할머니는 고개를 돌려 못 둑을 바라봤어요.

"못둑넨 제우 건져냈지만서두… 삼분이 시신은 못 찾았으이….".

할머니가 긴 한숨을 내쉬었어요. 할머니의 한숨이 깊은 못물 속을 떠올리게 했어요. 못물 바닥에 눈을 꼭 감고 누워있는 삼분이가 어른거렸어요. 할머니도 나도 더 이상 말을 하지 않았어요.

4

할머니와 삼분네 집엘 가고 있었어요. 마음이 급한 내가 저만큼 앞으로 내달렸다가 되돌아 왔다가를 되풀이해도 할머니는 거의 제자리걸음이었어요. 당장 삼분네 집에 당도하고 싶은 나는 속이 터졌어요.

"나처럼 빨리빨리 걸어봐 좀."

꽥꽥 소리쳐 봐도 소용없었어요. 들은 체 만 체 할머니는 이쪽도 훑어보고 저쪽도 훑어보며 늘어지는 소리가락만 흥얼흥얼 주절댔어요. 허리를 펴고 멀리 바라보다가 허리를 굽히고 모포기를 쓰다듬기도 했어요. 내 눈엔 특별한 모포기는 없었어요. 멀리나 가까이나 사방팔방 눈에 익은 것들뿐이었어요. 하긴 볼 게 있긴 했어요. 물이 자박자박한 논바닥에서 올챙이들이 떼를 지어 헤엄치고 있었어요. 만약 삼분네 집 가는 길이 아니었다면 짧은 꼬리를 매달고 헤엄치는 통통한 올챙이들과 말간 알집 속에서 꼬물거리는 작고 까만 올챙이 새끼들을 그냥 지나치진 않았을 거예요.

나는 삼분네 집에 빨리 가고 싶은 마음을 어쩌지 못해 제자리에서 공중뛰기라도 해야 했어요. 그렇게 하니까 아침못 둑도 나처럼 오르락내리락했어요. 이내 그 짓도 시들해졌어요. 할머니 팔을 잡아끌고 빨리 걸으려 해도 뜻대로 되지 않았어요. 열통이 터져 길가의 풀을 짓밟아 뭉갰어요.

"아이구우 저런저런 개망나니 겉으니라구. 그따우루 심뽀 고약허게 굴믄 못 쓰는 벱이여. 순사가 붙잡어 가믄 우쩔라구. 이댐에 얽은 신랑 읃어 가믄 우쩔라구. 급헐 게 무에 있다구설랑."

할머니 목소리는 햇빛과 공기와 버무려져서 부드럽게 울리며 새소리를 따라갔어요. 늘 들어온 순사니 얽은 신랑이니 하는 말이 요술처럼 내 마음을 느긋하게 가라앉혔어요. 공중 저 멀리로 점점 작아지며 사라지는 새를 한동안 바라보았어요. 혹시 그 새가 삼분이일지도 모른다는 생각을 하면서요. 사람이 죽으면 무엇인가로 다시 태어난다는 말을 하도 많이 들었기 때문이었을 거예요. 삼분이는 꼭 새가 됐을 것만 같았어요. 징그러운 벌레나 뱀이 됐을 리는 절대로 없으니까요. 그런 건 정우나 엄마처럼 심술 사나운 사람들이 죽었다가 다시 태어난 것들이라고 믿고 있었거든요.

하늘은 눈으로 다 볼 수 없을 만큼 넓었어요. 또 얼마나 높은지 모를 만큼 높았어요. 할머니도 나도 닿을 수 없는, 눈에 보이지만 알 수 없는, 그 넓고 높은 세상이 새를, 아니 삼분이를 삼켜버렸어요. 분명히 어딘가를 날아가고 있을 삼분이 새를 더 이상 볼 수 없다는 건 할머니 말대로 세상만사가 조홧속이기 때문이라고 생각했어요.

한껏 젖혔던 고개를 숙이자 이불에 오줌 싼 모습 같은 내 그림자가 발밑에 있었어요. 내가 몸을 흔드니까 그림자도 움찔거렸어요. 여전히 날 어린애로 여겨 툭하면 순사와 얽은 신랑을 들먹이는 할머니 목소리를 그림자가 흉내 내는 것 같았어요. 그동안 할머니에게 심보 고약하게 굴은 적은 셀 수 없이 많았지만 순사가 날 붙잡아 간 적은 한 번도 없었어요. 그러니 이다음에 얽은 신랑 얻어갈 염려 따윈 할 필요도 없었어요.

그런데 삼분이는 얽은 신랑이 데려가겠다는 것도 아닌데 왜 딴 남자와 정분이 났을까. 신랑 될 종덕이가 죽도록 싫었던 걸까. 정분이 나면 개가 흘레붙는 것과 똑같은 짓을 하게 되는 건가. 그런 짓을 하면 애를 배는 것인가. 배가 불룩하지 않았던 삼분이 뱃속의 아기는 올챙이보다 컸을까. 아무래도 사람이니까 그보다는 컸겠지. 소문대로 종덕이 애가 아니라면 그럼 누구의 애였을까.

한 줄로 땋은 반짝거리는 검은 머리타래가 등덜미에 늘어져 있는 뽀얀 삼분이 얼굴이 자꾸만 눈앞에 어른거렸어요.

살아있던 삼분이는 예뻤는데 죽은 삼분이 모습을 떠올리면 귀신처럼 무서웠어요. 나는 할머니 치마폭을 움켜쥐며 걸음을 멈췄어요.

"함머이!"

내 목소리가 너무 컸던지 할머니가 흠칫 놀랐어요.

"에구 깜짹이야. 핼미 숨넘어가남? 핼미가 곁에 있구먼 왜 불러쌌구 난리여. 귀청 떨어질 뻔했네."

내가 큰소리로 부를 때마다 하던 말을 할머니는 또 했어요.

"삼분이 말이야아. 삼분이도 귀신 됐으까?"

할머니는 천천히 허리를 펴며 하늘로 시선을 옮겼어요.

"생급시럽기넌. 아 꽃다운 나이에 그르케…."

할머니는 하던 말을 멈추고 하늘만 올려다보고 있었어요. 하늘엔 구름밖에 없었어요.

"죽으면 다 귀신 되는 거야?"

"조막만헌 게 궁금헌 것두 쎘지 쎘어. 아무캐두 생목심을 끊어분졌으이까 원귀가 되구두 남을 일이지."

"원귀도 귀신이야?"

"암만. 무주공산 귀신 중에서두 원한 맺힌 귀신이지. 그래설랑 용허다는 무당을 불러 굿을 허려는 게 아니냐. 구천을 떠도는 원귀를 달래 보내려는 게지."

"아부지가 그러는데 귀신같은 건 없댔어. 함머이는 귀신 본 적 있어?"

"귀신이 읎기는 왜 읎어? 천지사방 만물의 쥔이 귀신일진데. 지극정성으루다 섬겨두 모자랄 판에 애헌테다 그따우 소리나 해쌌구. 핵교 선상이믄 뭐혀. 신식 굉분지 뭔지 죄다 씰데 읎는 거나 가리치는 걸. 몽당 부지깽이 하나두 귀신 무서워 함부로 못허는 벱이거늘."

숨을 몰아쉬는 할머니 이마의 주름 골에 땀방울이 맺혔어요. 아버지 때문에 화가 난 할머니는 귀신 본 적 있냐는 내 말은 잊었나 봐요.

"내가 귀신 본 적 있냐구 아까 물었잖아!"

"귀신이 워디 눈에 띈다더냐?"

아무래도 아버지 말이 맞을 것 같았어요. 아버지는 학교선생님이어서 누구보다 아는 게 많았어요. 동네 청년들뿐만 아니라 다른 동네 청년들도 토요일 저녁이면 아버지에게 어떤 얘기든 들으려고 행랑채에 모여들곤 했으니까요. 청년들뿐만이 아니었어요. 어떤 땐 코흘리개까지 알고 있는 김의혁이란 어른도 멀리서 찾아오곤 했어요. 언제나 양복을 입고 나비넥타이를 매고 있는 김의혁 씨는 먼저 사랑채에 들러 할아버지 할머니에게 인사부터 했어요. 그런데 동경 유학까지 했다는 김의혁 씨를 할아버지는 썩 좋아하지 않는 듯했어요. 인사를 받을 때 자세를 바로잡긴 했지만 얼굴이 굳어진다는 걸 나는 알 수 있었어요.

아무튼 아버지가 아는 게 많으니까 사람들이 모여드는 것이겠지요. 귀신 따윈 없다는 아버지 말이 옳을 것 같았어요.

그래. 귀신은 없는 거야.

그렇게 생각하니까 아무것도 무섭지 않았어요. 나는 공이 구르듯 냅다 달렸어요. 삼분이가 아침못에 빠져죽은 뒤엔 바라보기도 싫던 둑이 점점 가까워졌어요. 삼분네 집 굴뚝에서 연기가 솟아오르고 있었어요. 나도 모르게 뜀박질을 멈췄어요. 연기는 언덕과 둑을 느릿느릿 휘감으며 못물을 향해 흩어져갔어요. 굴뚝에서 머리 풀어헤친 귀신이 자꾸자꾸 솟아오르는 것 같았어요. 아버지 말대로 귀신 따윈 없었으면 좋겠는데, 귀신을 철석같이 믿는 할머니 말이 맞는 것도 같고 이랬다저랬다 갈피를 잡을 수 없었어요.

할머니와 거리가 멀어졌어요. 할머니가 점점 작아졌어요. 할머니는 늙었으니까 저렇게 작아지다가 어느 순간 꼴까닥 죽는 건 아닐까. 걸음을 멈춘 할머니가 손바닥을 이마에 붙이고 뒤를 돌아보고 있었어요. 나는 재빨리 풀숲으로 몸을 숨겼어요. 풀숲 사이로 보는 세상은 넓고 눈부셨어요. 할머니만 난장이처럼 보였어요. 햇빛이 할머니를 점점 졸아들게 하는 것 같았어요.

가까이 다가온 할머니가 휘휘 사방을 둘러보았어요. 나를 찾는 게 분명했어요. 숨어서 훔쳐보는 할머니 모습은 재미있고 우스꽝스러웠어요. 웃음이 터지려고 했어요. 두 손으로 입을 막았어요. 곧 즈응와아야아, 소리쳐 날 부를 게 분명했어요.

"즈응와아야아!"

역시 할머니 목소리가 울려 퍼졌어요.

내 이름은 정화에요. 내 이름을 정확하게 부르는 사람은 아버지밖에 없었어요. 할머니가 부르는 '즈응와아야야'는 송화다식처럼 보드랍고 달콤했어요. 엄마가 부르는 '쫑와야아'는 돼지 멱따는 소리보다 듣기 싫었어요. 두 번 세 번 내 이름을 부르는 할머니 목소리가 사방을 울렸어요. 풀에 둘러싸인 몸이 짜릿짜릿했어요. 막은 입새로 킥킥 웃음이 비어져 나왔어요. 바로 앞에 등을 보이고 주저앉은 할머니가 소리가락을 뽑아내기 시작했어요.

> 아리아리~ 쓰리쓰리~ 아라리요~
> 핼미 강아지~ 즈응와아가~ 워디를 갔누~
> 핼미혼자~ 냉겨두구~ 워디를 갔누~
> 예두 읎구~ 제두 읎네~
> 하늘루다~ 솟은 게냐~ 땅으루다~ 꺼진 게냐~
> 은을 주믄~ 너를 살꼬~ 금을 주믄~ 너를 살꼬~
> 아리아리~ 고개고개루다~ 날 넹겨 주게~

나는 더 이상 참을 수 없는 웃음보를 터트리며 풀숲에서 쑥 몸을 내밀었어요. 할머니가 입을 딱 벌리며 놀란 척을 했어요. 순간 하늘이 갈라지는 듯한 소리가 머리 위에서 진동했어요. 나는 다시 주저앉았어요. 비행기가 낮게 빙빙 돌고 있었어요.

"즌장이 끝났는데 저녀서거 벵기는 왜 심심허믄 나타나설랑 천지를 뒤흔들어 쌌누."

내 손은 어느새 할머니의 물렁한 젖을 움켜쥐었어요.

"망측두 허지. 다 큰 게 안적두 핼미 젖을 주물러쌌구…."

그렇게 중얼거리면서도 할머니는 내 손을 물리치진 않았어요. 할머니 젖만 만지고 있으면 다 괜찮았어요. 귀신도 전쟁도 무서울 게 없었어요. 할머니 품은 아늑했어요. 졸음이 몰려왔어요. 젖을 주무르던 손이 자꾸 미끄러졌어요. 할머니 입에서는 또 소리가락이 흘러나왔어요.

자장가처럼 들리던 소리가락이 이상했어요. 졸음이 걷히고 정신이 말똥말똥해졌어요.

> 아리 아리~ 쓰리 쓰리~ 무심두 허지~
> 삼신할매가~ 무심두 허지~
> 해필이믄~ 혼인두 안 헌~ 삼분이 몸뗑이에~
> 무심두 허지~ 참말루~ 무심두 허지~
> 낮이나~ 밤이나~ 허구헌날 ~
> 애 하나~ 점지해주십사~ 학수고대허던~ 이 내 몸뗑이는~
> 그다지두~ 야멸차게~ 외면허더니~
> 무심두 허지~ 삼신할매가~ 무심두 허지~
> 아리 아리~ 고개 고개루다~ 날 넹겨 주게~

왠지 소리가락이 슬프게 들렸어요. 아무래도 할머니는 내가 알 수 없는 무언가를 마음속에 감춰두고 있는 것 같았어요. 언제나 소리가락 끝에 아리랑 고개로 넘겨달라는 대목도 마음에 걸렸어요. 도대체 아리랑 고개는 어디 있는 어떤 고개일까. 할머니는 왜 그렇게 아리랑 고개를 넘고 싶어 하는 걸까. 아무려면 날 두고 할머니 혼자 넘어가 버리진 않을 거라고, 그냥 노랫말일 뿐이라고 마음을 달랬어요.

삼분네 초가집은 동네 사람들로 가득했어요. 방도 봉당도 부엌도 마당도 우물가도 뒤란도 길바닥까지도 빈틈없이 북적거렸어요. 그렇게 많은 사람들이 북적거려서인지 고요하고 말끔하던 삼분네 집이 아닌 듯 낯설어서 자꾸만 이곳저곳 두리번거렸어요.

북적거리는 건 사람뿐만이 아니었어요. 매캐한 연기와 가마솥에서 내뿜는 자욱한 김과 그리고 여러 가지 음식 냄새들도 한몫 했어요. 사람들은 모두 할머니에게 허리 굽혀 인사했어요. 할머니 치마꼬리에 붙어 있는 나에게도 환한 얼굴로 한마디씩 했어요.

"하이구 젱와두 왔구나. 어여어여 방에 들으가 떡서껀 골고루 먹어."

"아따 증와가 워디 배곯을 새가 있다구 먹을 거 타령부텀 해대누. 그 댁에선 떡이야 귀헌 대접 받는 음석두 아니구먼."

"그러게나 말이유. 금이야 옥이야 애지중지허시는 마님께서 오죽이나 잘 챙게 멕이실까."

"우찌믄 증아는 하루가 다르게 말끔허니 이쁘게두 크네."

사람들은 내가 할머니와 함께 있을 때만 유난을 떨며 살갑게 굴었어요. 의례 그렇다는 걸 잘 알고 있는 터라 나는 그냥 맨송맨송한 낯빛을 지었어요.

무당이 울긋불긋한 옷자락을 펄럭이며 일행들을 거느리고 아침못 둑을 올라갔어요. 사람들이 그 뒤를 따랐어요. 덕배는 멀찍이 떨어져서 혼자 풀숲을 헤치며 둑을 올라가고 있었어요. 나는 자꾸 덕배 얼굴로 눈길이 갔어요. 시퍼런 못물이 눈에 띌 때마다 덕배만 눈으로 쫓았어요.

못 둑이 소란스러워졌어요. 무당의 넋두리와 함께 방울소리 징소리가 사방을 울리기도 하고 못물 속 깊이 파고들기도 했어요. 나는 못물이 무서워 할머니 치마꼬리를 잡은 채 등을 돌렸어요. 둑 밑의 삼분네 집부터 멀리 이웃 마을까지 한눈에 들어왔어요. 덕배가 등짝을 보이고 바위처럼 앉아있었어요.

많은 사람들이 바쁘게 움직여서 그런지 시간이 빨리 흘러갔어요. 방바닥은 점점 뜨거워져서 엉덩이를 들썩거려야 했어요. 떡 찌는 냄새, 돼지고기 삶는 냄새, 전 부치는 냄새 들이 뒤섞이며 삼분네 집을 에워쌌어요. 덥고 답답하고 숨이 막혔지만 그곳을 벗어나 혼자가 될 수는 없었어요. 북적거리는 사이 해가 설핏 기울며 어둑어둑해지기 시작했어요. 양쪽 처마 끝에 주황빛 등롱이 걸렸어요.

삼분네 마당에서 굿은 다시 시작됐어요.

무당은 물밥을 먼저 공중으로 던지고 나서 푸닥거리를 시작했어요. 울긋불긋 긴 옷자락을 펄럭이는 무당의 방울소리와 호통 치듯 쏟아내는 주문소리 북소리가 집안에 울려 퍼졌어요. 사람들은 수런거리면서도 하나같이 무당에게서 눈을 떼지 않았어요. 으스스하고 무시무시했어요. 할머니 말대로 귀신은 꼭 있는 것만 같았어요. 잠시나마 귀신 따윈 없다고 믿으려했던 내가 큰 죄를 지은 것만 같았어요. 펄쩍펄쩍 공중으로 솟구치며 방울을 흔들어대는 무당은 기세등등했어요. 무당이 나를 끌어내 호통을 칠지도 몰라 무당을 제대로 쳐다볼 수도 없었어요.

할머니에게 찰싹 붙어 앉았던 나는 치마폭에 쓰러져 깜빡 잠이 들었다 깨었다가를 되풀이했어요. 잠이 든 동안 어지러운 꿈을 꾸었어요. 삼분이가 우리 엄마가 돼있고 우리 엄마가 귀신이 돼있는 꿈도 꾸었고, 할머니를 잃어버리고 애타게 찾아다니다가 엄마에게 매 맞는 꿈도 꾸었어요.

굿은 길고도 길게 이어졌어요. 못둑네와 무당이 서로를 부둥켜안고 아이구우 삼분아 삼분아, 어이구우 어머이 우리 어머이, 불러대며 통곡하고 있었어요. 구경꾼들도 모두 훌쩍거렸어요. 할머니도 소맷자락으로 눈물을 훔쳤어요. 나도 덩달아 울다보니 잠은 말끔히 달아나버렸어요.

어느 순간 종덕이가 무당 앞으로 불려나갔어요. 갑자기 주위가 조용해졌어요. 쯧쯧쯧 혀 차는 소리만 여기저기서 났어요.

"저녀서거 젊디젊은 눔 맴이 오죽헐라구. 불쌍두 허지. 불쌍두 허지…."

사람들이 중얼거렸어요. 대를 잡은 종덕이가 대와 함께 몸을 마구 떨어댔어요. 무당은 고개를 외로 꼬고 어깨를 들썩이며 흐느꼈어요. 벌써 삼분이 넋이 올랐는지 삼분이 비슷한 목소리를 내고 있었어요. 말없고 무뚝뚝한 종덕이 얼굴도 어느새 눈물로 번들거렸어요. 어른 남자가 우는 모습을 나는 그때 처음 보았어요.

내게도 귀신이 실렸는지 나도 모르게 중얼거리고 있었어요.

아재. 종덕이 아재. 울지 마. 울지 마.

무당이 계속해서 말을 하는데 흐느낌 때문에 잘 알아들을 수가 없었어요.

저 같은 년…

죄 많은 년…

용서…

잊어…

자꾸 되풀이 되는 토막말만 겨우 귀에 들어왔어요. 그런데 갑자기 무당 목소리가 커지면서 딴판으로 달라졌어요.

~아따 종덕아재는 이제 고만 헤매시게~
~한 서린 땅 고만 밟고 다니시게~
~휘이휘이 날아가서 복 받으시게~
~지성이면 감천이라~
~꽃 겉은 마눌님 맞아 토끼 겉은 자식 순풍순풍 낳으시게~
~부디부디 복 받으시게~

무당 목소리 사이사이 방울소리와 징소리가 요란하게 울려댔어요.

제 2 부

항아가 곱다한들

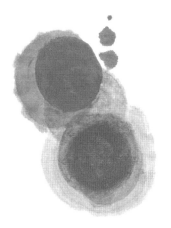

1

버덩에 마주 서있는 사람은 영자 엄마와 밤골네였어요. 처음엔 영자 엄마 혼자인 줄 알았어요. 펑퍼짐한 영자 엄마가 호리호리한 밤골네를 가리고 있었어요. 길에서 몇 걸음 비껴선 나무 밑이었어요. 두 사람은 얘기에 정신이 팔려 있었어요. 고개를 끄덕이기도 하고 깜짝 놀란 몸짓으로 입을 딱 벌리기도 했어요. 삼분이 얘기를 하는 게 뻔했어요. 모두들 그런 몸짓으로 삼분이를 들먹거렸으니까요. 그네들 옆으로 지나가기가 거북했어요. 살살 지나가야 하나 어째야 하나 잠깐 생각하다가 무심한 척 걸어갔어요. 나를 먼저 본 영자 엄마가 갑자기 목소리를 높였어요.

"하이구우 고맙구말구유. 그저어 싸그리 밤골네 덕분이쥬."

말끝에 영자 엄마는 킥킥거렸어요.

"어?… 어어. 고맙기는. 벨소릴 다아 듣겠네."

밤골네가 능청스럽게 받아쳤어요. 순전히 나 들으라고 급하게 꾸민 말이란 걸 느낄 수 있었어요. 나 아닌 다른 애가 지나갔다면 그네들이 삼분이 얘길 하다 말고 그런 능청을 떨진 않았을 거예요. 나를 통해 할머니 귀에 들어갈까 봐 방패막이를 하는 거였어요. 나는 걸음을 빨리했어요.

삼분이와 정을 통한 사내가 따로 있었다는 소문은 동네를 들썩거리게 했어요. 할머니와 못둑네만 빼고 누구나 삼분이 얘기에 열을 냈어요. 우물가, 빨래터, 텃밭, 고샅 어디서나 사람들이 모이는 곳이면 수군거렸어요. 일하다가 삼분이 얘기에 홀랑 빠져버린 사람들은 손에 무엇이 들려 있는지 모르는 것 같았어요. 우물 속에서 두레박을 끌어올리던 아줌마는 팔도 안 아픈 모양이었어요. 빨래방망이를 두드리던 아줌마는 방망이를 치켜든 채였고 호미질 하던 아줌마는 호미를 손에 든 채 삼분이 얘기에 침을 튀겼어요. 그런 모습을 보면 그네들 손에서 두레박을, 빨래방망이를, 호미를, 슬쩍 빼내고 싶은 충동이 일었어요. 그네들은 지치지도 않고 같은 말을 여기저기서 되풀이했어요. 멀리서 표정이나 몸짓만 봐도 무슨 말을 주고받는지 다 알 수 있을 정도였어요.

"뱃속에 든 애가 종덕이 씨가 아니라니…. 얌전헌 줄만 알었는데."

"그 씨 같앴으면 생목심 끊을 까닭이 읎지. 그나저나 헛물 켄 종덕이가 안 됐어."

"종덕이가 이를 갈 만두 허지. 우떤 눔인지 가만 안 두겠다는데 뭔 수루 밝혀내겠어."

"그르게 열 질 물 속은 알어두 한 질 사램 속은 몰른다잖우."

"삼분이 고것이 얌전헌 척은 독단 허더니만 인물값을 했네."

"항아선녀가 울고 갈 인물이라구 지주댁 마님이 노랠 해쌌더니. 일색이믄 뭐허나. 죽으믄 끝인 걸."

"유난시럽게 깰끔을 떨구 몸치장에다 있는대루 공을 들인 게 딴 사내 때문인 줄 누가 알았겠어."

"말이 나왔으니 허는 말인데 몸치장이야 에미두 똑같잖우."

"누가 아니래. 못둑네 허구댕기는 꼬락서니 보믄 불쌍헌 맴이 싹 가신대니깐. 과년헌 외동딸 그르케 잃어뿌린 어멈이⋯."

"그나저나 우떤 사내 씨를 받은 겔까."

어떤 사내 씨를 받은 걸까.

그 대목에서 대개 말이 끊겼어요. 침묵 속에 각자 눈알만 굴렸어요. 그러다가 누군가가 반짝 눈에 힘을 주며 손뼉을 딱 쳤어요. 그러면 일제히 그 눈을 향해 시선이 꽂혔어요. 그러나 팽팽한 긴장은 잠시뿐이었어요. 말하는 사람이나 듣는 사람들이나 점점 눈에서 힘이 빠졌어요. 에이. 설마. 그런 반응과 함께 겨우 한마디 보탤 뿐이었어요.

"설마가 사람 잡는다고는 허지만서두⋯."

삼분이가 종덕이 몰래 정을 통했다는 사내를 정확하게 아는 사람은 없었어요. 그래선지 이 사람일 거라는 둥 저 사람일 거라는 둥 동네 남자들 대부분이 아낙네들 입에 오르내리기 시작했어요. 심지어 김의혁 씨뿐만 아니라 못둑네와 수상쩍게 얽힌 주상사까지도. 나는 행여 아버지를 들먹거릴까봐 가슴이 졸아붙을 때가 많았어요.

버덩 솔밭에서는 아저씨들이 굳은 얼굴로 웅성거리곤 했어요. 그 광경은 먹구름이 낮게 내려앉은 듯 음산한 모습이었어요. 웅성거림 속에서는 꼭 거친 소리가 튀어나왔어요. 살다 살다 별꼴을 다 겪는다며 가래침을 돋우기도 했고, 내가 개아들이냐며 목청껏 핏대를 올리기도 했어요.

우당탕탕 부부싸움 하는 집도 생겨났어요. 누가 그러더라. 누가 봤다더라. 생사람 잡지 마라. 벼락 맞을 소리 마라. 그런 큰소리와 함께 요강이나 냄비가 마당에 던져졌어요. 울 밖에선 아이들이 무등을 서며 기웃기웃 구경했어요.

싸움은 부부간뿐이 아니었어요. 아녀자들이나 남정네들이 이리 얽히고 저리 얽히며 고샅이나 솔밭 아무데서나 싸움이 벌어지곤 했어요. 아이들은 싸움판을 쫓아 패거리를 지어 몰려다녔어요. 할머니는 동네에 망조가 들기 전에 서낭신의 노기를 풀어야하지 않겠냐며 할아버지를 채근했어요. 할아버지는 수염을 훑으며 헛기침만 했어요.

"아무렴. 반펜이래두 사낸 사내지."
언제부턴가 덕배가 삼분이에게 애를 배게 한 사내로 지목받기 시작했어요.
"거그다 심이 좀 좋아?"
"작정허구 덮치는데야 꼼짝없이 당헐배께."
"몰르는 일이쥬. 당헌 건지 정분이 난 건지는."
"으이구! 찍어다 붙일 게 따루 있지."
덕배와 삼분이를 연관지으면서부터 싸움이 잦아들고 동네가 잠잠해졌어요.
"우쩐지 삼분이 죽구부팀 덕배가 이상시럽다 했어유."
"아닌 게 아니라 실실거리긴 해두 낯반대기가 그전허구는 어딘지 다르더라구."
"못 둑에 넋 놓구 앉아있는 걸 지두 봤에유."
덕배는 사람들이 하는 말을 아는지 모르는지 그저 아무나 보면 헤벌쭉 웃었어요. 종덕이의 잔뜩 굳은 얼굴을 보고도 실실거렸어요.

텃밭을 휘휘 둘러보던 할머니가 감자 싹이 하룻밤 새 가지가 벌어졌다느니 꽃이 폈다느니 대견해했어요. 내가 보기에도 전날보다 부쩍 자란 모습이었어요. 그렇지만 뿌리에 주렁주렁 감자알이 매달려야하고 그 새끼감자알들이 굵어지려면 까마득했어요.

암팡지게 여문 감자를 숟가락으로 득득 긁어 껍질을 까던 삼분이가 눈앞에 삼삼했어요. 칼날처럼 날카롭게 닳은 놋숟가락은 감자껍질을 긁어내기에 제격이었어요. 숟가락 날을 세워 껍질을 긁어대는 삼분이 손놀림은 바람개비처럼 빨랐어요. 그러나 커다란 양푼에 수북이 담긴 감자는 삼분이 손놀림을 조롱하는 듯 좀처럼 줄어들지 않았어요. 눈이 쏙쏙 박혀 울퉁불퉁한 자주감자 껍질을 하나하나 언제 다 긁어낼지 막막했어요. 눈 깜짝할 새에 요술방망이로 후다닥 해치울 수는 없을까. 나는 엉뚱한 상상을 하곤 했어요.

상큼한 소리와 함께 감자껍질이 긁힐 때면 감자가 공격하듯 즙을 튀겼어요. 삼분이 얼굴이 점점 얼룩덜룩한 모습으로 변해갔어요. 안타까운 마음에 거들어준답시고 손을 대보지만 도움이 되지 못했어요. 감자는 번번이 손에서 퉁겨졌고 그때마다 날카로운 숟가락 날은 내 손바닥에 상처를 냈어요.

나는 감자 싹이 자라는 모습을 내 눈으로 확인하고 싶었어요. 쪼그려 앉아 이파리 끄트머리에 눈길을 모았어요. 한 눈 팔지 않고 눈에 힘을 주었어요. 정수리에 내리꽂히는 햇볕은 지독히 따가웠어요. 감자 싹이 뿌리를 박고 있는 땅에서는 더운 흙냄새가 뿜어졌어요. 이마와 목덜미에 흐르는 땀은 벌레가 기어가듯 근질거렸어요. 시간이 지날수록 땀은 더 많이 흘렀고 고통도 심해졌어요. 나는 못물 속에서 삼분이가 죽어갔을 시간을 생각하며 좀더 버텼어요.

깜깜한 방안엔 코고는 소리만 가득했어요. 장지문 저쪽 할아버지 코고는 소리와 옆자리 할머니 코고는 소리는 엇박자로 뒤섞이다가 합쳐지기도 하며 방안을 더 깜깜하게 다져댔어요. 잠은 멀리 달아나버렸어요.

그들은 왜 참지 못했을까.

삼분이와 돌이 됐다는 전설 속 며느리와 함께 굴 밖으로 도망쳤다는 옛날얘기 속 호랑이까지 생각났어요. 처녀는 애를 배지 말아야 하는 도리를 어긴 삼분이나, 돌아보지 말라는 말을 어긴 며느리나, 백일을 견디라는 말을 어긴 호랑이나 하지 말아야 할 짓을 해버린 건 셋이 같았어요.

"껌껌헌 굴속에서 백일 간을 쑥허구 마늘허구만 먹구설랑 견뎌낸 곰은 종당에 가설랑 사람이 되았지만서두 호래이는 백일을 견뎌내지 못허구설랑 굴 밖으루다가 도망질을 해뿟졌으이 사램이 못 되구 만 게지."

얘기 끝에 할머니는 꼭 덧붙였어요.

"무신 일이던지 간에 참구 견뎌내야 끝을 볼 수 있는 게구, 해야 헐 일과 허지 말아야 헐 일을 가려서 꼭 지케야만이 뒤탈이 읎는 벱인 게야."

할머니 얘기엔 호랑이가 많이 나왔는데 나쁜 호랑이도 있었지만 어쩌다 좋은 호랑이도 있었어요. 옛날얘기를 할 때면 할머니는 언제나 '옛날 허구두 아주 까마아득헌 옛날 호래이가 담배 피우던 시절'로 시작했어요. 나는 호랑이가 긴 담뱃대를 물고 있는 모습을 상상하며 얘기를 들었어요. 귀가 닳도록 들은 할머니의 뻔한 얘기보다는 호랑이가 담배 피우는 모습이 더 생생했어요. 아마 벽장문에 붙어 있던 커다란 호랑이 그림 때문이었을 거예요. 몸을 틀고 앉은 호랑이와 그 머리 위 소나무 가지에 까치 몇 마리가 앉아있는 그림이지요. 낡고 색 바랜 그림이지만 호랑이와 까치는 살아있는 진짜와 똑같은 모습이었어요. 그림 속에 있는 호랑이와 까치는 각자 편안해 보였어요. 호랑이가 벌떡 일어나 까치들을 순식간에 잡아먹을 것 같지는 않았어요.

어쨌든 사람이 되지 못한 호랑이지만 불쌍하고 안타깝진 않았어요. 쓴맛이 우러나는 쑥과 아리고 매운 마늘을 한 번 먹는 일도 힘들 텐데 백일 동안을 먹어야 한다면 차라리 굴 밖 세상으로 도망치는 게 나을 것 같았어요. 더군다나 힘도 센 호랑이가 그대로 호랑이인 채로 사는 게 뭐가 나쁘겠어요. 마음대로 담배도 피우면서 굴속이 아닌 이 산 저 산에서 입맛에 맞는 먹잇감을 잡아먹을 수 있는 자유가 얼마나 그리웠겠어요. 구태여 사람이 되고 싶을 까닭이 무엇 때문에 있겠어요. 어쩌면 호랑이는 곰과 달리 사람들의 관심 밖으로 밀려난 걸 다행으로 여겼을 것 같았어요. 그리고 온갖 것들에 얽매여 사는 사람들을 오히려 비웃었을 것 같았어요.

하지만 삼분이와 며느리에 대한 생각은 달랐어요. 아무래도 죽는 것보다는 살아있는 게 나을 테고 돌보다는 사람이 낫지 않겠어요. 삼분이의 경우, 늙을 때까지 오래 살고 나서 죽는 것도 아니고 겨우 스무 살도 안 된 나이에 생목숨을 끊어야 하는 건 원통한 일이잖아요. 그것도 애를 뺐다는 이유만으로. 그리고 전설 속 며느리의 경우, 원래 돌이었다면 몰라도 사람이었다가 돌이 됐다는 것도 분한 일이지 뭐예요. 오직 뒤돌아봤다는 이유만으로.

그런데 두 사람은 그 쉬운 일을 왜 못 지켰는지 생각할수록 안타까웠어요. 또 한편으론 이런 생각도 들었어요. 누구 맘대로, 왜, 무엇 때문에, 해야 하는 일과 하지 말아야 하는 일을 정해놓은 것일까. 정말이지 세상엔 꼭 지켜야하는 정해진 일이 너무나 많았어요. 특히 여자들에게만.

2

맷돌질은 두 사람이 마주앉아 해야 보기 좋았어요. 맷돌 앞에 혼자 앉은 모습은 한쪽 다리로 걷는 사람처럼 온전해 보이지 않았어요. 맷돌이 빙글빙글 돌아갈 때마다 맷손을 움켜쥔 두 사람의 몸은 이쪽으로 쏠렸다가 저쪽으로 쏠렸다가 박자가 착착 맞았어요. 맷돌이 돌아가는 중에도 확에는 끊임없이 물에 불린 콩을 국자로 퍼 넣었어요.

두 사람은 함께 잡은 맷손을 앞사람이 밀면 당기고 당기면 밀었어요. 어른도 혼자는 들어올릴 수 없는 무거운 맷돌이 어떻게 그렇게 매끄럽게 돌아가는 것인지 신기했어요. 맷돌에도 힘센 귀신이 붙어있는 듯했어요.

맷돌질에 비해 힘차게 두드려 대는 다듬이질은 신바람이 났어요. 마주 앉은 두 사람의 방망이 네 개가 빠르게 오르내리는 모습과 그것들이 내리치며 내는 소리는 눈과 귀를 홀리게 했어요. 두 사람의 귀 뒤에까지 휙휙 오르내리는 방망이는 신기하게도 서로 부딪치지 않았어요. 다듬잇돌 위의 풀 먹인 이불호청이 네 개의 방망이에 두들겨 맞을수록 점점 반들반들 변해가는 모습은 요술 같았어요.

나는 다듬이질보다 맷돌질 구경하기를 좋아했어요. 어른들 얘기를, 그것도 남의 흉이나 비밀을 엿들을 수 있기 때문이었어요. 다듬이질 할 땐 방망이 내리치는 소리 때문에 서로 말을 할 수가 없지만 맷돌질을 말없이 하진 않았어요. 끊임없이 웃으며 얘기를 주고받았어요. 그래선지 맷돌질할 때의 두 사람은 세상에서 가장 친한 사이처럼 보였어요.

울 밖으로 쇠똥냄새와 영자 엄마 웃음소리가 넘어왔어요. 여럿이 모여 재밌는 얘기라도 하는 건가. 깨금발로 돌을 차고 놀던 나는 웃음소리에 이끌려 엉성한 대문턱을 넘어섰어요. 쇠똥냄새가 코를 찔렀어요. 대문 옆에 붙은 마구간엔 소와 함께 덕배도 있었어요. 쇠스랑으로 쇠똥을 치우던 덕배가 나를 보더니 함빡 웃었어요.

"왜 들어서다 말구… 쇠똥냄시 나서 그르냐?"

마당 저편 마루에서 영자 할머니가 소리쳤어요. 마루엔 맷돌을 돌리는 영자 할머니와 영자 엄마와 좀 떨어져 앉은 밤골네 그리고 누워있는 영자뿐이었어요. 우리 할머니도 있을 줄 알았는데…. 괜히 들어왔다 싶었지만 그냥 나가기도 멋쩍었어요. 무슨 말이건 해야 할 것 같았어요.

"영자는 자나요?"

"깰 때 다됐어."

시원스런 영자 엄마 대답에 나는 어색하지 않게 마당에 들어섰어요.

"증와가 인제 다 컸나부네. 할머이 떨어져서 혼차 노는 걸 보니."

밤골네가 펼쳐졌던 보자기를 당겨 여미며 말했어요. 보자기에 싸인 물건을 내가 볼까봐 급히 치우는 것 같았어요. 나는 잠든 영자 옆으로 다가 앉았어요.

"일부러 안 빨았어. 께끔시럽겠지만 기양 맨살에 입어."

밤골네가 영자 엄마 쪽으로 몸을 숙이며 속살거렸어요. 보자기에 든 물건은 보지 않아도 뻔했어요. 아들만 줄줄이 낳은 밤골네 자신이 입던 속곳이거나 빤쓰가 분명했어요. 나는 잠든 영자 입주위에 새카맣게 달라붙은 파리들을 손바람으로 쫓으며 귀를 세웠어요.

"영자년이 여섯 살이 다 돼가건만 삼신할매 귀신이 왜 심술을 부리는지 몰르겠어. 삼분이 뱃속에다간 시상 귀경두 못헐 걸 심궈놓음서."

"또 저녀서거 입방정."

영자 할머니가 쯧쯧 혀를 차며 마구간의 덕배를 힐끗 봤어요.

"엄니. 글쎄 덕밴 아냐유. 삼분이에게 씨 뿌린 사내가 저 반펜일 리가 읎대두유. 두구 봐유. 내 말이 맞나 틀리나. 눈깔이 삐지 않구서야 반펜이헌테 당혈 년이 시상천지에 어딨다구. 당사자가 뒤가 켕기니깐 저 반펜이에게다 뒤집어씨울라구 소문을 퍼트린 걸 몰르구 북치구 장구 치구 난리법석을 떤 거지."

"츰서부텀 난 안 믿었어."

밤골네 말에 영자 엄마가 즉각 맷돌질을 멈추고 밤골네를 빤히 봤어요.

"짚이는 데가 있는 거네. 그렇쥬? 내 말 맞쥬?"

"으이구! 누굴 동네서 쫓게나게 맹글구 싶어?"

우리 집에서도 자주 맷돌질을 했어요. 삼분이가 살아있을 땐 할머니나 못둑네가 삼분이와 마주앉아 맷돌을 돌렸어요. 어쩌다 엄마가 삼분이와 마주앉기도 했지만 엄마가 할머니와 맷돌질하는 모습은 한번도 보지 못했어요. 엄마와 할머니가 맷돌질하는 모습은 상상만으로도 마음이 조마조마했어요.

삼분이가 죽은 다음 엄마는 덕순이를 데려왔지만 맷돌질할 땐 힘 좋은 영자 엄마를 불러댔어요. 열네 살인 덕순이는 할머니 말에 따르면 아무짝에도 쓸모없는 똥더펄이었어요.

영자 엄마가 우리 집에 오면 동네 아낙네들이 꾸역꾸역 묻어왔어요. 그녀들은 삼분이 소문에 새끼를 쳤어요. 덕배 얘기는 아무도 안 비쳤어요.

"인제 와서 말이네만 난두 봤거덩. 물레방앗간에서 혼비백산허는 삼분이 꼴을. 아 글쎄 치마 뒤집어쓰구 줄행랑을 치더래니깐. 산짐승 겉은 낯선 사내가 공중잽이루 후다닥 먼저 튀어나가는 바람에 기함을 해설랑 정신을 못 채리구 있는 판이긴 했지만서두. 아, 치마루 낯반대길 가린다구 내가 저를 몰라보겠어?"

치마를 뒤집어썼다면서 어찌 삼분이라고 단정 짓는 것일까.

누군가가 또 '이제 와서 말이지만'을 덧붙였어요.

"인제 와서 말이지만… 지두 삼분네 보리밭 한가운테서 보릿대가 요동치는 걸 지케본 적이 있어유. 한참만에 요동치던 보릿대가 잠잠해지더니 보리밭 양쪽 여가리루다 각각 하나씩 두더지 겉이 빠져나옵디다. 사낸 이 동네 사램은 아닌 거 겉은데 여잔 머리타래가 질다랗게 늘어진 게 삼분이가 영락없더라구유."

아낙네들은 삼분이의 못된 행실을 누구보다 자기가 잘 알고 있었던 것처럼 다투어 말했어요. 동네에 머리타래가 긴 처녀는 여럿인데도 무조건 삼분이로 몰아갔어요. 그리고 삼분이의 사내는 덕배도 아닌 타지 사람으로 바뀌었어요.

뱃속의 애 떨어지게 하려고 간장을 대접으로 마시는 삼분일 봤다고 누군가 말하자 이 사람 저 사람이 자기도 봤다고 나섰어요. 어떤 이는 무지골 산등성이를 몇 차례나 떼굴떼굴 구르는 걸 봤다며 몸서리를 쳤어요.

삼분이 얘기를 할 때면 사람들 눈빛이 번들거렸어요. 목소리를 높였다 낮췄다 하며 주변을 둘러보았어요. 그러다가 할머니나 못둑네가 나타나면 서로 은근슬쩍 옆구리를 찌르며 하던 말을 돌렸어요. 그리고는 방금 전과는 다른 낯빛 다른 말투로 말했어요. 삼분이는 착했으니까 저승에선 좋은 데로 갔을 거라는 둥. 사람이 죽고 사는 건 모두 팔자소관이라는 둥.

삼분이 흥을 떠벌린 다음엔 귀신타령으로 넘어갔어요. 해만 떨어지면 문밖에 나서기가 섬뜩하다느니. 귀신 울음소리를 들었다느니. 귀신 불빛을 봤다느니.

할머니는 밤이 되어도 무서워하지 않았어요. 죄지은 것들이나 어둠을 무서워하고 귀신을 무서워하는 법이라고 딱 잘라 말했어요. 할머니는 이 세상 누구보다, 무당보다도 귀신과 친한 사람 같았어요.

나는 밤에 똥마려울 때마다 내가 무슨 죄를 지었는지 생각해야 했어요. 죄 지은 일은 자꾸 떠올랐고 똥은 급했어요. 할머니 손을 꼭 잡고 마당가에서 똥을 누는데도 무서웠어요. 개미 죽인 일, 동생 때린 일, 할머니에게 심술부린 일, 엄마에게 거짓말 한 일 들이 번갈아 떠올랐어요. 똥은 잘 안 나왔어요. 할머니를 뒤에 세우면 앞쪽이 무서웠고 앞에 세우면 뒤쪽이 무서웠어요. *끄응! 끄으응!* 할머니가 힘주는 소리를 내며 용을 썼어요.

"이것아 핼미 손아귀만 움켜쥐딜 말구 똥구녕에 심을 줘."

차가운 바람이 핥아대는 똥구멍은 점점 오그라들었어요.

"심 주다가서리 짜장 내가 똥을 싸겄구먼."

할머니가 채근하는데도 나는 똥 눌 생각은 않고 무수히 반짝이는 별들과 눈을 맞추고 있었어요. 하늘나라로 간 삼분이가 금실로 수를 놓고 있는 건가. 하늘엔 반짝이는 별들이 유난스레 총총 박혀있었어요.

"귀신이 곡헐 노릇이구먼. 분맹히 여그다 찡궈둔 건 이게 아닌데 감쪽겉이 읎어졌으이. 뻔허지. 보나마나 뻔해."

목침 위에 올라서서 선반을 더듬던 할머니가 투덜거렸어요.

"귀신은 뭘 먹구 사는 게야. 시에미 살림 뒤적질허구 돌라방치는 못된 년을 잡어가지 않구."

늘 듣는 소리였어요. 할머니뿐만 아니라 엄마에게서도.

"귀신은 뭘 먹구 사나 몰라. 메누리 염탐질이나 허는 저 음흉헌 늙은 이를 왜 안 잡아가."

두 사람은 짜기라도 한 듯 같은 말을 했어요. 서로서로 의심하고 헐뜯고 귀신이 잡아가기를 바라는 할머니와 엄마 때문인지 나는 종종 귀신 꿈을 꾸었어요. 내가 귀신이 된 꿈도 꾸었어요.

동네 끝 외따로 떨어져있는 상여 집이었어요. 상여 집을 멀찍이 바라보기만 해도 머리가 쭈뼛 설만큼 무서웠는데 꿈에선 그렇지 않았어요. 나도 귀신이 되어있기 때문이었어요. 상여 안에는 많은 귀신들이 서로 엉켜있었어요. 그런데 무시무시한 형상의 귀신은 하나도 없었어요. 그들은 모두 사이가 좋아보였어요. 모두 웃는 얼굴이었어요.

귀신 세상은 참 행복한 세상이구나. 귀신이 되길 잘했어.

나는 삼분이도 찾고 할머니도 데려올 생각에 가슴이 부풀었어요. 그런데 귀신들이 나를 알은 체해주질 않았어요. 말을 걸어도 아무도 대꾸를 하지 않았어요. 내가 아예 보이지 않는 모양이었어요.

우리 집 행랑채에 붙어있는 디딜방앗간이 나타났어요. 햇빛이 안 드는 헛간 같은 그곳은 방아를 찧지 않을 땐 귀신 나올 것처럼 으스스한 장소였어요. 역시 방아다리 밑에도 방아확 속에도 귀신들이 있었어요. 너무나 반가웠어요. 삼분이도 그 속에 끼어있을 것 같았어요.

고추방아를 찧을 때면 재채기 해대며 눈물콧물 흘리던 삼분이가 눈에 선했어요. 눈이며 코가 빨개졌던 삼분이를 빨리 보고 싶었어요. 그런데 그들 역시 나를 알은 체하지 않았어요. 나도 귀신인데 왜 알아보지 못하는 것일까. 나를 어떻게 알려야 할지 답답했어요. 더 답답한 일은 그들 얼굴이 모두 똑같다는 것이었어요. 누가 삼분이인지 알 수가 없었어요.

나는 작대기를 들고 그들에게 덤벼들며 소리쳤어요. 나가! 여긴 우리 집이야! 그러나 소리는 입안에서만 맴돌았어요. 나는 소리를 내뱉으려고 안간힘을 썼어요. 어느 순간 소리가 입 밖으로 터져 나왔어요. 내 소리에 놀라 잠을 깼어요. 곁에 누웠던 할머니가 몸을 일으켰어요.

"대관절 무신 꿈을 꿨길래 그리두 큰 소리를 냅다 지르는 게야?"

3

종덕이의 입은 삼분이가 죽은 다음 아예 닫혀버렸어요. 아무와도 말을 하지 않았어요. 눈과 귀까지 닫혀버린 듯했어요. 보지도 듣지도 못하는 지경이었어요.

"아 글쎄 꼴짐을 잔뜩 지구 와설랑 대문 앞을 기양 지내갑디다. 냅다 소릴 질러대두 당최 알아듣길 허나 원. 내 입만 아프지. 저 늠이 저 무거운 걸 짊어지구 어디꺼정 갈래나 두구 볼래다가 헐 수 읎이 쫓아가 등짝을 후려치니깐 그제사 돌아봅디다."

할머니가 종덕이 얘기를 하자 할아버지는 길게 헛기침만 했어요.

"어험… 음… 으으음… 어허험…."

"그르게나 말이유. 여북혔으믄 그 늠이…."

할머니는 언제나 할아버지 헛기침을 말처럼 알아들었어요.

"달이 가구 해가 가야 분이 삭겠지. 삼분이 그것이 딴 눔 씨를 받구설랑 생목심을 끊었으이 오죽헐까. 그 지갱을 면헐라믄 족히 삼년은 넝게야 헐…."

"허어…에헴."

할머니 말을 할아버지 헛기침이 끊었어요. 할아버지는 창문을 향해 할머니는 방바닥을 향해 각각 담뱃대를 물고 있었어요. 두 사람이 뿜어대는 담배연기는 고리를 짓기도 하다가 흩어졌어요. 연기 속에 종덕이의 굳은 얼굴이 떠올랐어요.

종덕이는 소처럼 묵묵히 자기 할일만 했어요. 여럿이 함께 일하고 함께 밥을 먹어도 그는 없는 사람이나 마찬가지였어요. 아무도 그에게 말을 걸지 않았어요. 그가 저만큼 보이면 나는 얼른 피했어요. 그의 눈에 띄는 게 왠지 미안했어요.

가을걷이가 끝난 늦가을이었어요. 종덕이가 사랑채 할아버지 할머니 앞에 눈이 벌건 얼굴로 앉았어요. 작별인사를 하려는 거였어요. 몸도 쉴 겸 엄동설한이나 보내고 가라는 할아버지의 간곡한 만류에도 종덕이는 아무런 대꾸가 없었어요. 묵묵히 절을 올린 다음에야 그는 겨우 입을 떼었어요. 목이 멘 탓인지 오랜만에 말을 하는 탓인지 몇 마디 인사말을 힘겹게 더듬거렸어요. 넓적한 등판이 심하게 떨고 있었어요. 손등으로는 연신 눈물을 훔쳤어요.

"그간에 맴 고상이 오죽했을라구. 딴 데 가설랑은 그저 다 잊아뻔지구 아모쪼록에 잘 살아야 허네."

할머니도 치맛자락으로 눈물을 찍어냈어요.

"아무 때구간에 오구 싶은 맴이 들작시면 지체없이 또 와."

말끝에 할아버지는 한숨 섞인 헛기침을 했어요.

종덕 아재 잘 가. 그리고 잘 살아.

나는 속으로만 인사했어요.

하루하루가 너무 길었어요. 삼분이가 없는 집안은 언제나 휑했어요. 숙제도 하기 싫고 동화책도 읽기 싫고 소꿉놀이도 시들했어요. 눈에 보이는 어느 것에나 삼분이 손길이 닿지 않은 것은 없었어요. 우물가나 닭장 앞은 그냥 지나치지 못했어요. 삼분이가 물을 긷던 두레박이, 삼분이가 달걀을 꺼내던 둥우리가 발길을 멈추게 했어요. 아버지가 깎아준 연필을 어루만지던 삼분이는 이제 집안에 없었어요.

없는 삼분이가 불쑥불쑥 나타났어요. 눈을 감아도 보였어요. 팔을 뻗어 허공을 휘젓다가 멀뚱멀뚱 먼 하늘을 바라봤어요. 풀숲이나 길바닥에서 보았던 죽은 새 죽은 뱀 죽은 개구리 들이 하늘에선 꿈틀거리는 듯했어요. 저런 저 청승맞은 년을 봤나. 침을 뱉듯 뱉어내는 엄마의 말소리가 어디선가 튀어왔어요.

나는 할머니의 실타래를 싹둑 잘라놓기도 했고 화롯불을 헤집어놓기도 했어요. 더 못 된 짓은 멍석에 널어놓은 깨나 콩을 맨발로 밟아대며 겅중겅중 뛰는 일이었어요. 발바닥과 발가락 사이사이를 간질이는 촉감이 좋아 할머니가 부지깽이를 들고 나타날 때까지 멈추지 않았어요.

밤이면 할머니의 옛날얘기가 전래동화에서 창작동화로 바뀌었어요.

옛날 옛적 호랑이 담배피던 시절이라고는 하는데 나와 비슷한 애가 등장했어요. 나이도 같고 저지르는 못된 짓도 같았어요. 그런데 그 애는 꿈속에서 얼굴 하얀 신령을 만난 다음 다시는 안 그러겠다고 '즈 핼미에게다 손이 발이 될 때꺼정' 싹싹 빌었다고 했어요.

나를 빗대어 꾸민 얘기란 걸 알면서도 얼굴 하얀 신령이 눈앞에 어른거렸어요. 신령이 꿈에 나타날까 겁도 났어요.

　어른들은 자기들이 하는 일을 내게는 못하게 했어요. 나는 몰래 할 수밖에 없었어요. 몰래하는 짓이 얼마나 짜릿짜릿한지 멈출 수가 없었어요. 할머니가 밀어둔 바느질거리를 망쳐놓는 일이 되풀이 되었어요. 그때마다 할머니는 똑같은 말을 했어요.

　"에미를 닮아가는 게야? 햄미 말은 귓등으루두 안 들으려 허구. 한번만 더 이따우 짓을 했다간 내 가만두지 않을 게니 그리 알어."

　나 역시 똑같은 말을 반복했어요.

　"재미없어서 이제부턴 하래두 안 할 거야."

　사실 할머니 일감은 별 재미가 없었어요. 엄마 것에 자꾸 맘이 쏠렸어요. 나는 기어이 대바늘 여러 개가 꿰어져있는 스웨터 뜨개질 감에 손을 댔어요. 대바늘 끝에 코를 꿰는 순간 자신감이 나를 흥분시켰어요. 틀림없이 삼분이처럼 솜씨 좋게 해놓을 것 같았어요. 할머니 일감에 손댈 때와는 비교할 수 없을 만큼 짜릿짜릿했어요. 뛰어난 내 솜씨에 놀라는 엄마 모습이 눈앞에 그려졌어요. 눈과 입이 딱 벌어진 모습은 생각만으로도 통쾌했어요.

　벌써부터 식은땀이 흐르고 있었어요. 이미 엎질러진 물이었어요. 삼분이 솜씨처럼 되기는커녕 엉망으로 뜨개질을 망쳐놓고 말았어요. 어디선가는 코가 빠졌고 어디선가는 실을 제대로 걸지 않았어요. 내가 뜨개질한 데는 구운 오징어처럼 쪼그라들어버렸어요. 아무리 잡아 늘리고 손바닥으로 두드려대도 펴지지 않았어요.

　삼분이만 있었다면….

　어쩔 수 없이 대바늘을 모두 잡아 빼고 쪼그라든 부분을 풀어냈어요.

작은 실코 구멍들이 조르르 둥근 원을 둘렀어요. 셀 수 없이 많은 코들은 나를 겁에 질리게 했어요. 대바늘을 들고 코를 꿰기 시작했어요. 코가 하나둘 죽어나갔어요. 아무리 애를 써도 살려낼 수가 없었어요. 길길이 화를 내는 엄마 모습이 눈앞을 가로막았어요. 내게 닥칠 날벼락을 어찌해야 할지 겁이 났어요.

다락은 한낮인데도 어두컴컴했어요. 허리를 구부리고 더듬더듬 기었어요. 차츰 눈이 밝아졌어요. 온갖 잡동사니들이 벽을 따라 쌓여있었어요. 신문지며 잡지책이며 솜 보따리며 말린 나물들 그리고 꿀단지 조청단지까지. 그것들을 들춰보고 냄새 맡아보고 손가락으로 찍어 먹어보고 하노라니 시간이 뭉텅 흘러갔어요.

시간을 되돌릴 수는 없는 것인가. 뜨개질거리를 망쳐놓기 전으로. 아예 삼분이가 죽기 전으로.

나는 잡동사니 틈새에 틀어박혀 눈을 감았어요. 아늑했어요. 밤인 듯했어요. 어둠 속에서 시간이 뒤로 흘러가는 느낌에 잠겨들었어요.

뎅 뎅 뎅….

대청마루 기둥에 걸린 괘종시계가 시간을 알리는 소리는 다락방을 비껴가지 않았어요.

엄마가 내 등짝을 후려쳤어요.

"전생에 웬수가 아니구서야…. 눈 씻구 찾어두 맘에 드는 구석이라군 한군데두 읎는 년."

눈앞에 우악스러운 엄마 버선발이 버티고 있었어요. 버선코가 뾰족 솟은 삼분이 버선발과 어쩌면 저렇게 다를까 싶었어요. 하루에도 수십 번 마루 끝에서 댓돌을 향해 사뿐히 내려지던 삼분이 버선발이 아른거렸어요. 뒤꿈치와 앞볼에 덧댄 헝겊을 야무진 홀치기로 기운 버선발은 얼마나 매초롬했던가. 새처럼 날렵했어.

엄마 욕설은 귀에 들어오지 않았어요. 버선코가 뭉그러진 넙데데한 엄마 버선발을 흘겨보며 나는 '발목쟁이꺼정 심술이 그득한 년'이라던 할머니 목소리만 떠올리고 있었어요.

학교에서도 불쑥불쑥 삼분이 생각이 났어요. '삼'이나 '분' 글자만 보아도 목구멍이 뜨거워졌어요. 공책에 말라붙은 눈물 얼룩엔 또 새 눈물이 떨어지곤 했어요.

밤에는 오래도록 잠들지 못했어요. 바느질하는 할머니는 끊어질 듯 말 듯 소리가락만 이어갔어요. 노래 같기도 하고 이야기 같기도 한 소리가락은 조청 끈처럼 점점 가늘어지다가는 다시 또 엿가락처럼 굵어졌어요. 뒤태를 보이고 있는 할머니 궁둥이가 지척에 있었어요. 소리가락이 그 궁둥이에서 새나오는 것처럼 울렸어요.

울려나오는 소리가락이 할머니의 시앗이었던 친할머니와 삼분이를 나란히 불러냈어요. 삼분이가 죽지 않았다면 할머니 소원대로 엄마의 시앗이 될 수 있었을까. 나는 고개를 가로 저었어요. 절대로 아버지는 첩을 거느리지 않을 것 같았어요. 체면 때문이 아니라 아버지는 첩을 두는 사람들과는 다른 세상을 살아갔으니까요.

"잠두 안 자구설랑 또 삼분이 생각을 허는 게로구먼. 딴은, 늘 곁에 있었으이 눈에 삼삼헐 수배께. 사램이구 즘생이구 간에 시상에 나와 살다가 죽게 매련이긴 허지만서두 참말루 아까워. 청춘이 아깝구 인물이 아깝구."

할머니는 뒤에도 눈이 달렸나 싶었어요. 나는 이불 속으로 들어가 콧물을 들이마셨어요.

"안적 마빡에 피두 안 마른 거이 웬눔에 눈물이 그리 많은구. 여자가 눈물이 많으믄 팔자가 사나운 뱁이거늘."

나는 할머니 궁둥이를 쏘아봤어요. 친할머니의 가엾은 모습을 떠올리던 참이었어요.

새댁이 방안에서 아기를 안고 있어요. 아기는 나오지 않는 젖을 빨며 울어대요. 아기를 들여다보는 새댁 얼굴엔 근심이 가득해요.

깜깜한 부엌이에요 새댁이 부뚜막에 쪼그리고 앉아 도둑괭이처럼 미역국을 쩌먹고 있어요. 새댁은 쩌먹은 미역국만큼 냉물을 솥에 부어요.

어두운 밤 새댁이 대문가에 있어요. 보따리를 끌어안았어요. 소매 자락으로 자꾸 눈물을 훔쳐요.

친할머니가 두 번째로 딸을 낳았을 때 배를 곯게 만든 장본인이 본처인 할머니였대요. 물론 엄마가 한 말이지요. 산모가 곯으니 젖이 나올 리없고, 젖이 없으니 아기는 죽고 말았대요.

"글쎄 젖 한번 제대루 멕여보지 못헌 갓난쟁이가 숨이 끊어져뿐졌으니을매나 기가 맥힐 노릇이겠어. 죽은 애를 끌어 안구는 오죽 기운이 읎었으믄 소리 내 울지두 못허구 모기소리맨치 입술만 달싹였대니…."

내가 외울 정도로 들은 소리를 엄마는 언제나 처음인 듯 말하곤 했어요.

"사람이 속이 허하기만 해두 헛것이 보이구 헛소리가 나오는데 자식까장 잃었으니 그 속이 오죽허셨을까. 글쎄 헛소리 좀 헌 걸 가주구 실성했다구 쫓아냈다니 원…."

그러나 할머니 말은 달랐어요.

산모라는 게 갓난쟁이를 윗목으로 밀어둔 채 젖도 안 물리고, 미역국에도 손을 안 대고, 묻는 말에도 대꾸 없이 입을 봉하고, 애가 울거나 말거나 바람벽만 마주보고 앉아 있었대요. 두 번째도 아들이길 고대하다가 딸을 낳자 그만 낙심이 되어 그 지경에 이른 것이라고 했어요.

"종당엔 애를 죽게 맹글구, 애가 죽구 나자 열에 들떠 앓다가 겔국 미쳐서는 천지사방 돌아댕기더니만 어느 날 종적을 감촤뿌렸지. 사람을 풀어 을매나 찾아쌌는데. 제우 찾아오믄 뭘혀. 또 나가구 마는 걸."

할머니 얘기도 엄마 얘기와 마찬가지로 숱하게 들은 내용이었어요.

문밖에서 바람이 문풍지를 울리고는 내뺐다가 다시 찾아와 울리고는 했어요. 멀리서 들리던 개 짖는 소리도 끊겨버렸지만 잠은 오지 않았어요. 등잔불이 꺼지고 할머니도 이불속으로 들어왔어요. 문창호지만 희끄무레할 뿐 방은 완전히 깜깜해졌어요.

친할머니에 대한 엄마와 할머니의 말을 떠올리면 혼란스럽기만 했어요. 도대체 누구 말이 사실인지 종잡을 수가 없었어요. 어쨌거나 두 할머니가 다 불쌍하다는 생각이 들었어요. 연이어 아들만 낳고 싶었을 친할머니 마음과 아이를 낳지 못한 할머니 마음이 다 고통스러웠을 테니까요. 따지고 보면 아예 아이를 낳을 수조차 없는 할머니가 더 불쌍해야 마땅한 일이겠지요. 그런데 두 번째도 아들이길 바랐는데 그만 딸이어서 상심했을 친할머니가 조금 더 불쌍하게 느껴졌어요. 그리고 친할머니는 할머니보다 더 고와서 삼분이처럼 예쁜 모습이었을 것 같았어요.

삼분이는 새가 됐을까. 어쩌면 친할머니도 돌아가셨다면 새가 됐을 거야. 둘 다 새가 됐다면 새 중에도 하늘 높이 나는 큰 새였으면 좋을 텐데. 낮게 날아다니는 작은 새라면 아이들 돌팔매나 새총에 맞을 수도 있는데.

왜 사람은 한 번 죽으면 다시 살아날 수 없는 걸까.

왜 사람들은 휴전선을 만들어 놓고 오지도 가지도 못하게 하는 걸까.

밤이 지나면 아침이 오는 것처럼.

해마다 설날이 오는 것처럼.

그렇게 죽은 사람이 살아날 수 있다면.

그렇게 휴전선이 허물어질 수 있다면.

4

"조부 기일이 마침 반꿩일인지라 이번 참엔 쟈 아범두 참관허게 되는 구먼."

문지방 건너편에서 할아버지가 대님을 매며 말했어요.

"꽤나 흐마허신게유. 우쩌다 한번 자손노릇 허는 걸 가주구설랑."

새로 쪽을 찐 할머니는 손거울을 비춰보며 대꾸했어요. 사랑방 두 칸 사이의 장지문은 손님이 들 때 외엔 늘 양쪽으로 활짝 열려있었어요. 온 기가 미미한 화롯불을 할머니가 인두로 뒤적이자 금세 훈기가 돌았어요. 추수가 끝난 무렵이라 새벽녘은 오스스했어요. 구멍다리쇠에 식은 숭늉 대접이 올려졌어요.

"높은 꿩부 시케봤자지. 조선에서 젤루 좋대는 대핵 나왔대야 번듯헌 감투하날 쓰길 했나, 원. 제우 선상질이나 허는누무 걸."

숭늉 대접을 들고 문지방을 넘어간 할머니는 입버릇처럼 구시렁거리던 말을 또 시작했어요. 그런데 이번에는 뒷말을 잇지 않았어요. 할아버지가 숭늉을 후루룩 불며 다 마시도록 할머니 입은 열리지 않았어요. 이젠 아버지를 굳이 집에 불러들이고 싶지 않아졌겠지요. 나는 할머니가 이어가지 않은 뒷말을 떠올렸어요. 삼분이가 죽기 전까지 자주 듣던 소리를.

"그깐누메 선상질은 한양에서만 해야 허는 벱이라두 있나 원. 은제꺼정 객지에서 들락거리게 헐 거우? 영감이 붙들어 앉혀야지. 내처 두구만 보실 작정이우? 핵교야 춘천읍에두 쌨을 거구먼."

아침부터 집안이 북적거리기 시작했어요. 방과 대청마루는 물론 마당 우물가 어느 한구석 호젓한 곳이 없었어요. 일꾼아저씨들이 여기저기 차일을 치고 멍석을 편 자리에는 전 부치고 제기 닦을 준비를 하고 있었어요. 나는 삼분이 모습이 어른거려 한참씩 지켜보았어요.

토요일이라 학교수업이 일찍 끝났어요. 따가운 가을볕 탓일까. 풀밭길에서는 유난히 많은 송장메뚜기들이 푸드득 튀었어요. 송장메뚜기란 이름답게 그것들은 죽었다가 다시 살아난 듯 둔한 몸으로 기를 쓰고 날갯짓을 해댔어요. 햇빛을 잘게 부수는 날갯짓을 눈으로 쫓으며 나는 죽었다가 살아나는 기적에 빠져들어 갔어요. 그 기적이 삼분이에게 꼭 일어날 것 같았어요. 그것도 제삿날인 바로 오늘. 삼분이 정성을 모를 리 없는 조상님 음덕으로. 어쩌면 내가 학교에 있는 동안 이미 기적이 일어났을지도 몰라.

숨이 가빠졌어요. 살아 돌아온 삼분이가 집에서 일하고 있는 모습이 눈에 잡혔어요. 나는 뛰기 시작했어요. 빨리 삼분이를 두 눈으로 확인하고 싶은 간절한 마음에 뜀박질을 멈출 수가 없었어요. 헉헉 쉴 새 없이 숨을 토해내는데도 가슴이 터질 듯했어요.

집안 그 어디에도 삼분이는 없었어요.

갑자기 귀가 먹먹해졌어요. 눈앞의 사람들은 무성영화 속 인물들 같 았어요.

집안은 아침보다 더 북적거렸어요. 안방엔 할머니들이 사랑방에 할아 버지들이 진을 치고 있었어요. 할머니들은 도라지 껍질을 벗기기도 하고 다식판에 노란 송화다식이며 검정깨다식을 찍어내는 일을 했지만 할아 버지들은 음식상 앞에 둘러앉아 먹고 마시기만 했어요. 아이들은 툇마 루나 댓돌 아무데서나 제 엄마가 앞치마 폭에 싸서 연신 날라다주는 먹 을거리를 허겁지겁 먹어대느라 정신이 없었어요. 화롯불 앞에서 전을 부 치는 아낙네들은 얼굴이 벌겠어요. 불기운 탓이기도 했지만 치마폭에 감 춰놓고 마시는 막걸리 때문이기도 했어요. 그네들은 한꺼번에 여러 가지 를 했어요. 전 부치며 술 마시며 킬킬거리며 얘기하며…. 덩치 큰 영자 엄 마 얼굴이 제일 시뻘겠어요.

엄마는 집안 여기저기를 바삐 돌아다녔어요. 광에 가서 소쿠리를 내오 기도 하고 다락에서 보자기에 싸인 무언가를 꺼내오기도 했어요. 할머니 와 엄마는 문지방 앞이나 댓돌에서 자주 마주쳤어요. 신기하게도 둘 다 화색이 도는 환한 낯빛이었고 주고받는 말투도 사근사근했어요. 모여 있는 사람들 모두가 약속이나 한 듯 싱글벙글 웃는 낯이었어요. 작년 제삿날 함께 있던 삼분이를 모두들 잊은 듯했어요. 자꾸 눈에 띄는 덕순 이가 거슬렸어요. 덕순이년이 삼분이를 밀어낸 것만 같았어요.

제삿날이어선지 다른 때보다 아버지가 일찍 왔어요. 아버지가 집안에 들어서자 아낙네들 말소리가 잦아들었어요. 아버지는 잠시 사람들과 섞 여 있다가 안채가 보이지 않는 호젓한 연못가를 서성거리고 있었어요. 나도 호젓한 장소가 필요했어요. 소꿉 바구니를 들고 뒤란으로 갔어요.

장작가리 뒤에서 웬 뭉텅이가 담 밖으로 훌쩍 넘어갔어요. 부침개와 떡 냄새가 풍겼어요. 장작가리 뒤에서 목을 빼고 할금거리며 나온 사람은 밤골네였어요. 나를 본 밤골네는 입귀를 올리고 야릇한 웃음을 흘렸어요.

"아유 내가 고만 소피가 급해설랑. 벤소깐 갈 새가 읎어 여그서 봤다."

치마꼬리를 다잡아 여미며 나를 훑어보는 밤골네 눈빛은 네가 뭘 어쩔 테냐, 는 듯 희번덕였어요. 음식을 몰래 빼돌리다 들켰으면서도 뻔뻔스럽게 당당했어요.

장작가리 뒤도 호젓한 장소가 못되는 곳이 돼버렸어요. 연못 반대편 둔덕이 눈에 들어왔어요. 나무들과 넝쿨식물이 우거져있는 그곳은 집과는 별개의 장소였어요. 마침 연못가를 서성거리던 아버지도 보이지 않았어요. 어느 땐가 뱀을 밟을 뻔한 후로 안 가던 곳이지만 그쪽으로 발걸음을 옮겼어요.

나는 뱀을 밟을 뻔했을 때보다 더 놀랐어요. 아버지가 그 은밀한 구석에 혼자 웅크리고 앉아있을 줄은 상상도 못한 일이었어요. 나를 보는 순간 아버지도 놀라 몸을 일으켰어요. 변소에 쭈그려 앉았다가 남의 눈에 띄었을 때처럼 당황하는 표정이었어요. 아버지는 서둘러 반대쪽으로 멀어져갔어요.

아버지가 앉았던 자리에 손수건이 떨어져있었어요. 자수문양이 눈에 익은 것이었어요. 쪼그려 앉아 한참 들여다봤어요. 내가 탐을 내던, 삼분이가 수놓은 손수건이었어요. 뱀이 빠져나간 허물처럼 풀기 없긴 했지만 테두리의 올을 뽑고 군데군데 묶은 모습까지 영락없었어요. 봐선 안 될 것을 봐버린 듯 난감했어요.

서너 살이나 된 사내애들이 아랫도리를 홀랑 벗은 채 마당을 돌아다니고 있었어요. 할머니들이나 아낙네들은 오며가며 사내애들 사타구니에 손을 댔어요. 그러곤 불알을 떠받치듯 손으로 스윽 훑어 올리며 노래하듯 말했어요.

"아이구! 고추 봐라 고추. 고추 따먹자."

손을 입에 대고 쩝쩝 소리를 내며 덧붙였어요.

"아이구 고노메 고추 맛나다."

대문가에선 여자애들이 고무줄놀이를 했어요. 노랫소리가 쨍쨍 울렸어요. 고추 먹고 맴~맴. 담배 먹고 맴~맴. 일꾼아저씨가 여자애들을 몰아내며 멍석을 폈어요. 멍석 위에 곧바로 상이 차려졌어요.

주상사와 함께 떼거리로 들이닥친 아저씨들이 할아버지를 향해 굽실거리고는 음식상 앞에 자리를 잡았어요. 그들 눈길이 모두 한 곳을 향했어요. 주전자가 얹힌 소반을 받쳐 든 못둑네가 댓돌을 내려서고 있었어요. 못둑네 이마에서 햇살이 반짝거렸어요.

퍼뜩 잠에서 깼을 때 방엔 나 혼자 뿐이었어요.

제사가 끝났나? 그새 자시가 지난 건 아니겠지.

대청마루에 의관을 갖춘 아버지와 할아버지와 몇 명의 문중 남자어른들이 둘러앉아 있었어요. 나를 보자 한마디씩 했어요.

"여태 안 자구 있었나부네."

"젯밥 먹을라구 일어난 게지."

"제사는 증우가 지내야 허는데…."

누군가는 제상에 올릴 생률을 치고 있었고 누군가는 향로에 향불 피울 채비를 하고 있었고 아버지는 먹물을 찍어 한지에 축문을 쓰고 있었어요. 안방엔 할머니와 문중 할머니들이 둥그렇게 앉아있고 새댁들은 윗목에서 소쿠리의 제기를 마른 행주로 닦고 있었어요.

"어이구, 증와가 제풀에 일어나 나오는구먼."

문중 할머니는 내가 나타난 게 무슨 대단한 일인 양 손짓까지 해가며 큰소리로 말했어요.

"곁에 핼미 읎는 걸 귀신 겉이 알구 짚은 잠이 못 든 게야. 지삿밥 먹을라믄 안적두 멀었구먼. 여그 와서 한숨 더 자. 핼미가 깨워줄 테이."

나는 하품을 하면서도 고개를 가로 저었어요.

"누가 청개구리 아니랠까봐서. 그러믄 마당에 나가설랑 찬바람을 쐬던가, 찬물루 낯을 씻던가."

부엌으로 통하는 쪽문이 열리며 못둑네가 얼굴을 디밀었어요.

"마님, 지는 인제 가보겠에유."

아마 대청에 남정네들이 있으므로 그곳을 거쳐 방으로 들어오지 못하고 쪽문으로 할머니에게 인사를 하는 것 같았어요.

"밤 늦두룩 욕봤구먼. 밤질 조심허게."

대문은 활짝 열려있었어요. 대문을 나서는 못둑네의 뒷모습이 어둠 속이라 그런지 얼핏 삼분이 같았어요. 할머니가 모녀를 두고 수없이 하던 말이 떠올랐어요.

"크두 작두 않은 키에 분칠 안 해두 박속 겉이 하얗고 새초롬헌 얼굴에 목고개서껀 허리서껀 낭창낭창허이 남정네 애간장을 녹이구두 남을 자태구 말구."

나는 끌리듯 못둑네 뒤를 따라갔어요. 집에 사람들이 북적거리는데다 기둥 여기저기 걸린 등롱불빛 때문에 한밤중이 무섭게 느껴지지 않았어요. 담장 저쪽으로 못둑네가 멀어지는 순간이었어요. 뒷담으로부터 시커먼 그림자가 불쑥 나타났어요. 어른 남자였어요. 나는 미끄러지듯 다가갔어요. 들킬까봐 겁이 났지만 되돌아서지 않았어요. 어느새 입이 바싹 말라있었어요. 가슴이 뛰는 소리가 들렸어요. 나는 들키지 않으려고 주저앉아 몸을 웅크렸어요.

두 사람 모습이 뒷담 저쪽으로 멀어지고 있었어요. 나는 네 발 달린 짐승 꼴을 하고 기어갔어요. 소리 안 나게 조심조심 두 손 두 발을 짚어 나갔어요. 할머니 목소리가 귓전에 울리는 듯했어요.

'마빡에 피두 안 마른 거이 으른 뒤를 왜 밟는 게야. 어여 냉큼 물러나지 못혀.'

쿡, 웃음이 샜어요. 한밤중에 이런 델 기어가고 있는 나를 누가 상상이나 할까. 나는 올빼미 눈이 되어 어둠 속을 살폈어요. 쥐도 새도 모르는 게 분명했어요. 물론 하늘이 알고 땅이 알겠지만. 그리고 귀신도 알겠지만. 하늘, 땅, 귀신…. 이제 그런 걸 두려워하고 싶진 않았어요.

아버지가 떨어트린 손수건이 어둠 속에서 허옇게 너울거리는 듯했어요. 여태 그 자리에 있을까. 아버지가 찾아갔을까.

축축하고 서늘한 흙과 풀과 돌들이 맨손바닥에 닿았어요. 자갈 모서리나 막대기 끝이 손바닥을 찌르기도 했어요. 아무래도 어둠 속 어디선가 귀신이 지켜보는 것 같았어요. 두려워말자면서도 두려움을 완전히 떨쳐낼 수가 없었어요. 되돌아갈까? 그러기엔 억울했어요.

큰 항아리 같은 모습이 눈앞에 보였어요. 한 덩어리가 된 두 사람. 담안에서 뻗어 나온 나뭇가지가 그들 위를 지붕처럼 드리우고 있었어요. 담 뒤로는 드문드문 짚가리가 쌓여있을 뿐 멀리까지 텅 빈 논이었어요. 한 덩어리로 얽혀있던 두 사람이 갑자기 바닥으로 쓰러졌어요. 바닥에 닿은 그들의 모습을 좀더 자세히 보기 위해 나는 소리 죽여 다가갔어요.

못둑네와 똑같이 남자와 한 덩어리가 되어 쓰러졌을 삼분이 모습이 어른거렸어요. 눈앞에 있는 못둑네 사내보다 삼분이의 사내가 더 궁금해졌어요. 누굴까. 삼분이 뱃속에 저렇게 버둥거리며 애를 배게 한 사내는. 그도 저렇게 기를 쓰며 몸부림을 쳤을까.

아냐. 절대로 그럴 리 없어.

나는 어둠에 잠긴 버덩 솔밭에서 보았던 모습을 지우기 위해 머리를 흔들었어요. 잘못 본 거야. 그럴 리가 없어. 설사 맞는다 해도 저렇게 한 덩어리가 되진 않았을 거야. 검은 허공에 희끗희끗 삼분이가 수놓은 손수건이 또 너울거렸어요.

숨을 헐떡이며 허둥거리는 바람에 벗어던진 신발짝 하나가 마루 위로 딸려 들어왔고 나는 코방아를 찧으며 엎어졌어요. 엄숙한 표정으로 제사상 앞에 있던 어른들은 말없이 헛기침만 했어요. 할머니가 내 손을 잡아끌고 방으로 들어갔어요. 눈앞으로 담장 뒤에서 본 장면이 계속 따라왔어요.

"대관절 밖에 나가 무신 짓을 했길래 지삿상 앞에서 경거망동 난리를 치는 게야!"

목소리는 낮았지만 표정은 엄했어요. 내 두 팔은 할머니 손아귀에 다부지게 잡혀있었어요. 할머니뿐만 아니라 제사상 앞에 둘러선 어른들도 내가 무슨 짓을 하고 왔는지 다 아는 듯했어요. 엄한 기운이 내 목을 조였어요. 목구멍이 답답해지며 숨이 차올랐어요. 할머니가 내 눈을 바짝 들여다보았어요. 눈동자를 아무리 굴려도 할머니 눈을 피할 수 없었어요.

코를 찌르는 향불 냄새 속에서 축문 읽는 소리가 울려 퍼졌어요.

유 우~ 세 에~ 차 아~

순간 내 목구멍에서 날카로운 울음소리가 터져 나왔어요.

제삿날 다음날 밤 나는 할머니에게 못둑네 얘기를 하고 말았어요. 아버지가 떨어트린 손수건 얘기를 하지 않기 위함일 수도 있었어요. 아버지 비밀만은 꼭 지켜야 했으니까요. 입을 열기 전까지 버틴 하루는 지독하게 힘든 시간이었어요. 남의 비밀을 혼자만 알고 있다는 건 갇혀있는 것과 다름없었어요. 그날이 일요일이어서 하루해가 더 길게 느껴졌어요.

'말이란 한번 내뱉으면 절대로 주워 담을 수 없다'가 내 입을 묶었지만 밤이 되자 더 이상 참을 수가 없었어요. 못둑네 얘기만이라도 해야 숨통이 트일 것 같았어요.

"함머이."

나는 할머니를 부르고 말았어요. 가슴이 빠르게 뛰었어요. 무참해하는 못둑네 얼굴이 턱 눈앞을 가로막았어요. 나는 마른침을 삼켰어요.

"입이 굽굽해서 그랴? 제녁밥을 먹는둥마는둥 허더니만. 배가 꺼지믄 잠두 안 오는 벱이지. 아, 산자며 약과서껀 지사 음석 쌓인 거 지 손으루 찾아먹을 노릇이지. 시방 핼미더러 갖다 바치라는 게로구먼."

할머니가 끙 몸을 일으키려했어요.

"아냐. 나 배 안 고파. 그냥 잘래."

나는 할머니 치마꼬리를 잡아당겼어요. 그 순간, 그래 말하지 말자. 못둑네 비밀도 지켜주자. 그런 생각이 강하게 들었어요. 그런데 할머니가 내 입을 열게 만들었어요.

"내 원 참. 무신 누무 조홧속인지 몰르겄네. 어제 지삿날 밤부텀 요상시럽게 굴구. 축문 읽는데 냅다 아가리질을 허질 않나. 대관절 어제 무신 일이 있었길래…."

"그래! 있었어! 무슨 일 있었단 말이야!"

내 입에서 갇혔던 말이 쏟아져 나오기 시작했어요. 할머니는 바늘귀에 실을 꿸 때처럼 숨소리까지 죽이고 내 말을 들었어요. 그러고는 가라앉은 목소리로 어르듯 말했어요.

"그런 소리는 해서는 안 되는 뱁이여. 살다보믄 보구두 못 본 척 듣구두 못 들은 척 해야 허는 일이 있게 매련인 게야. 햴미 말 멩심혀야 혀."

할머니가 길게 한숨을 쉬었어요. 할머니는 뭔가 이미 알고 있는 것 같았어요. 괜히 나 혼자만 아는 비밀인줄 알고 그토록 괴로워했던 걸 생각하니 맥이 풀리고 억울하기도 했어요.

"못둑네 아줌마랑 만난 그 아저씨 말이야. 함머이는 누군지 다 알고 있는 거지?"

방금 전과 달리 할머니가 호통을 쳤어요.

"마빡에 피두 안 마른 거이 뭐 때메 사사건건 으른덜 일을 챙견허러 드는 게야!"

제 3 부

고샅에 일렁이는 바람

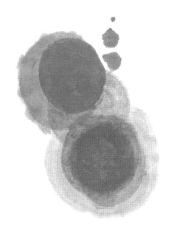

1

내게 또렷한 첫 번째 기억은 피난지에서 태어나던 동생 울음이고 두 번째 기억은 피난지에서 돌아왔을 때의 할머니 울음이에요. 두 기억 사이엔 2년이란 시간이 가로놓여 있어요. 그런데 그 시간은 물감이 번진 것처럼 어렴풋할 뿐 뚜렷한 윤곽은 없어요. 천막 수용소에서 줄 서있던 장면과 죽이 끓던 크나큰 가마솥과 초콜릿을 던져주던 파란 눈의 미군 모습이 희미하게 어른거릴 뿐이에요.

할머니는 헐린 집터에 고꾸라져서 울고 또 울었어요. 나는 무슨 영문인지도 모르고 따라 울었어요. 할머니는 울면서 주먹으로 땅을 치기도 했고 가슴을 치기도 했어요.

이끼 낀 주춧돌이 박혀있고 방고래 흔적이 남아있는 헐린 집터에서 나는 쥐들이 찍찍거리는 소리를 들으며 혼자 놀았어요. 그곳은 대낮에도 잡풀 사이로 쥐들이 활개를 쳤어요. 집이 헐리기 전엔 숨어 지냈을 쥐들이 자기들 세상을 만들어버렸어요.

헐린 집터 한 옆에 임시로 일자집이 세워졌어요. 헐린 집을 기억할 리 없는 내겐 그 일자집이 최초의 우리 집이었어요. 우리 가족은 일자집에서 지내며 새 집을 짓기 시작했어요. 나는 눈 뜨면 날마다 집 짓는 일과 밥 짓는 일을 구경했어요. 눈앞에서 벌어지는 일이니 구경하기 싫어도 볼 수밖에 없었어요.

쥐 세상은 끝이 났어요. 각목과 모래와 흙더미가 쌓이고 온종일 인부들 발자국이 다져댔어요. 일자집 부엌에선 연기와 김이 뿜어졌고 갖가지 음식냄새가 진동했어요. 가끔 술 거르는 냄새 고깃국냄새도 끼어들었어요.

어느 날 나는 고깃국냄새에 이끌려 부엌 앞에서 기웃거리다 판자문을 열었어요. 먼저 엄마와 눈이 마주쳤어요. 정우를 품에 안은 엄마는 부뚜막 구석 개다리소반 앞에 걸터앉아 있었어요. 개다리소반 위에는 고기접시가 놓여있고 정우는 새 새끼처럼 고깃점을 받아먹고 있었어요. 나를 힐끗 흘겨본 엄마는 정우의 오물거리는 입으로 눈길을 돌렸어요. 소매를 걷어붙인 못둑네와 삼분이는 각각 바삐 움직이고 있었어요. 고기냄새만 나를 아는 체하며 뱃속을 요동치게 했어요.

엄마 머리 위에 걸린 선반에는 대접, 주발, 종지, 보시기 들이 켜켜이 쌓여 있었어요. 나는 선반이 무너져 그릇들이 와장창 개다리소반 위로 떨어지는 광경을 상상하고 있었어요. 눈물이 고일까봐 눈에 힘을 주고 입을 앙다물었어요.

"근데 저년이 어디서 눈을 까뒤집구 식식거려!"

젓가락으로 고깃점을 집어든 엄마가 나를 노려봤어요. 정우는 입을 짝 벌리고 있었어요. 그때 삼분이가 가마솥뚜껑에 물을 뿌렸어요. 칙 소리와 함께 더운 김이 확 퍼졌어요. 뽀얀 김이 눈앞을 메웠어요.

나는 나뭇단이 쌓여있는 구석으로 갔어요. 그대로 부엌에서 물러날 수는 없었어요. 벽에는 방구리 쳇다리 맷손 같은 것들이 걸려있고 바닥엔 맷돌이 버티고 있었어요. 나는 나뭇단을 헤집어댔어요. 손등을 여기저기 긁히고서야 방아다리처럼 벌어진 나뭇가지를 찾아냈어요. 새총을 만들기에 알맞은 모양이었어요. 나는 나뭇가지를 엄마 앞에 흔들어 보이며 박음질하듯 말했어요.

"이거 찾으러 온 거야!"

정우가 나뭇가지를 뺏으려고 달려들었어요. 나는 팔을 치켜들고 요리조리 피했어요. 정우가 울음을 터트렸어요.

"동생 안 줄 거믄 어여 가주구 나가지 못해!"

엄마가 빽 소리쳤어요. 나는 부엌을 나오자마자 나뭇가지를 던져버리고 곧장 할머니에게로 달려갔어요. 할머니 치마폭을 움켜쥐자마자 울음이 터지려고 했어요. 할머니는 내가 말하지 않는데도 부엌에서 있던 일을 다 알아맞혔어요.

"뷕에 가 지웃대다가 쫓게난게로군. 보나마나 증우새끼헌티만 괴기 뎅일 퍼 멕였을 테지."

새 집 짓는 일은 아주 더뎠어요. 나는 할머니 옆구리에 붙어 있다가 깜빡깜빡 졸았어요. 통나무나 각목을 여럿이 들고 옮기는 모습은 변사 목소리도 들리지 않는 활동사진처럼 보였어요. 그래도 달구질이란 걸 할 때는 볼 만 했어요. 장정 셋이 매달려 절구통만한 달구를 들어 올렸다가 땅에 떨어트리면서 터를 고르는데 그때마다 쿵 쿵 소리가 가슴을 울렸어요. 달구꾼들은 달구질을 하면서 박자와 가락을 맞춰 소리를 했어요.

돌덩이처럼 단단하게. 반석처럼 편편하게.

그렇게 집터를 다지고 나서 새 주춧돌 위에 기둥을 세우고 상방 중방을 끼워 맞추는 데만도 오랜 날이 걸렸어요. 집의 뼈대가 세워지고 마침내 대들보가 올라가던 날은 온 식구가 이른 아침부터 부엌과 마당을 바쁘게 오갔어요.

할머니가 툇마루에 서서 삼분이를 손짓으로 불렀어요. 할머니는 삼분이에게 먹을 갈도록 시켰어요.

"물을 맞춤맞게 부어설랑 츤츤이 오래두룩 갈아야 허느니."

할머니는 담뱃대 확에 담배를 쟁여 넣고 엄지로 꾹꾹 누르면서도 눈은 먹을 갈고 있는 삼분이를 보고 있었어요.

"먹물을 새카맣게 갈아설랑 아범에게 니가 가주가거라."

할머니가 삼분이 가까이 다가앉으며 말했어요.

"아니, 지끔 예서 뭘 허구 있는 게야. 나 참 기가 맥혀서 말이 안 나오네."

갑작스런 엄마 목소리에 모두 고개를 들었어요. 놀란 삼분이가 발딱 일어나는 바람에 하얀 버선등에 먹물방울이 검정 깨알처럼 튀었어요.

"아따! 갑재기 난리라두 터졌대더냐? 웬눔의 소란이야? 내가 시케서 허는 일이구먼."

"시방 부엌에선 콩 튀듯 바빠 죽겠는데…. 먹물 가는 건 아무나 헐 수 있는 일이잖아유."

"이런 고이헌 겡우가 있나."

할머니가 몸을 일으키자 에헴! 에헤헴! 할아버지 헛기침소리가 크게 울렸어요. 더 이상 아무도 입을 열지 않았어요.

매끈하게 다듬어진 대들보에 아버지가 큰 붓을 들어 글씨를 써내려갔어요. 양쪽 끝에 쓴 큰 한문글자는 용과 거북이를 뜻하고 중간에 써내려간 글자는 대들보가 올라간 날짜라고 할아버지가 설명해주었어요. 아버지가 붓을 놀려 쓴 글씨를 보고 동네 사람들이 감탄하는 소리가 들렸어요.

"멩필이구말구. 어려서부텀 붓 놀리는 솜씨가 예사롭지 않더니만."

상량이 끝나고 인부들과 동네사람들이 멍석 위에 차려놓은 술과 고기 떡을 먹으며 덕담들을 쏟아냈어요. 그전 집보다 몇 배는 더 번듯하고 덩실한 집이 될 거라는 둥. 기둥들이 튼실해서 몇 백 년 가도 끄떡없겠다는 둥. 어딜 가도 이런 집은 없을 거라는 둥.

일자집은 엉성해도 방이 셋이었어요.

부엌은 두 개의 방과 나머지 방 사이에 있었어요. 하루에 대여섯 번 목수와 인부들을 먹여야 했으니 언제나 훈김이 돌았어요. 어느 방보다 넓은 부엌에서 눈에 확 들어오는 건 크고 작은 무쇠 솥 세 개였어요. 흙 부뚜막에 박혀 있는 솥이 유난히 새카맣고 윤기가 자르르 돌았던 건 삼분이 손길 때문이었어요.

나는 부엌에 엄마가 없는 틈을 타 들어가곤 했어요. 무쇠 솥 옆 물동이 안에 동동 떠있는 바가지 때문이었어요. 다른 그릇과 달리 바가지는 물속에 가라앉지 않았어요. 손으로 꾹 누르고 있다가 놓으면 이내 물 위로 떠올랐어요. 아무리 거듭해도 마찬가지였어요. 삼분이도 바가지를 물속에 가라앉히지 못했어요. 바가지에 귀신 붙은 것 아니냐는 내 말에 삼분이는 소리 없이 웃기만 했어요.

가라앉지 않는 바가지는 두드리고 놀기에 딱 좋았어요. 물 위에 엎어진 바가지를 손으로 두드리면 통 통 울리는 소리가 재미있었어요. 정신없이 소리에 빠져들어 바가지에 금이 가는 줄도 모르고 두드려대다가 엄마에게 혼나는 일이 한두 번이 아니었어요.

부엌아궁이 불길은 안방과 윗방으로 통했고 나뭇단이 쌓인 반대쪽 벽과 붙은 방은 그 방 꽁무니에 소여물을 끓이는 아궁이가 따로 있었어요. 벽도 없이 나무 기둥에 이엉으로 지붕을 덮은 부뚜막에도 미미하나마 언제나 온기가 남아 있었어요.

아랫방은 할아버지 할머니와 내가 썼는데 제일 작았어요. 셋이 누우면 화로와 요강 놓을 자리가 겨우 남았어요. 윗방은 엄마와 동생과 주말에 내려오는 아버지가 썼고 여물 끓이는 가마솥 걸린 방은 일꾼들이 썼어요. 식구들 중 이 방 저 방을 휘젓고 다니는 건 나밖에 없었어요.

어느 날 한밤중에 소동이 일어났어요. 나는 요강에 걸터앉아 오줌을 누다가 기겁을 했어요. 나보다 먼저 기겁을 한 사람은 할아버지였어요. 할머니가 등잔불을 붙이랴 이불을 걷어내랴 법석을 떨었어요. 나는 요강이 아니라 할아버지 얼굴을 깔고 앉아 오줌을 누었던 것이었어요.

아래위 칸 문밖으로는 꽤 넓은 툇마루가 있었어요. 할아버지 할머니는 긴 담뱃대를 물고 거기 앉아 새 집 짓는 광경을 멀거니 바라보곤 했어요. 두 사람 얼굴엔 기쁜 기색이 별로 없었어요.

"무신 눔의 조홧속인지 원…."

할머니는 중얼중얼 똑같은 혼잣말을 하고 또 하곤 했어요. 사라진 옛 집 때문이었어요. 전쟁 통에 폭격을 맞은 것도 아닌데 왜 마을에서 유독 우리 집만 아침못 전설 속의 집처럼 홀연히 사라진 것일까. 할아버지와 할머니는 헐려버린 옛집 얘기를 끊임없이 했어요. 할아버지가 인민군들 소행일 거라고 하면 할머니는 당치 않은 소리라며 아군들 짓이 맞을 거라고 했어요. 어떤 땐 할머니 쪽에서 인민군들이 저지른 일인 것 같다고 말하기도 했어요. 그러면 할아버지는 아무래도 아군들 소행 같다고 말했어요. 할머니가 담뱃대로 놋쇠재떨이를 탕탕 두드리며 중얼거렸어요.

"우찌믄 동네사람 짓일 게유. 배곯는 판국이니 눈이 뒤집힐배께. 쓸 만헌 재목을 팔아먹을 요량으루다 멀쩡헌 집을 헐어버린 게지."

동네사람 짓일 거라는 할머니 말에는 웬일인지 할아버지 쪽에서 대꾸가 없었어요. 대신 헛기침소리만 냈어요. 할머니는 고개를 끄덕였어요.

때때로 삼분이가 툇마루에 앉아 수를 놓았어요. 몸을 재게 놀리며 부엌일할 때와는 다른 모습이었어요. 삼분이가 앉아있으면 무슨 까닭인지 툇마루가 달리 보였어요. 그 이상한 느낌은 주위를 휘둘러보게 했어요. 수수깡이 얼기설기 드러난 흙벽. 돌쩌귀가 잘 안 맞아 삐뚜름한 외짝 여닫이문. 한겨울 물 묻은 손으로 만지면 쩍 달라붙는 문고리. 문고리에 대롱대롱 매달린 손잡이 노끈. 달라진 건 아무 것도 없었어요.

삼분이 모습이 그림처럼 고요해서일까 그 앞을 함부로 오가게 되지 않았어요. 아래로 약간 숙인 이마와 살포시 내리뜬 눈은 주문을 외고 있는 모습 같았어요. 수실 꿴 바늘로 한 땀 한 땀 수를 놓아가는 삼분이 손은 신기했어요. 나는 삼분이 등 뒤로 다가가 고개를 빼고 들여다보곤 했어요.

수를 놓던 삼분이가 책을 읽을 때도 있었어요. 수틀 밑이나 치마 밑에 감춰놓고 가끔씩 들춰봤어요. 남의 눈에 띌까 조심스레 주위를 살피면서 책장을 넘겼어요. 엄마의 기척이나 발소리는 귀신같이 알아챘어요. 눈 깜짝할 새에 책을 치우고 바느질감을 잡았어요. 아슬아슬한 경우가 한두 번이 아니었어요. 아무리 조심을 해도 어떤 땐 엄마가 눈치를 챘어요.

"흥. 같잖은 것이 주제넘게…."

엄마는 쌩 바람을 일으키고 멀어져가며 혼잣말을 등 뒤로 흘렸어요.

2

새 집이 완성되자마자 일자집은 사라졌어요. 갑자기 다른 세상으로 옮겨진 듯 했어요.

안채 사랑채 행랑채가 들어선 넓은 새 집에서 삼분이가 일하는 모습은 눈길을 끌었어요. 그 일이 아주 재미있게 느껴지도록 했고 따라하고 싶게 만들었어요. 걸레질까지도 그랬어요. 야무지게 비틀어 짠 걸레를 탁탁 턴 다음 착착 접어 손바닥 밑에 놓고 마룻바닥을 차근차근 닦아나가는 동작은 내게 노래를 흥얼거리게 만들었어요.

물이 찰랑찰랑한 동이를 머리에 이고 걸어가는 모습은 정말 신기했어요. 머리타래 꼬리는 움찔움찔 춤을 추는데 똬리에 덩그렇게 얹힌 물동이는 끄떡도 하지 않았어요.

나도 삼분이처럼 해보고 싶었어요. 빈 동이라면 머리에 이고 걸을 수 있을 것 같았어요. 우물가에 아무도 없을 때 빈 동이를 우물 턱에 올려놓고 똬리를 머리에 얹었어요. 키를 동이에 맞추고 머리 위로 동이를 옮기기는 했어요. 그런데 구부린 다리를 펼 수가 없었어요. 설 수도 앉을 수도 없는 지경인데 몸이 앞으로 기우뚱했어요. 순간 동이가 박살나는 소리와 함께 얼굴이 땅바닥에 뭉개졌어요.

그날은 물동이 인 삼분이 모습보다 아버지 모습이 더 신기했어요.

나는 뒤란에서 소꿉놀이에 빠져있었어요. 사금파리에 흙을 담고 풀잎을 담으며 끊임없이 중얼거리다보니 목이 말랐어요. 마침 우물에 삼분이가 보였어요. 우물로 걸어가던 나는 멈칫했어요. 나무에 붙어선 아버지 모습이 이상했어요. 전지가위로 나무를 다듬는 게 아니었어요. 전지가위는 뒷짐 진 손에 들려있었어요. 숨어서 고개를 빼고 술래를 엿보는 아이 같은 자세였어요.

삼분이는 우물 속에 두레박을 던져 넣고 있었어요. 아버지가 나뭇가지 사이로 자신을 훔쳐보고 있다는 걸 아는지 모르는지 삼분이 얼굴은 그저 담담했어요. 그런데 이상한 건 삼분이도 아버지와 마찬가지로 나를 알아차리지 못했어요. 내가 혼령도 아닌데…. 나는 소리 나지 않게 뒷걸음질쳤어요.

담벼락 위로 하늘을 찌르는 오동나무와 물푸레나무에 아침이면 해가 걸리고 밤이면 가끔 달이 걸렸어요. 나란히 서있는 우람한 두 나무엔 크고 작은 새둥지가 매달려 있었어요. 햇살이 비치면 새들의 조잘거림과 날갯짓소리가 나뭇가지와 이파리들의 잠을 깨웠어요.

삼분이는 대문으로 들어서는 또 다른 해였어요. 삼분이가 들어서면 대문가가 환해졌고 내 마음도 환해졌어요. 어쩌다 삼분이가 늦어지는 날 대문가로 눈이 자주 갈 때면 새소리가 시끄럽게 들렸지만 삼분이가 나타나면 새소리는 금세 낭랑하게 들렸어요.

나무 밑에 있는 연못에는 작은 물고기들과 우렁이와 갖가지 곤충들이 살고 있었어요. 여름엔 쪽배를 타고 손으로 물살을 젓기도 하고 겨울엔 썰매를 탔어요. 가뭄이 들 때면 개흙이 쌓인 연못 밑바닥에서 녹슨 숟가락이나 인두 따위가 햇빛 속에 형체를 드러내기도 했어요. 개흙 속에서 나온 녹슨 숟가락을 빛나는 은 숟가락으로 바꿔놓는 건 삼분이었어요.

3

사람들은 우리 마을을 '아치모시'라고 불렀어요. 아침못을 옆구리에 끼고 사는 동네라 그렇게 부르게 됐나 봐요.

아치모시 하면 제일 먼저 떠오르는 게 쌀이었어요. 아치모시쌀은 거드름을 피우며 팔 수 있을 만큼 소문 난 쌀이었어요. 이름값을 할 만큼 쌀알의 모양새며 때깔부터가 다른 쌀과 달랐어요. 무엇보다 밥을 지어 놓았을 때 다른 쌀밥과는 엄청난 차이가 났어요. 밥알 사이사이를 감싸고 도는 윤기와 찰기는 내 눈에도 특별나게 보였어요. 어떤 어른은 후딱 먹어버리기 아까운 쌀밥인데 입에만 넣으면 저절로 목구멍으로 미끄러진다고 했어요.

가을이면 춘천시내 부자 아줌마들이 웃돈을 얹어주며 다투어 쌀을 사려고 동네로 몰려오곤 했어요. 신작로에 울긋불긋 번쩍거리는 양단 치맛자락 펄럭이며 시내 여자들이 나타나면 이 집 저 집의 개들이 일제히 짖어댔어요. 그러면 방구석에 있던 노인들은 꾸물꾸물 걸어 나와 툇마루 끝에 걸터앉고 아이들은 멋도 모르고 신이 나서 팔을 휘두르며 뛰어다녔어요. 덩달아 남정네들 헛기침소리도 높아졌어요.

덕배는 더 많이 입을 벌리고 웃었어요. 뽀얀 얼굴의 여자들은 히죽거리는 덕배를 향해 눈살을 찌푸렸어요. 그래도 덕배는 물러가지 않고 침을 질질 흘리며 웃었어요. 나는 덕배가 아무리 바보여도 낯선 여자들에게까지 무시당하는 건 싫었어요. 침을 닦을 수 있는 손수건을 가슴팍에 달아주었으면 좋겠다는 생각이 들었어요.

쌀을 한 말씩 되어 자루에 부을 때면 한 옴큼이라도 더 담기는지 덜 담기는지 눈빛들이 팽팽했어요. 그 순간엔 분 냄새 풍기는 도회 여자들이 머릿수건 질끈 동인 마을 아낙 눈치를 살폈어요. 여자들은 삼분이에게까지 눈길을 돌리느라 고개를 바삐 움직였어요. 나는 괜히 우쭐해졌어요. 삼분이를 핥듯이 훑어본 여자들은 촌구석에서 썩기 아까운 인물이라며 자기들끼리 수군거렸어요. 엄마는 콧방귀를 뀌며 두툼한 입술을 실룩거렸어요.

나는 아치모시 쌀엔 아침못 물과 함께 할머니의 치성이 배어 있을 거라고 생각했어요. 아무리 긴 가뭄이 들어도 할머니의 치성 덕분인지 넓고 깊은 못물은 완전히 말라붙진 않았어요. 할머니는 긴 담뱃대를 입에 물고 아침못을 향해 오래도록 앉아 있곤 했어요. 살아있는 사람이 그렇게 오랫동안 꼼짝도 하지 않고 가만히 있을 수 있다는 게 내겐 이상했어요. 할머니가 아침못 전설 속의 며느리처럼 돌덩이로 굳어버리는 건 아닐까 싶을 정도였어요.

동백기름을 바르고 참빗으로 빤빤히 빗은 머리에 쪽을 찐 할머니가 몸을 일으켜 세웠어요. 바둑 껌을 깨물 때처럼 톡 쏘는 화한 기운이 느껴졌어요. 새 치마저고리로 갈아입는 동작은 조심스러웠어요. 옷자락 스치는 소리가 새벽이슬처럼 맑으면서도 서늘했어요. 할머니 얼굴엔 풀 먹인 무명처럼 빳빳한 기운이 배어있었어요.

할머니는 대문에서부터 대청마루 부엌, 장독대, 우물가로 차례차례 제상을 옮겨가며 두 손 모아 빌었어요. 할머니의 주문소리는 향불 연기와 시루떡 김과 함께 하늘로 퍼져갔어요. 집안 곳곳에서 잡귀를 물리치며 집을 지켜준다는 가신들을 불러내 연신 허리를 꺾었다 폈다 중얼거리는 할머니는 내가 늘 대하던 할머니와는 달랐어요. 나는 함부로 치마꼬리를 움켜쥘 수가 없었어요. 먹고 싶은 시루떡에도 손을 대지 못했어요.

왜 할머니한테는 귀신이 그렇게 많은 것일까.

대문을 지킨다는 문귀신, 대들보를 지킨다는 성주귀신, 부엌을 지킨다는 조왕귀신…. 심지어 닳아빠진 빗자루와 부지깽이에게도 몽달귀신이 붙었을지 모른다며 허리를 굽혔어요.

나는 귀신님들에게 소원을 빌고 있는 할머니가 어서 본래의 만만한 할머니로 돌아오기만을 기다렸어요. 하지만 길고 긴 '비나리'는 집안 구석구석을 다 돌고난 후에도 끝나는 게 아니었어요. 할머니는 떡과 술 등을 보자기로 싸서 일꾼 아저씨 손에 들려 앞세우고 대문을 나섰어요. 아침못을 향해 한눈팔지 않고 걷는 할머니를 나는 멀찍이 거리를 두고 따라갔어요.

성벽처럼 높고 긴 못 둑 위에서도 할머니는 두 팔을 허우적거렸어요. 할머니의 몸짓은 처음으로 날기를 시작하는 어린 새 같았지만 드넓은 못물을 다 감쌀 것 같은 기운을 뿜어냈어요.

가뭄이 길어질 때 아침못 물은 벌겋게 옆구리를 드러내며 줄어들었어요. 할머니 말로는 아침못이 말라 바닥을 완전히 드러낸 적은 아직 한 번도 없었다고 했어요.

못물이 줄어든 아침못은 아이들 놀이터로 변했어요. 아이들은 물 빠진 가장자리 진흙구덩이를 개처럼 뛰어다니기도 하고 얕은 물에 들어가

고기를 잡기도 했어요. 아이들은 쑥쑥 발이 빠지다가 엎어지고 자빠지면서도 흙 속으로 숨어든 물고기를 잡느라 온몸이 흙 범벅이 되었어요. 물고기를 움켜쥘 때마다 목청껏 질러대는 소리가 못 둑에 부딪쳐 메아리로 울렸어요.

나는 축축한 못 바닥에서 개흙을 묻히고 꿈틀거리는 물고기보다는 옹기 조각이나 기왓장 조각을 찾아냈을 때 더 가슴이 벅찼어요. 전설 속 부잣집 사람들의 흔적 같았거든요. 어딘가에 며느리였던 돌도 분명 있을 것만 같아 사방을 두리번거렸어요. 사람 모습은 아니지만 개흙 묻은 큰 돌들이 여기저기 눈에 띄었어요.

아이들이 몰려오며 떠들어댔어요.

"금 숟깔일 수두 있을 거야."

"근데 숟깔이 왜 이런 데 있지? 암만해두 여기메서 사람이 살았던게비여."

"물속에서두 사람이 살 수 있을까?"

"못이 생기기 아주 전에, 그러니깐 여기메 물이 하나두 읎을 때 살았던 거지."

"맞다. 으른덜이 그러는데 옛날에 여기메 아주 큰 기와집이 있었대."

"야. 그건 진짜가 아니구 걍 전설이야."

"그럼 전설은 모두 가짜란 말이야?"

갑자기 덕배가 겅중거리며 손뼉을 쳤어요.

"가짜 아~냐. 진짜 아~냐."

자기들보다 두 뼘이나 큰 덕배의 하는 양이 우스웠던지 아이들은 모두 덕배 흉내를 내며 낄낄거렸어요.

떡~배는 반편이~래요~

떡~배는 칠푼이~래요~

4

할머니는 저녁이면 마실을 갔어요. 나를 재워놓고 몰래 갈 때가 많았어요. "오늘밤엔 마실이구 뭐구 일찌거니 잠이나 자야겠네."

할머니는 언제나 그렇게 말했어요. 그날 밤도 마찬가지였어요. 속곳차림으로 나를 안고 누우며 똑같은 말을 했어요. 나는 할머니 숨소리에 귀를 기울였어요. 고른 숨소리를 내고 있었지만 잠든 건 아닌 듯 했어요.

"진짜루 안 갈 거지?"

나는 몸을 일으켰어요. 할머니는 잠결인 듯 끄으응 소리를 내며 돌아누웠어요.

"안 자는 거 다 알아. 나 재워놓고 갈려는 거지?"

"그지뿌렁 아니래두 빠직빠직 물어쌌네. 제녁 먹은 거이 탈이 났능가 배가 쌀쌀 아파설랑 갈 수두 읎구면."

그래도 마음이 놓이지 않았어요. 한두 번 속은 게 아니었거든요. 할머니가 나를 떼어놓고 가려는 데는 그럴 만한 까닭이 있었어요. 잠든 나를 업고 오기 힘들어서 혼자 갔노라고 핑계를 대지만 그게 아니었어요. 말귀를 다 알아들을 만큼 자란 나를 어른들이 꺼리기 때문이었어요.

장지문 저쪽에서 들려오는 할아버지 헛기침 소리와 담뱃대 탁탁 터는 소리가 가물가물 멀어지다가 되살아나곤 했어요. 나는 물렁한 할머니 젖을 재차 움켜쥐며 쏟아지는 잠을 물리치려고 안간힘을 썼어요. 아무리 애를 써도 '떡 하나 주면 안 잡아먹지'를 들려주는 할머니 목소리는 점점 아득해졌어요. 잠이 확 벗겨지는 순간이 왔어요. 아니나 다를까 이불속엔 나 혼자 뿐이었어요. 주위엔 어둠이 숨 막히게 버티고 있었어요. 할아버지 코고는 소리는 깊은 밤을 더 깊게 몰아갔어요. 벽에서는 귀신 숨소리가 새는 것 같았어요.

무작정 대문 밖으로 나섰어요. 나는 할머니를 찾아야 했어요. 하늘에 별은 총총 박혀있지만 먹물 같은 어둠을 밝혀주지는 못했어요. 달 없는 밤 세상의 어둠은 빽빽하고 울창했어요. 뒷덜미에 휘감기는 어둠은 갈퀴손 같았어요.

백여 집이 넘는 동네의 어느 집이든 내가 안 가본 집은 없었어요. 할머니와 함께 갔거나 심부름을 갔거나 설 때 동네 애들과 세배를 갔거나. 그래서 어느 집에 누구누구 사는지 다 알고 있었어요. 그 모든 집을 다 뒤져서라도 할머니를 찾아내지 않고는 견딜 수가 없었어요. 나는 할머니가 갔을 만한 몇 집을 가려낸 다음 손가락 점을 쳤어요. 손가락 점은 맞을 때도 있고 안 맞을 때도 있지만 점을 치는 동안은 덜 무서웠어요.

함머이가 영자네 집에 갔다면 가운데 손가락에 짝짝 달라붙어라.

나는 가운데 손가락에 붙은 엄지를 떼지 않고 팔을 흔들며 걸었어요.

저 소리는 도랑물 소리야. 귀신 소리가 아니야. 밤에도 흘러가야 하니까 소리를 내는 거야. 나는 노래 부르듯 소리 내어 떠들었어요. 개는 개니까 개소리로 짖을 뿐이야. 난 할머니를 찾아야 해. 저건 소가 숨쉬는 소리야. 소는 콧구멍이 크고 코뚜레가 걸렸으니까 숨소리가 큰 거야. 난 할머니를 찾아야 해. 호랑이도 귀신도 죄지은 사람만 해코지 한댔어. 정우 때린 거랑 엄마한테 대든 건 서낭당에서 다 빌었어. 서낭당에 빌면 죄

짓지 않은 거랑 똑같아진댔어. 난 할머니를 찾아야 해.

내가 고꾸라진 건 이상한 기척에 뒤를 돌아본 순간이었어요.

"놀래지 마. 히히히. 놀래지 마."

희끄무레한 것이 웅얼거렸어요. 웃음소리 때문에 나는 금방 덕배임을 알아차렸어요. 무서움이 이내 가셨어요. 덕배가 날 일으키려했어요.

"저리 비켜!"

나는 덕배를 뿌리치고 혼자 일어섰어요.

"니 할무이 영자네 갔어. 내가 다 봤어."

아주 장한 일이라도 한 듯 덕배는 큰소리로 말했어요. 내게 그걸 알려주려고 쫓아왔던 모양이었어요. 부모가 없는 덕배는 형네 식구들과 살았어요. 형네 집에 산다기보다 동네를 떠돌며 사는 셈이었어요. 아무 일이나 닥치는 대로 해주고 밥을 얻어먹으면서 아무 데서나 잠을 잤어요. 밭가는 일이나 똥 푸는 일엔 품삯을 내주었는데 돈이든 곡식이든 덕배 형수가 다 챙겼어요. 돈도 모르고 무서움도 모르는 덕배는 더울 땐 아침 못 둑에서 밤을 지내기도 했어요.

영자네 집 댓돌엔 고무신과 짚신들이 널려있었어요. 건넌방 문은 깜깜했고 안방 문만 등잔불빛이 노랗게 물들어있었어요. 창호지가 덕지덕지 기워진 문엔 화롯불을 뒤적이는 그림자가 어른거렸어요. 깜깜한 건넌방에선 이불 들썩이는 소리와 신음 섞인 숨소리가 새나왔어요. 감자 익는 냄새가 콧속으로 들어왔어요. 나는 말소리가 새나오는 안방 문에 귀를 댔어요.

"여적지 감감 무쇠식인 걸 보믄유 살아있는 사램이 아니지유 뭐."

"참말루 못둑네 팔자두 기맥힌 팔자여. 슬하에 아들 하나 읎이."

"근데 해필이믄 이 동네 와서 과부가 될 게 뭐야유."

"입바른 소리덜 작작허게. 사램 목심이 을매나 질긴데. 아 폭탄 속에서두 살아날 사람은 살아나는 벱이구먼."

영자 할머니의 괄괄한 목소리를 끝으로 잠시 조용해지더니 작은 목소리가 감질나게 이어졌어요.

"거시기, 오다가다 들은 소린데유. 삼분 아부지 말이에유. 빨개이 물이 들어설랑 이북으루 넘어간 거이 불 보듯 뻔허다구 헙디다유."

"하이구 그따우 소리는 한쪽 귀로 듣구 한쪽 귀로 흘려보내는기 상책이여."

또 영자 할머니가 받아쳤어요. 할머니 기척은 감감했어요. 할머니가 없을 리 없는데 이상했어요. 덕배는 거짓말을 할 줄 모르거든요. 덕배가 절대로 거짓말을 안 한다는 걸 믿지 않는 사람은 아무도 없었어요.

"아유 우리 찌리니깐 허는 말이지유."

"그르믄유. 우리 찌린데 뭘 그러셔유. 실은유 삼분 아부지 소문보담은…."

말꼬리가 잦아들었어요. 나는 입에 고인 침을 삼켰어요.

"아이 뭐 입은 삐뚤어졌어두 말은 바루 하랬다구…."

또 말이 끊겼어요. 어른들은 궁금한 대목에서 뜸 들이기를 좋아했어요. 조바심에 숨이 가빠졌어요. 나는 소리 죽여 숨을 뱉어냈어요.

"못둑네 말이에유. 글쎄 무지골 안짝에서 허풍재이 주상사허구…"

"그나저나 이눔에 눈이 도통 베켜야 말이지."

이번에는 영자 할머니가 못둑네 얘기를 시작하는 아줌마 말을 아예 끊어버렸어요.

"바늘귀 꿰려다가 날 새것구먼. 암만해두 낼 영자 어멈더러 증와네 가서 재봉틀에 둘둘 박어 오라구 해야겄어. 초제녁부텀 서방 품이나 파구 드는 눈치없는 거이 재봉질이나 지대루 헐래나 몰르지. 신식병 옮아오지 않음 다행이구."

키득거리는 웃음소리가 잠시 맴돌았어요. 웃음소리 끝에 할머니의 기척 같은, 신음 섞인 한숨소리가 새나왔어요. 나는 숨을 죽였어요. 그런데 그 순간 깜깜한 건넌방에서도 신음소리가 점점 빨라지고 있었어요. 나는 부부 사이에 그런 소리가 왜 나는 건지 알고 있었어요. 건넌방 쪽으로 한 발 다가서는데 영자 할머니 목소리가 건넌방 신음소리를 덮어버렸어요.

"요새 젊은 축덜은 우리네 젊을 때완 영판 다르대니깐유. 시에미구 뭐구 지멋대루 뻗대는데는 배겨낼 재간이 읎습디다유. 돼먹은 꼬락서니는 사낸지 지집인지 모를 종자가 빠만지 뭔지 머릴 뽀글뽀글허게 볶겠다구 벨르는데 누가 말려. 말린다구 귓등으루두 안 들을 게구."

꼬불꼬불한 엄마 머리가 눈앞을 스쳤어요. 그런 머리를 한 아줌마는 동네에 몇 안 됐어요.

"아니, 으르신. 달게 주무시더니만 깨시자마자 가시게유? 감자가 마춤맞게 익었구먼유."

귀가 솔깃해졌어요. 사람들은 우리 할머니를 '으르신'이거나 '마님'이라고 불렀거든요. 다시 안방 쪽으로 다가섰어요.

"우리 즈응와 년이 자다 깨설랑 아가리질이나 안 헐라나 원."

할머니 목소리였어요. 순간 가슴속으로 따뜻한 물이 흐르는 듯했어요. 나는 신발을 벗어던지며 마루 위로 올라섰어요.

"그나저나 피 한 방울 안 쉰인 손녀를 뭘 그르케나 애지중지 허셔유? 철들믄 즈 핏줄 펜만 들낀데."

영자 할머니 목소리였어요. 나는 문고리를 잡다가 멈칫했어요.

"핏줄이 대순감. 정이 중허지. 좌우당간 증와 고거이 내 눈엔 시상에서 젤루 이쁜 걸 어쩌누."

까마득한 공중에서 떨어지는 듯 오싹했어요. 내가 지금 무슨 소리를 들은 건가. 왜 할머니와 나를 두고 저런 청천벽력 같은 말을 하는 건가.

피 한 방울…. 핏줄….

귓속이 윙윙거렸어요. 입은 덜덜 떨렸어요. 문고리를 잡은 손도 떨렸어요.

"무신 조홧속인지 몰르지. 우리 즈응와는 즈 에미허구는 눈꼽 맨치두 닮은 구석이 읎질 않은가. 겉이구 속이구 간에. 천만다행시런 일이지. 암만 다행시런 일이구 말구. 증우 새끼만 빼다박은 드끼 즈 에밀 뒤집어 썼지. 심술보서껀."

"아이구 우길 걸 우기셔야쥬. 속은 몰러두 겉은 남매가 즈 부모를 골고루 닮었구먼유. 핏줄이 어디 가겠에유."

영자 할머니 말이 끝나자마자 못둑네 얘기를 하던 아줌마 목소리가 이어졌어요.

"감자가 실헌 게 맛두 좋아유. 하나 드셔보셔유. 이쁜 손녀는 시상 몰르구 자구 있을 거구먼유."

"딴은, 왼죙일 바상거렸으이 곯아떨어졌겠지."

"암만유. 애덜 땐 한번 잠들믄 호래이가 업어가두 몰른대잖아유."

나는 문을 벌컥 열어젖혔어요. 순간 울음이 터져 나왔어요. 놀란 얼굴들이 일제히 나를 향했어요.

할머니가 나 몰래 친정나들이를 가버렸어요. 나는 할아버지를 졸졸 따라다녔어요. 버덩 솔밭에서 할아버지는 땅바닥에 나뭇가지로 천자문 중 몇 글자를 써주었어요. 취학 전이라 아직 한글도 서툰 내게 할아버지는 틈만 나면 천자문을 익혀주려 했어요. 내가 글자를 따라 쓰는 동안 할아버지는 다른 할아버지들과 얘기를 나누었어요.

삼팔선 휴전선이 어쩌고저쩌고. 뙤놈들 양놈들이 어쩌고저쩌고. 빨갱이 간첩이 어쩌고저쩌고….

그런데 귀가 솔깃해지는 얘기가 들렸어요.

"빨개이 물이 단데이 들어있던 사램이지."

"그라믄 이북으로 넘어갔다는거이 맞는 말이구먼."

"오밤중에 사내가 못둑네 집으루 들으가는 걸 본 사램이 있다던데 그럼 삼분 아범이 간첩으루 넘어온 겐가."

나는 '간첩'을 크게 썼어요. '삼팔선' '휴전선' '뙤놈' '양놈' '빨갱이'도 천자문 밑에 써놓았어요. 낱말 하나하나를 들여다보았어요. 한참 눈을 떼지 않고 있으려니 낱말들이 애벌레처럼 꿈틀꿈틀 움직이는 듯했어요.

어떤 할아버지가 부싯돌 두 개를 비벼댔어요. 성냥을 아끼려고 그러는 것 같았어요. 불티를 옮겨 붙일 쑥 솜도 보였어요. 다른 할아버지들은 담뱃대에 담배가루를 쟁여 넣고는 벙싯벙싯 웃으며 불이 일어나길 기다렸어요. 부싯돌 비벼대던 할아버지 손에서 불티가 튀며 번쩍거렸어요. 불티는 금세 쑥 솜에 옮겨 붙었고 연기와 함께 불꽃이 피어났어요. 할아버지들 웃음소리도 불꽃처럼 피었어요. 담배에 불을 붙인 할아버지들이 연기를 뿜어댔어요.

"우리 증와가 제법이야. 글씨체가 번듯허구먼."

할아버지 목소리가 들렸어요. 다른 할아버지들도 합세해서 호오, 제법

이군, 한마디씩 던졌어요.

"증우 눔이 아니라 증와가 고추를 달고 나왔어야 허능긴데…."

내 머리를 쓰다듬으며 할아버지가 웅얼거렸어요.

고추니 조개니 하는 말이 남자 여자를 가리킨다는 것쯤은 나도 알고 있었어요. 누구네 집에서 연달아 딸을 낳으면 큰 죄라도 지은 양 아낙네들이 수군거리곤 했어요.

"묵은 조개가 이번 참에두 또 햇조갤 깠대믄."

"글쎄 누가 아니래."

"벨 수 읎지. 첩이래두 딜여 고추를 은는 수배끼."

동네에서 남자와 여자를 차별하지 않는 사람은 아버지밖에 없었을 거예요. 딸들 스스로도 자신들이 구박덩이임을 당연하게 받아들였어요. 그렇더라도 우리 엄마처럼 지독하게 딸과 아들을 차별하는 사람은 없었어요.

엄마에겐 정우가 하늘 아래 최고였어요. 정우가 애기였을 땐 아무도 정우를 만지지 못하게 하려고 품에서 잠시도 놓지 않았대요. 어쩌다 할아버지가 잠깐 안아본 정우를 할머니에게 넘기려고 하면 엄마가 냉큼 채 갔대요. 정우가 나이를 먹어가도 엄마는 할머니를 경계했어요. 할머니가 잠든 정우 옆을 얼씬거리기라도 할라치면 어디선가 곤두박질치듯 엄마가 나타났어요. 정우를 막아서는 엄마는 숨을 헐떡거렸고 할머니는 어깨를 부르르 떨었어요.

"내가 그누메 새끼를 잡아먹기라두 헌다더냐? 고추 하나 낳아 논 유세가 하늘을 찌르는구나, 찔러. 허이구우 으른 애두 몰라보넌 메누리가 집안을 휘둘러싸니 장차 이 노릇을 어이헐꼬."

엄마도 가만있지 않았어요.

"귀허디 귀헌 내 새끼 위허는 게 뭬 잘못됐에유?"

할머니와 맞설수록 엄마는 정우를 더욱 특별하게 먹이고 입히고 극성을 떨었어요.

시간이 느릿느릿 흘렀어요. 아침밥을 먹은 후 배가 고파질 때까지 안채와 사랑채와 뒤란과 대문 밖을 수없이 오가도 하늘에 떠있는 해는 아직 동쪽 하늘을 다 벗어나지 않고 있었어요.

새나 비행기처럼 해도 빠르게 날 수 있다면.

나는 방바닥에 엎드려 눈을 감았어요. 해가 구름 사이를 가르며 날아가는 모습을 상상했어요. 지루할 새 없이 낮과 밤이 빨리빨리 바뀌었어요. 사람들은 허겁지겁 밥을 먹고 일을 했어요. 금세 해가 자취를 감추고 어두워졌어요. 모여 앉아 얘기를 나눌 새가 없었어요. 할머니는 밤마실을 가지 않았어요. 나는 깜깜한 밤에 할머니를 찾아다닐 일이 없어졌어요.

상상이 깨져버렸어요. 어느 집에선가 돼지 멱따는 소리가 동네를 울렸어요. 돼지는 비명소리를 길게 끌었어요. 손가락으로 귀를 막았어요. 그래도 처절한 비명소리는 귓속을 파고들었어요. 할머니가 속곳 주머니에서 꺼낸 왕방울만한 눈깔사탕을 눈앞에 들이댔어요.

"한껍에 깨밀어 먹덜 말구 츤츤이 쇠빠닥으루 뇍여가믄서 오래두룩 빨아 먹으야 혀."

속곳 속에서 나온 눈깔사탕은 미지근했어요. 그것은 한쪽 볼을 빵빵하게 부풀려놓아 입이 잘 다물어지지 않았어요. 나는 사탕을 물고 있는 그런 꼴을 엄마와 정우에게 들키고 싶지 않았어요.

엄마 눈에 띈다면, 엄마는 우선 매섭게 흘겨보기부터 할 거예요. 그런 다음 정우에게만 미루꾸를 줄 게 뻔했어요. 미루꾸는 사탕보다 맛이 더 좋을 뿐만 아니라 입에서 금방 살살 녹았어요. 정우 눈에 띈다면, 정우는 빵빵하게 부푼 내 볼을 한번 때려보고 싶어 별의별 짓을 다할 거예요. 베개나 책 같은 걸 들고 뒤에서 살금살금 다가올 수도 있고 눈앞에서 긴 막대를 휘두를 수도 있어요.

돼지는 비명소리를 낮게 끌며 아주 느릿느릿 죽어갔어요.

나는 엄마와 정우 눈을 피해 삼분이 주변을 얼쩡거렸어요. 사탕을 빠는 소리, 단물 삼키는 소리를 일부러 크게 내면서요. 아무리 다 큰 처녀여도 달콤한 사탕을 싫어하진 않을 텐데 삼분이는 눈곱만큼도 먹고 싶은 기색을 내비치지 않았어요. 언제나 살짝 눈을 내리깔고 할일만 했어요.

눈깔사탕이 녹는 시간도 아주 느렸어요. 감질나게 녹는 단물을 한 방울이라도 흘리지 않으려면 턱을 치켜들고 있어야 했어요. 무지막지하게 크고 터무니없이 단단한 사탕은 좀처럼 작아지지 않았어요. 아무리 조바심을 쳐도 시간이 흐를 만큼 흘러야 조금씩 작아졌어요.

느린 것 중에 또 참을 수 없는 건 할머니 걸음걸이였어요. 할머니 걸음은 밭가는 황소보다 느렸어요. 길을 걷는다기보다 길과 만나면서 주저리주저리 얘기를 나누는 모습이었어요. 하늘에 떠있는 한가로운 구름덩이 하나가 땅 위로 내려앉은 것 같기도 했고요. 할머니가 늘 흰색 옷을 입기 때문에 그렇게 보였던 건가 봐요.

삼분이는 몸을 재게 움직였어요. 그런 삼분이를 지켜보노라면 그나마 시간이 빨리 갔어요. 할아버지도 할머니도 환한 얼굴로 삼분이를 바라보곤 했어요. 할머니가 삼분이 칭찬을 할라치면 할아버지는 헛기침이 아닌, 말로 맞장구를 쳤어요.

"하날 보면 열을 안다더니. 임자 말대루 복뎅이가 따루 읎네 그려."

그러면서 고개를 끄덕였고 수염도 쓰다듬었어요. 아주 기분 좋을 때만 보이는 모습이었어요. 할아버지의 그런 모습은 삼분이에게 남다른 특출함이 있음을 인정하게 했어요. 나는 그런 삼분이를 한번도 '언니'라고 부른 적이 없었어요. 그렇게 부르고 싶은데 입 밖으로 나오질 않았어요.

뒤란 그늘에서 삼분이가 커다란 광주리에 수북하게 쌓여있는 푸성귀를 다듬고 있었어요. 땋은 머리타래를 엉덩이까지 늘어트리고서. 머리타래가 다가가는 나를 알아차린 것인가. 삼분이가 고개를 돌렸어요.

삼분이 손놀림은 날랬어요. 규칙적으로 반복되는 손놀림이 눈을 홀리게 했어요. 나도 푸성귀에 손을 댔어요. 그러나 손놀림이 삼분이처럼 되지 않았어요. 이내 지루하고 맥이 풀렸어요. 삼분이가 묘한 웃음을 머금었어요. 네까짓 게 뭘 하겠다고 손을 대니. 그런 웃음 같았어요. 푸성귀 하나하나마다 누런 떡잎과 벌레 먹은 이파리를 떼어내고 흙투성이 뿌리를 도려내는 삼분이 손은 리듬을 타고 능숙하게 움직였어요.

담장에서 기왓장 부딪치는 소리가 났어요. 담장으로 눈길을 돌리는 순간 사람 머리가 순식간에 밑으로 사라졌어요. 누군지 얼굴을 알아볼 새도 없었어요. 덕배라면 히죽이 웃고 있을 텐데…. 덕배 아닌 누군가가 삼분이를 훔쳐보고 있었던 게 분명했어요. 담장을 기웃거리는 남자는 한둘이 아니었어요. 담장의 기왓장이 그들 때문에 깨져있는 곳도 있었어요. 삼분이는 아무 소리도 못들은 듯 눈도 깜짝하지 않았어요. 손놀림도 변함이 없었어요.

어김없이 해는 뜨고 지고 밤이 왔어요. 밤이 깊어지면 닭이 몇 차례 홰를 치며 울었고 새 날이 밝았어요. 시계가 있는 집도 별로 없었고 굳이 시간을 알아야 할 일도 별로 없었어요. 첫닭 울 때부터 오밤중까지 긴긴 하루를 해가 있는 자리와 하늘의 빛깔에 따라 대충 나눠놓고 살아도 불편해하는 사람이 없었어요.

동틀 때, 새벽녘, 아침나절, 제누리 때, 점심 때, 밝낮, 해질녘, 저녁나절, 어스름녘, 초저녁….

이방연속무늬처럼 끊이지 않고 천천히 흘러 이어지는 시간을 그렇게 구분했어요. 몇 시 몇 분 정확한 시간을 따지는 건 쓸데없는 일이었어요. 지루할 때나 눈깔사탕을 입에 물었을 때 나는 곧잘 아침못으로 갔어요. 높고 아득히 긴 못 둑길은 거칠 것 없이 바람을 가르며 맘껏 내달릴 수 있어서 좋았어요. 못물을 끼고 달리노라면 둑 아래로 마을은 물론 수십리 밖 산 능선까지 한눈에 들어왔어요.

둑길이 시작되는 둔덕은 못물을 에둘러 건너편 산줄기와 닿아있어요. 나무들이 듬성듬성 솟아있고 당집과 제단이 있는 언덕에 올라서면 삼분네 집 봉당이 다 들여다보였어요. 위에서 내려다볼 때의 삼분네 집은 옹색하게 보이지만 기역자로 휘어진 초가지붕 밑에 그래도 있을 건 다 있었어요. 부엌, 안방, 윗방, 봉당, 건넌방. 할머니와 수없이 드나든 집이라서 우리 집처럼 훤히 알고 있었어요.

안방은 삼분 할머니가, 건넌방은 못둑네가, 윗방은 삼분이가 썼어요. 안방천정엔 짚으로 묶은 메주가 잔뜩 매달려있기도 했어요. 퀴퀴한 냄새가 싫기 때문인지 엄마는 삼분네 집에서 우리 메주까지 띄우게 했어요. 잘 다져진 봉당은 반들반들했고 싸리비 자국이 난 마당가엔 분꽃이며 채송화들이 올망졸망 피어있었어요. 울타리 밖으로는 자그마한 채마밭이 자리 잡고 있었고요.

때때로 삼분이가 보이기도 했어요. 삼분이는 우리 집과 자기네 집을 하루에 몇 번씩 오갈 때도 있었거든요. 둔덕에서 몰래 내려다보는 삼분이는 우리 집에서 볼 때의 삼분이와 달라 보였어요.

무더운 여름날이었어요. 나무 그늘 밑에는 동네 아이들도 여럿 있었어요. 아이들은 매미를 잡으려고 나무 위로 올라가기도 하고 매미채를 휘두르기도 했어요. 나는 혼자 삼분네 집을 내려다보았어요. 점심 설거지를 끝내자마자 곧장 대문 밖으로 사라진 삼분이가 궁금했거든요.

수건을 머리에 두른 못둑네는 채마밭 고랑에 고개를 숙이고 앉아서 김을 맸어요. 백발인 삼분 할머니는 안방 문턱에 팔을 괴고 밖을 내다보았어요. 저고리 앞섶으로 길게 땋은 머리타래를 늘어트린 삼분이는 봉당에서 짚방석을 깔고 앉아 수를 놓았어요. 세 사람 모두 그림처럼 고요했어요.

어느 순간 언덕이 텅 비었어요. 매미 잡던 아이들이 못물 얕은 곳으로 멱을 감으러 간 모양이었어요. 매미소리가 더 극성스러워졌어요. 삼분네 초가지붕을 날려버릴 기세였어요. 햇빛은 초가지붕을 녹여버릴 기세로 이글거렸어요. 채마밭에 있던 못둑네가 머리수건으로 땀을 닦더니 건넌방으로 들어갔고, 삼분 할머니는 잠이 들었는지 문턱이 비어있었어요. 나는 삼분이에게 들키지 않을 만큼 좀 더 앞으로 나앉았어요.

삼분이는 수틀에 끼운 하얀 천에 바늘을 꽂은 다음 수틀 밑으로 손을 넣어 바늘을 뽑았다가 다시 올려 꽂고 뽑아 올리는 동작을 되풀이하고 있었어요. 나는 삼분이 손놀림을 보며 수놓이는 문양을 어림짐작했어요. 손이 둥글게 옮겨가는 것으로 보아 기둥과 상방 사이 도리에 새겨진 구름무늬를 수놓는 것 같았어요. 수본에서도 많이 본 구름무늬라 눈에 선했어요.

삼분이가 묵지를 깔고 수본을 뜰 때면 옆에서 바라보는 나는 숨소리까지 죽였어요. 수본에는 새 나비 꽃들도 많았지만 벽지문양이나 문살문양 같은 사방연속무늬 양방연속무늬 특히 당초무늬가 많았어요. 무늬들을 눈으로 쫓다보면 나도 모르게 졸음이 쏟아졌어요.

한 땀 한 땀 수를 놓는 삼분이를 바라보고 있노라니 하품이 나왔어요. 멀리든 가까이든 눈에 보이는 풍경 중에 움직이는 건 삼분이 팔밖에 없었어요. 채마밭에서 애 업은 모습으로 옥수수를 매달고 서있는 키 큰 옥수수 대도 꼼짝을 안 했고 언덕의 수많은 나뭇잎들마저 조용히 더운 숨만 토해내고 있었어요. 수틀 위아래서 번갈아 허공에 선을 긋던 삼분이 팔도 멈춰졌어요. 삼분이도 졸린 건가. 나는 무겁게 내려앉는 눈꺼풀을 밀어 올리며 자리에서 일어났어요. 순간 이상한 일이 벌어졌어요.

수틀이 휙 마당에 던져졌어요. 졸음기가 확 가셨어요. 삼분이가 마당으로 튀어나왔어요. 땡볕 아래서 수틀은 삼분이 발에 짓이겨지고 있었어요. 그 모습은 불현듯 소용돌이를 일으키는 회오리바람 같았어요. 잠시 후 마당엔 수틀만 널브러져있었어요.

가슴이 벌렁거렸어요. 마당에 팽개쳐진 수틀이 뙤약볕을 뒤집어쓰고 있는데도 나는 방금 전에 일어난 일이 믿기지 않았어요. 우리 집에서 삼분이는 단 한번도 화를 낸 적이 없었고 엄마처럼 문을 쾅 닫은 적도 없었어요. 삼분이가 그런 짓을 했다고 말하면 그 누구라도, 할머니까지도 나를 거짓말쟁이로 몰아붙일 게 뻔했어요.

날마다 그날이 그날이었어요. 전쟁만 빼고 뭔가 새롭고 놀라운 일이 벌어졌으면 좋겠다 싶었어요. 사람이 죽는 일도 일어나지 않았어요. 무당을 불러 밤새 굿을 하는 집도 없었고 시집장가 가는 잔치도 없었어요. 그러니까 돼지 멱따는 소리도 들리지 않았어요. 무더운 날만 이어졌어요. 하늘이 갈라지는 듯한 폭음으로 쌕쌕이가 하늘을 누빌 때면 순간적으로 놀랄 뿐 흔한 일이어서 무덤덤했어요. 몸이 뒤틀릴 만큼 심심할 때가 많았어요.

삼분이는 여전히 우리 집에 일하러 왔어요. 그런데 아무리 살펴보아도 수틀을 집어던지고 짓밟던 그 삼분이 모습은 찾아볼 수 없었어요. 눈을 내리깔고 묵묵히 일하는, 익숙한 모습일 뿐이었어요. 내가 잘못 봤거나 아니면 꿈을 꿨거나, 그렇게 생각하도록 삼분이가 날 몰아가는 것 같았어요. 절대로 잘못 본 것도 아니고 꿈을 꾼 것도 아닌데 말이에요. 삼분이 얘기만은 할머니에게 꼭 해야 할 것 같았어요.

나는 아라리가락을 뽑아내며 물레질하고 있는 할머니 턱 밑으로 얼굴을 디밀었어요.

"함머이는 삼분이가 얌전한 줄만 알고 있지?"

할머니는 애가 또 뭔 뚱딴지같은 소릴 하고 있나, 하는 눈빛으로 잠깐 나를 보았어요. 그러고는 그대로 물레질만 계속했어요. 나는 실을 자아올리는 할머니 팔을 잡았어요.

"접때 아침못 언덕에서 내가 똑똑히 봤단 말이야. 삼분이가 혼자서 수놓다가 갑자기 수틀을 마당에 집어던지더니 막 발루 밟아대면서 지랄발광 하는 걸."

"뜬금읎이 야가 시방 무신 소릴 허는 게야. 꽤나 심심헌 게로구먼."

"진짜란 말이야. 진짜!"

나는 꽥꽥 소리쳤어요.

"아무려믄 그 음전헌 삼분이가 너 겉을꼬. 왜 남을 음해허려드는 게

야. 거기다 당치않게스리 지랄발광이라니. 그따우루 함부루 지껄이믄 못
쓰는 벱이여. 그러구 나이 찬 처자헌테 삼분이가 뭐야. 이름 부르지 말
구 성이라구 불러야 써."

언니도 아니고 성이라니. 할머니는 내 말은 믿으려하지도 않고 딴소리
만 늘어놨어요.

"내가 봤다구! 두 눈으로 똑똑히 봤다구!"

나는 할머니 어깨를 잡고 흔들어댔어요.

"지랄발광은 시방 지가 허구 있구먼."

순간 지랄발광 같은 엄마 모습이 번개처럼 스쳤어요.

화가 잔뜩 난 얼굴로 부엌에서 나온 엄마가 문을 부서질 듯 닫았어요.
마당에서 사방치기 하던 내가 문소리에 놀랄 정도였어요. 엄마는 삼분
이가 설거지하고 있는 부엌에 대고 악을 쓰듯 목청을 돋웠어요.

"광에선 쌀이 새나가질 않나! 뷔에선 양념이 새나가질 않나! 이거 원,
살림 거덜나게 생겼지 뭐야!"

삼분이가 그날 수틀을 집어던지고 짓밟던 까닭이 아무래도 엄마 때문
인 듯했어요.

5

버덩 솔밭에서 놀다가 돌아오는 길이었어요. 햇빛이 자글거리는 담 모
퉁이에 다다랐을 때였어요. 대문에서 빨랫감을 머리에 인 삼분이가 나

오고 있었어요. 삼분이가 눈에 들어오는 순간 눈앞이 환했어요. 햇빛 속에 드러난 삼분이는 늘 보던 익숙한 모습이 아니었어요.

삼분이와 사이가 좁혀지고 있었어요. 향긋한 분 냄새가 훅 풍겼어요. 아버지가 오는 날이면 살짝 분칠을 했지만 웬일로 입술까지 발그레하게 칠했어요. 왠지 수상쩍었어요. 우리 집으로부터 훨훨 날아가려는 듯 느껴졌어요. 그동안 참고 일만했던 건 때를 기다리기 위함이었다는 듯. 이제 때가 되어 떠나니 그런 줄 알라는 듯.

마침 할머니가 대문 밖으로 나오고 있었어요. 할머니라면 긴 담뱃대로라도 삼분이를 잡아챌 수 있을 것 같았어요.

"함머~이!"

나는 목청껏 큰소리로 불렀어요. 할머니가 주춤 멈춰 섰어요.

"햴미가 십리 밖에 있네? 그란데 좀 더 놀지 않구설랑 왜 고새 오는 게야?"

할머니가 급히 담 모퉁이로 사라지려는 삼분이를 불렀어요.

"재야! 삼분아!"

그럼 그렇지. 할머니 손아귀를 제까짓 게 어찌 벗어나겠어.

"말동무 삼아설랑 즈응와두 데리구 가두룩 허거라."

잠깐 삼분이 얼굴이 찌푸려지는 걸 나는 눈치 챘어요.

"큰 개울물이 깨깟허긴 허지만서두 워낙이 외져 놔설랑 혼자보단 나을 게야. 간 짐에 우리 즈응와 풀각시두 맹글어주구."

풀각시란 말에 귀가 솔깃했어요. 삼분이는 풀각시 머리손질을 기막히게 잘했어요.

"잠시 지둘러. 내 요기헐 떡허구 엿강정 좀 내올 게니."

가고 싶은 건지 안 가고 싶은 건지 갈피를 잡을 수 없었어요. 그래도 집에 있는 것보다는 나을 듯싶었어요. 그렇잖아도 아버지가 오는 날은 해가 굼벵이걸음이었거든요. 집에 있으면 시간이 더 지루할 게 뻔했어요.

나는 삼분이를 앞질렀다가 뒤처졌다가 하며 걸었어요. 버덩 길 저 멀리 무지골 양 둘레로 이어진 산들이 우리를 내려다보고 있었어요. 아무도 없는 외진 곳에서 삼분이와 단둘이 있는 건 서먹서먹하고 이상했어요. 삼분이는 말이 없었어요. 증와는 좋겠네. 신식 아부지가 벨거벨거 다 사주구. 자주 내뱉던 그런 말도 안 했어요. 내가 따라 나선 게 못내 싫은 모양이었어요. 그렇지만 그냥 되돌아가기도 어색한 일이었어요.

산에서 흘러내리는 개울물은 위쪽으로 갈수록 깊고 넓었어요. 삼분이는 사람 자취가 없는 산 밑까지 갔어요. 물레방앗간이 지척에 있는 데였어요. 왜 이렇게 멀리 가는 거냐고 나는 말하지 못했어요. 우리 동네가 넓은 벌 저 아래로 아득히 멀어졌어요.

돌과 부딪치며 흐르는 맑은 개울물소리가 우리를 맞아주었어요. 버들치며 피라미들이 떼 지어 움직이는 모습에 눈길을 박았어요. 나는 물고기들에게 정신을 빼앗긴 듯 보이기 위해 돌을 들춰댔어요. 삼분이가 슬쩍슬쩍 곁눈질하는 걸 느끼며 나는 아예 물속에 들어가 첨벙거렸어요. 버들치가 쏙 들어간 돌을 들추면 버들치는 간곳없고 거무튀튀한 가재가 몸을 숨겼어요. 모래흙을 부옇게 일으켜놓아 어디로 숨었는지 알 수가 없었어요. 물이 맑아지기를 기다리고 있노라면 새들이 공중에 맑은 소리를 뿌려댔어요. 벌써 빨래를 마친 삼분이는 뿌리가 길고 숱이 많은 풀을 뽑아 물에 씻고 있었어요.

아까부터 새소리 비슷한 휘파람소리가 들려왔어요. 소리가 나는 곳은 물레방앗간 쪽이었어요. 갑자기 쏟아지는 비를 피해 할머니와 물레방앗간으로 뛰어 든 적이 있었어요. 어두컴컴한 방앗간에서는 방아머리가 번쩍 번쩍 들렸어요. 번쩍 들렸던 머리가 내려오며 공이를 확 속에 박으면 소리가 요란하게 났어요. 쿠웅. 쿠웅. 방아공이 떨어지는 소리가 하염없이 이어지는 물레방앗간은 낮에도 귀신 나올 듯 으스스했어요.

누가 으스스한 물레방앗간에서 휘파람을 부는 것일까.

"증와야…."

삼분이가 내 이름을 불렀어요. 나는 보얀 삼분이 얼굴을 마주보았어요.

"갑작스리 배가 아프네. 설사가 났능가배."

얼굴을 찡그린 삼분이가 손바닥으로 배를 누르며 몸을 일으켰어요.

"떡두 먹구 풀각시랑 츤츤이 놀구 있어. 응?"

삼분이는 머리를 끄덕이는 나를 보는 둥 마는 둥 배를 눌렀던 손으로 머리와 옷매무새를 가다듬었어요. 급한 설사는 아닌 듯했어요. 삼분이 모습은 금세 언덕 저쪽으로 사라져갔어요.

분칠과 휘파람소리와 설사가 한통속이었음을 깨달은 건 꽤 많은 시간이 흐른 후였어요. 갑자기 개울물소리가 크게 들리기 시작했어요. 돌 틈을 휘돌아 흐르는 기세도 사나웠어요. 지금껏 살던 세상이, 바느질 하던 실이 툭 끊어진 것처럼 그렇게 끊겨버리고 내가 다른 세상에 팽개쳐진 듯했어요. 떡도 풀각시도 아무 소용이 없었어요.

무섭다는 생각이 들자마자 걷잡을 수 없는 공포감에 휘말리며 울음이 터져 나왔어요. 그런 곳에서 혼자 들어야하는 내 울음소리는 공포감을 더 부풀릴 뿐이었어요. 나는 울음을 끅끅 틀어막으며 집을 향해 내달렸어요. 돌부리에 걸려 몇 번이나 엎어졌지만 냉큼 일어나 달리고 또 달렸어요. 새처럼 날아갈 수 없다는 게 원망스러웠어요.

집에 할머니가 없었어요. 할아버지까지 없었어요. 혹시 할머니가 장난삼아 숨어있을지도 모른다는 생각에 벽장 구석과 이불 속도 살펴보았어요. 그러다가 횃댓보 겉에 매달려있는, 할머니 할아버지가 입고 있던 옷가지를 보았어요. 새 옷을 갈아입고 먼 데 간 게 분명했어요. 그러니까 삼분이를 따라가게 했던 건 나를 떼어놓기 위한 속임수였어요. 삼분이뿐만 아니라 할머니도 날 속인 거였어요.

텅 빈 사랑채가 한없이 넓고 낯설었어요. 엎어지며 까인 무릎과 팔꿈치에서는 피가 배어났어요. 나는 사랑채 끝에 돌아앉아 있는 아버지 책방으로 들어갔어요. 책으로 둘러싸인 그 방은 아버지가 올 때 외엔 거의 문이 닫혀있는 곳이었어요. 어쩌다 삼분이가 문을 활짝 열어놓고 소제할 때도 있긴 했어요. 오랫동안 비어있던 방에선 낯선 냄새가 났어요.

책상보가 눈길을 끌었어요. 삼분이가 수놓은 책상보가 씌워진 책상 앞으로 다가갔어요. 책상보 테두리는 당초무늬로 수놓아져 있었어요. 한동안 책상보 무늬에 정신이 팔려있던 내게 책상 위에 덩그러니 놓인 책이 눈에 들어왔어요. 표지에 '김소월 시집'이라고 쓰인 새 책이었어요. 표지를 들추자 한자로 쓴 아버지 글씨체가 보였어요. 책을 산 날짜 밑에 아버지 이름을 써놓았다는 걸 대충 알 수 있었어요.

난간마루에서 발소리가 들려왔어요. 엄마 발소리였어요. 사랑방 문 여닫는 소리에 이어 발소리가 이쪽으로 다가왔어요. 나는 재빨리 책장을 넘기고 읽는 체했어요. 나 보기가 역겨워 가실 때에는…. 눈길이 그 대목을 벗어나지 못하고 있었어요. '역겨워'가 무슨 말인지 알 수 없어 답답하면서도 발소리에 더 신경이 쓰였어요. 가슴이 쿵쿵 울렸어요. 집 안에 할머니 할아버지가 없다는 사실이 나를 겁에 질리게 했어요.

문이 열렸어요. 삼분이보다 더 진하게 화장한 엄마와 눈이 마주치는 순간 나는 고개를 돌렸어요.

"쫑와야아, 일루 좀 나오렴."

다른 때와 다른 부드러운 목소리였어요. 아버지도 없는데 다정하게 구는 게 이상했어요. 나는 엄마의 그 다정한 목소리가 '떡 하나 주면 안 잡아먹지'라고 거짓말하는 호랑이 목소리로 들렸어요. 매질 할 때와 욕할 때와 할머니에 대해 꼬치꼬치 캐물을 때 외엔 단둘이 있어본 적이 없는 엄마였어요.

나는 계모의 구박을 받는 콩쥐와 같다고 늘 생각하고 있던 터였어요. 언젠가는 내 친엄마가 아니라 계모임이 밝혀질 날이 닥쳐올 것 같았어요. 엄마가 날 내질렀다는 할머니 말은 믿고 싶지 않았어요. 개나 돼지나 닭 같은 짐승들도 자기 새끼는 애지중지 보살피는 모습을 너무나 많이 보았기 때문이겠지요.

나는 엄마를 따라 부엌과 붙은 찬방으로 들어갈 수밖에 없었어요. 두리반 위에는 떡이며 약과 따위가 놓여있었어요. 엄마는 내 손을 끌어다 앉히며 다른 손으로는 떡에 꿀을 찍어 입에 넣어주었어요. 엉겁결에 달콤한 떡을 입에 넣었지만 가슴은 답답하고 귀는 먹먹했어요. 몹시 배가 고픈데도 떡 맛은 뒷전이었어요.

"쫑와 넌두 인제 그마만치 컸으니깐 알 껀 제대루 알어야겠다는 생각에서 이 엄마가 하는 말인데…"

그마만치 컸다는 말에 감탄한 나는 멀뚱멀뚱 눈알을 굴렸어요.

"먼첨, 엄마가 하는 말 할머이한테 일러바치지 않겠다는 약조부텀 하자."

나는 도대체 무슨 영문인지도 모른 채 엄마가 내미는 새끼손가락에 내 새끼손가락을 걸지 않을 수가 없었어요.

"니가 죽을동살동 쫓아댕기는 할머이는, 그 할머이는 말이다. 너하구는 피 한 방울 안 쉐인 쌩판 남이란다. 그 할머이가 아부지를 낳은 게 아니거던. 그 할머이가 애를 못 낳아서 할아부지가 새 장개를 들어 아부지를 낳은 거란다. 그런데 그 할머이가 글쎄 느 아부지를 낳은, 그러니깐 느 친할머이를 죽어라허구 구박을 했대지 뭐냐. 을매나 심허게 구박을 했으믄 정신줄까지 놨을까. 결국은 친정으루 쫓아냈대지 뭐냐. 친할머이 친정이 삼팔선 가까운 화천이거던. 그런데 그 친정댁 식구들이 전쟁 통에 삼팔선 너머 이북 땅으루다 모두 넘어가버린 게야."

엄마는 몸을 떨며 한숨을 포옥 쉬었어요. 그러고는 천장을 올려다보며 중얼거렸어요.

"해필이믄… 이북 땅으루 갔으니… 오도가도 못허구. 생사두 모르구…. 아부지 맘이 어떻겠니…."

갑작스럽게 엄마 얼굴이 나를 향했어요.

"아무튼지간에 지금 그 할머이는 우리 식구하군 피 한 방울 안 쉐인 쌩판 남인 게야."

나는 뭘 어찌해야할 바를 몰라 떡을 한입 베어 물었어요. 꿀떡 삼킨 떡 덩어리는 목구멍 안에 걸려 넘어가지 않았어요. 숨이 막히고 눈알이 튀어나올 것 같았어요. 캑캑거리다 탁 튀어 나온 떡 덩어리는 엄마 손등에 들러붙었어요. 엄마가 물 대접을 집어 들었어요.

"물 마시믄서 츤츤이 먹어 이것아."

엄마 목소리는 비단처럼 착착 감겼지만 엄마가 먹여주는 물은 잘 넘어가지 않았어요.

"차암 기맥힌 일두 다 있지. 내가 낳은 내 새끼를 사탕발림으루 꼬드긴다구 자게 펜이 될성 싶은가…. 어림 반푼어치두 읎는 일이지. 쯩와야,

이 엄마 말 잘 들어. 할머이는 말이야. 너꽈 나꽈 사이를 갈라놓려는 수
작으루다 밤낮 내 욕을 해대믄서 널 싸구도는 척 허는 게야. 참말루 니
가 이뻐서 그러는 게 아니라구 이것아. 인제부텀은 할머이가 이 엄마에
게 무신 욕을 허는지 죄다 말해줘야 헌다. 응? 그러구 이 엄마에 대해선
할머이가 아무리 물어싸두 암말두 말아야 해.”

　엄마는 눈도 깜박이지 않고 내 눈을 빤히 들여다보았어요. 나는 겁에
질려서 고개를 끄덕였어요.

　저녁나절 아버지가 도착하기 전에 나는 병이 났어요. 코와 입에서 뿜
어지는 뜨거운 숨결이 온몸을 늘어지게 했어요. 할머니가 받쳐주는 놋쇠
요강에 토악질을 할 때 아버지 기척을 느꼈지만 요강 아가리에서 뿜어
지는 놋쇠냄새 때문인지 정신을 가다듬을 수가 없었어요. 아버지의 서늘
하고 두툼한 손이 이마를 짚었을 때 개울에서 들었던 휘파람소리가 되
살아나며 풀숲으로 사라지던 삼분이 모습이 어른거렸어요.

6

　안채와 사랑채를 이어주는 난간마루는 어른 키 높이로 공중을 가로
지르고 있었어요. 난간 턱은 내가 팔을 걸치기에 알맞은 높이였어요. 난
간동자를 사다리삼아 턱까지 기어오를 때면 언제나 마당에 사뿐히 뛰어
내리고야 말겠다는 다짐을 했어요. 하지만 높은 난간 턱을 붙잡고 겨우

올라앉으면 마당은 까마득했고 팔다리는 바들바들 떨렸어요.

밤새 눈 내린 아침이면 난간마루도 온통 하얗게 변했어요. 난간 턱과 난간동자 사이사이엔 눈이 봉긋했어요. 손가락을 대 볼 수조차 없을 만큼 신령스런 모습이었어요. 밤사이 눈 신령이 다녀간 거야. 나는 두 손을 포개 가슴에 대고 중얼거렸어요.

넉가래로 눈치는 소리와 참새 떼 날아오르는 소리가 하얀 세상에 자수문양처럼 박혔어요.

난간마루의 봉긋한 눈꽃은 무사하지 못했어요. 햇살이 퍼지기도 전에 정우가 무자비하게 흩으려 놓았어요. 그 애는 안채와 사랑채를 연결하는 난간마루를 그냥 놔두지 않았어요. 마룻바닥에 흙을 뿌리기도 했고 난간 턱에 껌이나 코딱지를 붙여놓기도 했어요.

난간마루의 공기는 다른 곳과 달랐어요. 나보다 어린 정우도 그렇게 느꼈던가 봐요. 그곳은 안채의 엄마와 사랑채의 할머니 기운이 부딪혀서 팽팽히 맞서는 장소였어요. 남한과 북한을 갈라놓은 휴전선 같은. 나는 난간마루에서 어떤 땐 숨이 가빠졌고 어떤 땐 픽픽 웃음이 샜어요. 나는 휴전선 같은 난간마루를 넘나들며 간첩 역할을 했으니까요.

엄마와 할머니는 끊임없이 나를 통해 뭔가를 캐내려했어요. 삼분이와 할머니가 무슨 말을 나누는지를. 엄마와 아버지가 무슨 말을 나누는지를. 나는 할머니와 엄마에게 곧이곧대로 고해바치지 않았어요. 마음 내키는 대로 말을 빼거나 붙이기도 하고 엉뚱하게 꾸며대기도 했어요.

난간마루를 지날 때면 유난히 발소리가 쿵쿵 울렸어요. 그곳을 지나는 발소리만으로도 누군지 알 수 있었어요. 바닥을 콩콩 울리며 뻔질나게 오가는 사람은 나와 정우뿐이었어요. 우리는 발소리를 내는 게 목적

일 때가 많았어요. 삼분이는 미끄러지듯 발걸음을 옮겨서 그런지 울림이 잔잔했어요. 엄마는 엄마만이 낼 수 있는 발소리였고 할머니는 할머니만이 낼 수 있는 발소리였어요. 때때로 엄마와 할머니가 발소리를 죽이고 살금살금 난간마루를 지날 때가 있었어요. 각각 몰래 상대의 동정을 살피기 위함이었어요. 그럴 땐 발소리의 주인을 구별하기 힘들었어요.

여름에 집안에서 제일 시원한 곳이 난간마루 밑이었어요. 하루 종일 햇빛이 비껴갔고 앞마당과 뒤란 쪽이 통해 있어 언제나 바람이 일었어요. 음습한 땅바닥에서는 비밀스런 냄새를 풍겼어요. 드문드문 키만 큰 연초록 풀들은 몸이 가벼워 늘 하늘거렸어요. 햇빛이 비껴가도 풀은 자라고 있었어요. 잡초라기보다 화초 같은 모습이었어요. 훼방꾼이 없어 마음이 평화롭기 때문이었을 거예요.

더울 땐 난간마루 밑에 자리를 펴고 소꿉놀이를 했어요. 간간이 머리 위에서 발소리가 울렸어요. 그러면 숨을 멈추고 귀를 기울였어요. 몰래 발소리를 듣는 일은 매번 흥분되었어요. 발소리의 임자가 삼분이임을 알아채는 순간엔 고개가 발딱 젖혀졌어요. 틈새가 실처럼 벌어진, 아무 눈에도 띄지 않는 마룻바닥 뒤쪽엔 작은 벌레들과 가느다란 거미줄이 여기저기 붙어 있었어요. 나는 삼분이의 치마 속을 상상했어요. 아마도 귀에 익은 할머니의 중얼거림 때문이었을 거예요.

"맵씨며 솜씨며 맵시며 나무랄 데 읎는 거이 우찌믄 속살꺼정 박속 겉구 분결 겉은지 원. 어느 눔이던지 한번 품었다 허믄 환장헐 거구먼."

난간 끝에서 안채로 통하는 쌍여닫이문이 열리지 않았어요. 저쪽에서 양쪽 문의 손잡이가 끈으로 묶여있는 게 유리창을 통해 보였어요. 정우 짓이 분명했어요. 정우가 그런 짓을 연달아 저지를 수 있는 건 무조건 제

편을 들어주는 엄마 때문이었어요. 나는 악을 쓰며 주먹과 발로 문을 두드렸어요.

안방 미닫이문이 스르르 열리고 정우 얼굴이 문 사이에 나타났어요. 정우는 혓바닥을 길게 빼고 얼굴을 양쪽으로 흔들어댔어요. 그러다가 혓바닥을 빠른 속도로 날름댔어요. 나는 몸에 불이 붙는 듯 약이 올랐어요. 나는 닫힌 문에 온몸을 부딪쳐댔어요

"그래가주구야 어디 문이 부서지겠니!"

엄마가 부엌에서 튀어나왔어요. 정우 혓바닥이 쏙 사라졌어요. 부엌 안에서 고개를 내미는 삼분이와 눈이 마주쳤어요. 나는 바람처럼 난간 턱 위로 올라가 몸을 날렸어요. 한번도 실행하지 못하던 짓이었어요. 몸뚱이가 땅바닥에 내동댕이쳐지는 충격과 함께 흙냄새가 확 끼쳤어요.

"저년이 인제 미쳤나부네."

"에구머니나."

엄마 목소리에 이어 삼분이 목소리도 들렸어요. 나는 고꾸라졌던 몸을 발딱 일으켜 세웠어요. 입술이 터졌는지 찝찔한 피 맛과 함께 흙이 씹혔어요. 나는 퉤 퉤 침을 뱉으며 정우를 향해 돌진했어요.

싸리가지 회초리를 들고 나타난 엄마가 나부터 후려쳤어요. 회초리는 길고 날렵하여 허공을 가를 때 휘파람소리를 냈어요. 회초리가 쌩쌩 날았어요. 정우는 어느새 도망쳐버리고 없었어요.

"장난삼아 동생이 문을 걸었으믄 마당으루 돌아서 들어오믄 될 일이지. 누나라는 지지배가, 지 사내동생을, 허구헌날 못 잡아먹어 그 난리를 쳐? 할머이가 그러라구 시키데?"

엄마의 앙칼진 한마디마다 회초리가 휘익 소리를 냈어요. 나는 도망치지 않고 엄마를 노려보았어요. 엄마 때문에 나는 삼분이 앞에서 만신창

이가 되고 있었어요. 엄마는 마귀 같은 얼굴로 씨근거렸어요. 나는 회초리가 살갗을 후려치는 순간순간마다 진저리를 치면서도 울음을 삼켰어요. 반응 없는 매질에 지쳤는지 엄마가 회초리를 집어던졌어요. 엄마가 부엌으로 가버린 후에야 나는 비틀거리며 몸을 일으켰어요.

"증우처럼 도망치지 않구…. 왜 그 매를 다 맞구 있었어…."

삼분이가 쯧쯧 혀를 차며 부축했어요. 몸 냄새가 훅 끼쳤어요. 엄마와 할머니가 다툴 땐 언제나 감쪽같이 종적을 감추는 삼분이었어요. 못 본 체 할 것이지. 제까짓 게 왜 나서. 나는 삼분이 팔을 뿌리쳤어요.

사랑채 빈방에 오래도록 웅크리고 있었어요. 매를 맞은 자리가 쓰라리고 화끈거렸지만 창피함과 분함이 더 견디기 힘들었어요. 할머니 할아버지가 돌아온 건 방안이 깜깜해진 후였어요. 참았던 울음은 할머니를 만나자마자 터졌어요. 할머니는 팔 다리 등짝에 지렁이처럼 부풀어 오른 매 자국을 일일이 확인했어요.

"어이구 시상에. 이다지두 독헌 년이 있나. 천하에 독허디 독헌 년. 의붓에미만두 못헌 년 겉으니라구. 내가 집을 비운 새에 아예 작정을 허구 매타작을 해댔네. 해댔어."

할머니의 욕설은 엄마에 대한 분함을 어느 정도 걷어내 주었지만 삼분이에 대한 창피함을 걷어내진 못했어요.

"감히 제년이 내가 애지중지허는 즈응와헌티 이따우루…. 내 곱절루 갚아줄 거이니 두구 봐라! 시앗에게 서방 뺏기구 독수공방허는 맛을 톡톡이 보게 해주구 말테이!"

난간마루 바닥이 아랫목처럼 따끈따끈했어요. 햇살이 나뭇결 틈새마다 파고들며 일렁거렸어요. 곰삭은 똥냄새가 확 코로 스며들었어요. 똥지게 양쪽에 매달린 똥통을 짊어지고 텃밭으로 똥을 퍼 나르는 덕배가 담장 밖 멀리 보였어요. 덕배는 똥을 푸면서도 히죽거렸고 사람만 보면 함빡 입을 벌렸어요. 옷에는 물론 머리카락과 볼따구니에도 똥물 범벅이었어요.

나는 난간마루에 소꿉놀이 도구를 펼쳐놓다 말고 코를 싸쥐었어요. 그래도 냄새는 은근히 콧속으로 스며들었어요. 코를 막았던 손을 치우고 깊이 숨을 들이쉬었어요. 곰삭은 똥냄새는 처음엔 싫다가 이상하게 좋아지기도 했어요.

진한 파 향이 똥냄새에 섞여들었어요. 뒤란 난간마루 맞은편에서 삼분이가 뽑아낸 파를 다듬고 있었어요. 땋은 머리타래가 엉덩이 끝에서 움찔거렸어요. 똥 푸는 덕배에게 막걸리를 내가기 위해 파절임이나 파전을 만들려는 것 같았어요.

"덕배 눔은 그저 막걸리 몇 사발에다가 파전이거나 파절임이거나 되는대루 내주믄 입이 귀에 걸려설랑 신바람이 나 일을 허는 눔이야."

내 귀에까지 익은 할머니 말을 삼분이가 모를 리 없겠지요. 하긴 덕배는 막걸리가 아니어도 삼분이만 보면 입이 귀에 걸릴 게 뻔했어요. 그런데 삼분이가 막걸리에 안주까지 내가면 덕배는 너무 좋아 입이 찢어질지도 모르는 일이었어요. 그러면 삼분이는 어떤 낯빛이 될까. 나는 한 번도 삼분이가 덕배에게 얼굴을 찡그리거나 눈을 흘기는 걸 본 적이 없었어요.

혼자 하는 소꿉놀이는 인형들에게 역할을 정해주는 일이 우선이었어요. 그 순간의 긴장은 언제나 짜릿짜릿했어요. 어떤 사람들이 어떻게 살아가는 세상을 만들어야할지 생각해야 했거든요. 일단 역할이 정해지면 그 인형은 그 사람으로 살아야 했어요.

"엄마가 되고 싶다고? 먼젓번에 할머니로 살아봤다고? 그랬구나. 그럼 이번엔 엄마가 돼보렴."

나는 인형들과 얘기하느라 바빴어요. 아버지가 서울에서 사다준 인형과 할머니가 솜을 넣어 만든 인형과 삼분이가 손질한 풀각시 인형은 매번 운명이 바뀌었어요. 그들은 또 다른 세상을 살기 위해 또 다른 사람이 되었어요.

난데없이 긴 막대가 들이닥쳤어요. 인형들이 난간마루 아래로 처박혔어요. 널브러진 인형들 곁에서 막대를 든 정우가 빤질빤질한 웃음을 짓고 줄행랑을 쳤어요. 나는 정우를 쫓아 뛰었어요. 뒤란을 돌아 마당으로 또 뒤란으로 발자국소리가 빠르게 이동했어요. 바짝 거리가 좁혀진 순간 정우가 막대를 던졌어요. 피할 새 없이 날아온 막대는 다리 사이에 걸렸고 나는 고꾸라졌어요. 무릎에 금방 핏방울이 맺혔어요. 피는 점점 넓게 퍼지고 있었어요. 낄낄거리는 정우 웃음소리가 아득하게 들렸어요.

나는 벌떡 몸을 일으켰어요. 그리고 정우와 반대방향으로 뛰었어요. 피가 말라붙을까봐 마음이 급했어요. 바닥을 치는 발소리가 쿵쿵 가슴까지 울렸어요.

피 한 방울 안 셈인….

영자 할머니와 엄마 목소리가 귓가에 매달렸어요. 나는 텃밭 앞에 앉아 담뱃대 물고 있는 할머니를 덮쳤어요. 할머니가 벌렁 뒤로 자빠졌어요. 나는 다짜고짜 할머니 고쟁이 가랑이를 들췄어요.

"워매! 워매! 야가 시방 왜 이러는 게야!"

놀란 할머니가 버둥거렸지만 나는 할머니를 깔고 앉아 피 흐르는 내 무릎을 할머니 무릎에 문질러댔어요. 내 피가 할머니 살 속으로 몽땅 들어가기를 바라면서요.

밭두렁에서 삼분이가 달려왔어요. 눈이 둥그레진 삼분이 뒤에서 막걸리 사발을 손에 든 덕배가 흐물흐물 웃고 있었어요.

7

엿장수 가위소리가 들렸어요. 조금 있다가 아이들 합창소리도 들렸어요.

전우의 시체를 넘고 넘어~

앞으로 앞으로~

낙동강아 잘 있거라~

우리는 전진 한다~

장독대에 올라 까치발을 하고 내다봤어요. 아이들 무리 속에 덕배도 섞여있었어요. 덕배는 아이들에게 놀림을 당하면서도 실실거렸어요. 아이들은 엿장수 가위소리를 따라가며 덕배를 툭툭 건드렸어요. 덕배 앞에서 위로 펄쩍펄쩍 솟구치며 팔을 흔들어대는 아이도 있었어요. 각설이타령을 부르라고 윽박지르는 것 같았어요. 곧 덕배 목소리가 들렸어요.

자악년에 와왔던 가악서얼이 ~

어얼씨구씨구 들어간다 ~

덕배의 각설이타령은 변함없는 두 소절뿐이었어요. 두 소절만을 계속 되풀이 불렀어요. 아이들은 한쪽 다리를 번갈아 들고 손뼉을 치며 각설이 흉내를 냈어요. 재미있어 보였어요. 그러나 나는 아이들 무리에 낄 수가 없었어요.

나는 할머니를 지켜야 했어요. 할머니가 내 눈을 벗어나 한참 지나면 전쟁이 일어나는 것보다 더 막막한 일이었어요. 엄마가 뱀 같은 눈으로 흘겨보면 볼수록 나는 죽어라하고 할머니를 졸졸 따랐어요. 밥을 먹을 때도 잠을 잘 때도 똥을 눌 때도 할머니가 곁에 있어야만 했어요.

할머니 치마 옆구리엔 빨아도 지워지지 않는 거뭇한 내 손때가 도장처럼 찍혀 있었어요.

밥상 앞에서 나는 할머니와 밥 먹는 속도를 맞추면서 수저질을 했어요. 할머니도 내 밥그릇을 슬쩍슬쩍 곁눈질했어요. 하지만 할머니와 내가 온전히 밥그릇을 비우는 날은 드물었어요.

그날도 정우가 훼방질을 했어요. 정우가 일부러 내 밥사발을 팔꿈치로 밀었어요. 밥사발이 내 발등에 엎어졌어요. 나는 냉큼 정우를 찼어요. 정우는 숟가락을 내던지며 울음을 터트렸어요. 엄마가 주먹으로 내 머리통을 후려쳤어요. 머리통에 불이 번쩍 붙는 듯했어요.

"나이를 똥구멍으루 처먹었니? 우라질누무 지지배."

"왜 나만 때려! 잘못은 정우가 했잖아! 쟤가 먼저…."

엄마는 내 말은 들으려고도 않고 욕을 해댔어요. 방바닥과 내 발등 정우 옷에 들러붙은 밥알을 삼분이는 행주로 알뜰하게 그러모으고 있었어요. 정우는 행주가 닿는 팔을 휘저으며 악을 쓰듯 울음소리를 높였어요. 할아버지와 할머니의 겸상이 소리 나게 옆으로 밀렸어요. 상 위의 그릇들이 부르르 흔들렸어요. 행주를 손에 든 삼분이는 어느 새 방을 빠져나가고 있었어요.

"자알 허는 짓이다. 새끼 계육을 그따우루 해싸니…. 앞날이 훠언허다."

몸을 세운 할머니 어깨가 들썩였어요. 할머니 입에서 허연 밥알이 튀었어요. 엄마는 등을 보이며 돌아앉았어요.

곧장 대문 밖으로 나선 할머니 발걸음은 빠르게 어스름을 헤쳐 나갔어요. 나는 할머니의 빠른 걸음이 신나 종종걸음 쳤어요. 버덩 솔밭을 지나 신작로를 건널 때까지 할머니는 걸음을 늦추지 않았어요. 외따로 떨어져 있는 밤골네 사립문을 젖히고 들어갈 때까지 할머니는 한 마디도 하지 않았어요.

밤골네는 신기가 실리기도 하는 반 무당이었어요. 동네에 갑자기 아픈 사람이 있을 때 푸닥거리를 해주기도 했고 아들 낳기를 바라는 이에게 부적 같은 걸 만들어주기도 했어요. 달랑 딸 하나뿐인 영자 엄마는 아들만 줄줄이 낳은 밤골네에게 부적은 물론 입던 속곳까지 줄기차게 챙겨갔어요.

인기척을 내는 할머니에게 나는 얼른 달라붙었어요. 왠지 그 집 낡은 초가지붕이며 흙벽 틈새에 무서운 귀신들이 숨어있는 것만 같았어요. 토방에 들어서기도 전에 안에서 외짝 여닫이문이 펄럭 열렸어요. 퀴퀴하면서도 구수한 장국냄새가 끼쳤어요. 적삼 밑으로 젖통이 언뜻 보이는 밤골네가 허리를 굽실거렸어요. 쥐처럼 반들거리는 눈을 가늘게 찢으며 웃는 얼굴은 가무잡잡해서 그런지 단단하게 빚은 감자송편 같았어요. 방안에서 밥을 먹던 아저씨와 고만고만한 사내애들이 입을 우물거리며 엉거주춤 일어섰어요.

"밥 한 술 맴 펜히 먹는 날이 읎으이 원."

자리에 앉으며 할머니가 웅얼거렸어요.

"또 금쪽겉은 손녀딸 역성드셨는게비네유."

밤골네는 안 봐도 다 안다는 투로 말했어요. 그러고는 재빠르게 수저를 가져오고 보리밥과 국을 퍼놓았어요.

"내 시두때두 읎이 발걸음을 헌 거 겉으이."

할머니 말이 끝나기 무섭게 밤골네가 손사래를 쳤어요.

"아유 그 무신 천부당만부당헌 말씀을 허신대유. 즈야 새북이건 밤중이건 발걸음해주시는 것만으루두 감지덕지헌 걸유."

서둘러 밥그릇을 비운 아저씨와 애들은 한꺼번에 토방에 붙은 건넌방으로 몰려나갔어요. 빈 그릇들을 상 밑으로 내려놓으며 밤골네는 핼금핼금 할머니를 곁눈질했어요.

"아, 내게 대헌 배참으루다 우리 즈응와헌티 포달을 부리는 게지."

"으르신 맴이 을매나 앵허셨겠에유. 펜히 노령노량 드셔유. 그나저나 찬이 벤벤치 못해 민구스럽구먼유."

"당치 않으이. 장맛이 좋아 그런지 국국물서껀 장아찌서껀 데퉁맞게 해낸 괴기반찬보다 웃질이구먼."

"국은 한 솥 넘치게 끓여났으니깐 더 드셔유. 증와두 많이 먹어."

밤골네 얼굴이 나를 향했어요. 괜히 밤골네가 무서운 나는 얼른 할머니를 바라보았어요.

"꼭꼭 씹어서 생켜. 곰비함비 퍼먹덜 말구."

할머니는 장아찌를 내 앞으로 밀어주었어요. 정말로 그 집 장아찌는 세상에서 제일 맛난 반찬 같았어요.

"장날이 사흘 뒤구먼. 어김읎이 재 어멈은 장에 갈 게야. 장날을 빼먹은 적이 읎으니께. 슬그머니 빈 자루 들구 오게나."

밤골네 눈이 내게로 꽂혔어요. 나는 냉큼 고개를 숙였어요. 거뭇거뭇한 보리밥에 코가 닿았어요. 보지 않아도 밤골네와 할머니가 함께 눈짓하는 걸 알 수 있었어요. 내가 고자질할까 걱정스러운 눈과 그런 염려말라는 눈이 얽히는 동안 나는 고개를 들지 않았어요.

"그럭허구…. 부적 하나 더 맹글어 주게나. 내가 맴이 달아서 그러네."

나는 고개를 들려다 다시 숙였어요.

"아유, 해드리구 말구유."

"쟤 아범허구 삼분이 사주는 다시 일러주지 않어두 되겠는가?"

"적어서 꼭꼭 숨겨둔 게 있구먼유."

"재차 허는 말이네만 입단속 멩심허게나."

"여부가 있겠에유."

나는 먹는 데만 정신이 팔린 듯 밥을 퍼먹었어요. 아버지 사주와 삼분이 사주와 부적은 무슨 관계일까. 숙인 고개가 뻐근했어요. 할머니가 국그릇을 들고 홀홀 마셨어요. 얘기를 다 마친 듯했어요. 나는 그제야 고개를 들었어요.

<h1 style="text-align:center">8</h1>

동네엔 낮이나 밤이나 온갖 얘기가 떠돌았어요.

나는 할머니 치마꼬리에 붙어 다니며 어른들 얘기를 빠짐없이 들을 수있었어요. 왁자하게 또는 두런두런 하는 얘기보다 쉬쉬거리고 키득거리며 하는 얘기가 언제나 더 재미있었어요. 재밌는 얘기를 시작하기 전 나를 스윽 훑어보는 눈은 점점 늘어났어요. 그렇지만 항상 주머니에 들어 있는 인형과 공깃돌이 그 눈빛을 해결해주었어요. 돌아앉아 인형놀이나 공깃돌놀이에 빠진 척하면 어른들은 안심했어요. 겁탈이나 보쌈 같은 은밀한 얘기를 할 때는 아예 자는 척해주었어요.

허풍쟁이로 불리는 주상사는 동네를 휘젓고 다니며 얘기를 제일 많이 했어요. 참말일 수도 있고 거짓말일 수도 있는 그의 얘기는 놀랍고 무서우면서 짜릿짜릿한 재미도 있었어요.

난리 통에 폭격 맞아 죽은 시체들 얘기와 한 방에 끼어 사는 틈에서 남녀가 '그 짓' 하더라는 얘기는 꼬리에 꼬리를 물었어요. 숨이 끊어진 어미 몸 위에서 갓난쟁이가 젖을 빨려고 꼬물거리더라는 얘기는 하도 많이 들어서 눈앞에 꼬물거리는 아기 모습이 선히 그려졌어요. 그 짓 얘기는 얘기를 하는 사람이나 듣는 사람들 모두 계속 킬킬거려서 뭐가 뭔지 제대로 알아들을 수도 없었어요.

나는 시체 위의 아기는 못 보았지만 막 태어나는 아기는 내 눈으로 보았어요. 그 아기가 나보다 3년 2개월 늦게 태어난 동생 정우예요. 피난지의 단칸방에서 오랜 시간 나를 무서움에 떨게 했던 그 장면이 바로 나의 첫 번째 기억이에요. 가끔 그때 얘기를 하면 엄마는 나를 째려보다가 이렇게 말했어요.

"하여튼지간에 쬐간헌 지지배가 눈 하나 깜짝 안 허구 능청시럽게 으른덜 허는 얘길 듣구 꾸며대기두 잘헌대니까. 허풍쟁이 주상사보담두 한 술 더 뜨지, 더 떠."

나는 꾸며대지도 않았고 허풍을 떤 것도 아니었어요. 그저 내가 본 대로만 얘기했을 뿐이었어요.

그때 방안에는 외할머니와 나와 배가 묘지처럼 솟은 엄마, 셋이 있었어요. 우리 말고는 구석에 있는 이불더미와 물이 담긴 찌그러진 양푼이 전부였어요. 양푼에서는 김이 모락거렸어요. 엄마는 누운 채 팔다리를 뒤틀며 비명을 질러댔어요. 외할머니는 하나뿐인 쪽문을 들락거리며 김이 솟는 물과 헝겊 같은 걸 가져오기도 하고 엄마에게 다가가 가랑이 사이를 들여다보기도 했어요. 엄마는 점점 더 빨리 더 크게 비명을 질렀어요. 세운 무릎을 쩍 벌린 엄마 다리를 움켜쥔 외할머니도 사타구니에 고개를 처박고 계속 소리를 질러댔어요.

나는 이불더미에 붙어선 채 너무 무서워 울지도 못했어요. 어느 순간 뜨뜻한 오줌이 다리를 타고 흘러내리며 발등을 적셨어요. 그때 외할머니가 외쳤어요. 나온다! 나와!

울먹이며 젖은 발등을 내려다보던 나는 끌리듯 엄마 사타구니 앞으로 다가갔어요. 피범벅인 아기 머리가 다리 사이를 빠져나오고 있었어요. 곧 이어 날카로운 아기 울음소리가 방안을 울렸어요. 외할머니가 조금 전보다 더 우렁차게 외쳤어요.

"오매 오매! 고추다아! 고추!"

사방이 어두워지면서 모깃불 냄새가 진동했어요. 바깥마당에 멍석이 깔리고 그 둘레에서 모깃불이 연기를 피워댔어요. 얘기꽃을 피우려는 사람들이 금세 멍석을 메웠어요. 찐 감자와 옥수수가 가득 담긴 함지박도 멍석 한 귀퉁이를 차지했어요. 나중에 온 몇 사람은 맨땅에 털버덕 주저앉기도 하고 돌을 괴고 되똑 올라앉기도 했어요.

"낑게 앉으니깐 더 덥네. 암만해두 션헌 못 둑 바람을 쐬야겄어."

누군가 옥수수를 집어 들고 일어서자 몇몇이 우쭐우쭐 따라나섰어요.

"씨적씨적 댕게오지 뭐."

뭐가 우스운지 사람들은 한꺼번에 웃음을 터트렸어요. 가자거니 다리 아파 싫다 거니 그런 실랑이를 하면서도 웃었어요. 어둠 속에서는 반짝 반짝 반딧불이 따라 웃었어요. 웃음소리와 맞물려 반딧불을 쫓는 아이 들 뜀박질 소리가 땅을 굴렀어요.

어떤 아저씨가 호랑이 얘기를 꺼냈어요.

"호래이가 난리 통에 죄 죽었다구 허지만서두 그게 아닌게비유."

그러면서 절대로 마음을 놓아서는 안 된다며 자기가 나무하러 산에 갔다가 호랑이 발자국과 굴을 두 눈으로 똑똑히 보았다고 했어요. 얘기 를 듣던 사람들이 호랑이 얘기라면 자기가 나서야겠다는 듯이 너도나도 입을 열었어요. 그 바람에 아저씨 얘기는 꼬리가 잘려버렸어요. 그 틈을 비집고 못둑네가 끼어들었어요.

"지두 무지골 깊은 골짜구니에서 걸음아 날 살려라 도망친 적이 있구 먼유."

모두들 입을 다물고 못둑네를 바라봤어요. 나물을 뜯다가 호랑이가 흙을 뿌리는 바람에 혼이 반쯤 나가서 나물 보따리고 뭐고 팽개치고 도 망쳤다는 못둑네 목소리는 웬일인지 뒤로 갈수록 점점 잦아들었어요. 그래도 그날 빈손으로 산에서 돌아온 까닭이 바로 호랑이 때문이었음 을 못 박는 끝말은 목소리를 높였어요. 그런데 못둑네 얘기를 듣고 난 아낙네들은 서로 옆구리를 찌르며 키득거렸어요.

"호래이 짐승을 본 게 아니구 사내 짐승을 본 게지."

누군가가 속닥거리자 킬킬거리는 웃음소리가 넓게 퍼졌어요.

"아따 말또 마시오 잉. 말또 마시랑께."

주상사가 벌떡 일어섰어요. 덩치만큼 목소리가 쩌렁쩌렁 울렸어요.

"거 머시냐. 호래이 얘길랑은 나 앞에서 입또 뻥끗 마씨오 잉. 나가 말이씨 집채만헌 호래이허구 딱 눈이 마주친 사람인기라요. 나가 바로 잉."

모두들 빙글빙글 웃음기를 머금으면서 주상사 입을 바라봤어요.

"허벌나게 무섭긴 헙디다요. 근디 고 당시에 나가 만약 겁을 먹고 도 망을 칠라꼬 했으면 고 자리에서 호래이 밥이 돼삐렀을 것이고만. 그란 디 이판사판인 판국인지라 맴을 독허게 먹지 않을 수가 읎드랑께요. 고 래 요로코롬 딱 버팅기구 서서 호래이 두 눈깔을 파먹을 듯 노려봤지라 아."

키가 크고 어깨도 벌어진 주상사는 씨름선수 같은 자세로 눈을 부라 렸어요. 내 눈에도 주상사는 작달막하고 둥글넓적한 다른 아저씨들과 다르게 잘생긴 모습이었어요.

"긍게 요로코롬 호래이 허구 맞선 상태루다 눈쌈을 했지라아. 아마 밥 먹는 시간보담 질면 질었지 짧지는 않았당께. 종당엔 호래이 쪽에서 겁을 먹었는지 슬그머니 꽁무니를 뺍디다요."

주상사는 인근 군인부대에 상사로 있을 때 주막집 딸과 혼인하고는 제대 후에도 눌러 살고 있는 사람이었어요. 열 몇 살이나 각시보다 나이 가 많아서일까 고향에 처자가 있다느니, 피붙이라곤 없는 혈혈단신이라 느니, 오입질로 돈 날리고 불알 두 쪽만 남은 날건달이라느니, 소문이 분분했어요. 그런데다 멀쩡하던 그의 젊은 아내가 갑자기 죽고 말았어 요. 그 느닷없는 죽음으로 주상사에 대한 쑥덕공론은 한동안 동네를 휩 쓸었어요. 새 여자를 들이려고 아내에게 독사와 독초를 일부러 먹였을 거라는 말도 돌았어요. 이참에 수상쩍은 주상사를 동네에서 쫓아내야

한다며 장정들이 할아버지에게 몰려왔어요. 할아버지는 시조창을 흥얼거릴 때처럼 몸을 천천히 흔들면서 헛기침을 섞어 짧게 한마디하고는 입을 닫았어요.

"어허험. 섣부른 판단으루다가 사람을 함부루 내쳐서는 안 되는 일이구 말구. 어험."

주상사가 쫓겨나는 일은 일어나지 않았어요.

덕배보다 자신이 열배는 더 기운이 세다고 뻥뻥대는 주상사는 산에 가서 닥치는 대로 약초도 캐고 뱀도 잡았어요. 그것들을 팔기 위해 장거리도 뻔질나게 드나들었어요. 그가 가끔 뱀술이나 약초를 들고 할아버지에게 나타났어요. 그러면 뒤따라 꾸역꾸역 사람들이 모여들었어요. 그런 날은 마당에 술판이 벌어지게 마련이었어요. 뱀술냄새 풍기는 그의 얘기가 무르익을 때면 사람들의 웃음소리가 기둥처럼 하늘로 솟구쳤어요.

그런데 어느 날의 술판 끝이 이상해졌어요. 수염 하얀 노인들이 자리를 뜨고 한참 후였어요. 술 취한 목소리가 뒤섞이는 속에서 주상사 입에 못둑네가 연달아 오르내렸어요. 방에서도 부엌에서도 다 들릴 만큼 주상사 목소리는 우렁우렁 울렸어요. 웃음소리가 잦아들고 성난 목소리가 불거져 나오기 시작했어요.

"에잇! 두 번 다시 상종 못헐 화상이구먼. 허풍만 떠는 줄 알었지 누가…."

주상사를 향한 아저씨들 얼굴이 험악해졌어요.

"인두껍을 썼으믄 하늘 무서분 줄 알어."

"터진 아가리라구 굴러들어온 주제에 어디서 나오는대루 지껄이구 자빠졌어."

아저씨들이 자리를 박차고 일어서며 주상사에게 삿대질을 했어요. 주상사도 벌떡 일어섰어요. 허옇게 이를 드러내고 씩 웃는 얼굴로요.

"하앗따! 주댕이덜이 허벌나게 양글구만이라아! 토백이가 무신 베슬이라도 된당가!"

구장이 주상사 앞을 가로막았어요.

"홀애비가 홀어미 만나는 거이 먼 죄간디?"

옥신각신 험악한 목소리가 마당을 메웠어요. 삼분이는 술상을 치우느라고 바삐 마당과 부엌을 오갔어요. 사랑채 아래 칸 문이 활짝 열렸어요. 할아버지가 얼굴을 내밀고 헛기침을 크게 했어요.

"어허어허험! 어험!"

다투던 목소리들이 이내 잠잠해졌어요. 할아버지의 기침소리가 무슨 뜻인지 다들 알고 있는 듯했어요. 주상사가 할아버지를 향해 굽실거리고는 먼저 대문 밖으로 사라졌어요. 남은 사람들도 슬금슬금 빠져나갔어요.

할머니가 마당으로 내려섰어요. 마당엔 상을 치우는 삼분이와 댓돌에 걸터앉아 인형놀이에 빠진 척하고 있는 나뿐이었어요. 할머니는 목을 빼고 목청껏 우는 수탉 모양 크게 소리쳤어요.

"혼자 애썼다. 고만 손 놓구 사랑으루 줌 오너라."

삼분이에게 하는 말이라기보다 안채에 있는 엄마 들으라는 소리였어요. 할머니는 금세 목소리를 낮췄어요.

"꼴에 내외헌답시구 상전 행세만 단대이 해대구 자빠졌으이 원."

중얼거리며 삼분이 옆구리를 툭툭 쳤어요. 삼분이 손에서 행주를 빼앗아 던지고 병아리 모는 어미닭처럼 사랑채로 몰고 들어가며 소곤거렸어요.

"술 취헌 개라구 안 허더냐. 취헌 사내덜이 개짓듯 지껄이는 그따우 소릴랑은 귀에 담을 것두 읎다."

술 취한 주상사가 못둑네에 대해 떠벌린 말 때문인 듯했어요.

"쉬쉬헌다구 못둑네 행실머릴 누가 모를 줄 알구."

엄마 목소리였어요. 방에 있던 엄마가 대청마루로 나와 있었어요.

"흥. 근본두 읎는 걸 백날 싸구돌아 보라지. 그 음흉헌 꿍꿍이가 통할 성 싶은가."

엄마는 할머니와 삼분이 뒷모습을 흘겨보며 중얼거렸어요. 할머니의 속셈을 다 알고 있는 듯했어요.

아이들은 귀신얘기를 많이 하지만 처녀들은 신식얘기를 곧잘 입에 올렸어요. 남자 어른이 없는 삼분네 집 윗방은 처녀들이 가끔 모이는 장소였어요. 나는 할머니 치마꼬리에 붙어 그 집에 갈 때면 맘속으로 처녀들이 모여 있기를 바랐어요. 그녀들은 수를 놓거나 뜨개질을 하며 쉴 새 없이 소곤대다가 웃음을 터트리곤 했어요. 닫힌 문 저쪽에서 한꺼번에 터지는 웃음소리는 그녀들 세상을 기웃거리는 나를 뻥 걷어차 버리는 듯했어요. 그럴 때면 울컥 먹먹해지다가 눈시울이 화끈거렸어요. 나는 미적미적 할머니 곁으로 다가갈 수밖에 없었어요.

안방 아랫목에선 삼분 할머니와 우리 할머니가 웅얼웅얼 예전 얘기를 했어요. 그 재미없는 얘기도 담뱃대를 뻑뻑 빨아대느라 제대로 이어가지 못했어요.

"아 글쎄, 초롈 치르구설랑 가마를 타구 등둑고갤 넘어오는 질에…. 어이구 이녀석거 담뱃대가 콱 맥혜뿌렜네."

할머니는 하던 얘기를 멈추고 볼이 패이도록 담뱃대를 빨았어요.

"등둑고개…. 마을 뒤짝에 있어설랑 그리 불렀다지우. 거그가 묵나물 많이 나는 데라구 일러준 사램이 있는디⋯."

삼분 할머니는 담배연기 때문인지 눈을 질끈 감았다가 떴어요.

"가마꾼덜이 가마를 내레놓구 쉴 참인디. 가마 속이 답답시럽기두 허구 신랑 얼골이 궁금허기두 해설랑 휘장 틈새루다⋯."

얘기를 이어가던 할머니는 담뱃대를 힘차게 빨아 겨우 한 모금 머금은 연기를 천천히 아껴가며 내뿜었어요.

"시상에 신랑 얼골이 생객이 나야 말이지. 글쎄 한 이불에서 첫날밤을 치룬 신랑이 우떠케 생겐 사램인지 도통⋯."

기침 때문에 또 말이 끊겼어요. 할머니가 눈물 콧물을 치마에 닦는 동안 삼분 할머니도 얘기를 이었어요.

"고사리서껀 어와리서껀 지천이라구 일러준 사램이 뉘기더라. 도통 생객이 안 나네. 도통."

"생객 안 나는 거넌 매한가지 겉우."

할머니 목소리가 퉁명스러웠어요. 삼분 할머니가 무안한 듯 흐물흐물 웃었어요. 오므라든 입이 동굴처럼 벌어졌어요.

"첫날밤에 신랑 얼골을 똑뛰기 체다보덜 못했으이⋯참말루."

"에구우. 암만혀두 댓진을 훑어내야 헐 거 겉어유."

삼분 할머니가 선반을 더듬어 볏짚 속대를 집어냈어요. 연노란 속대는 가늘지만 철사처럼 곧았어요. 속대가 할머니의 담뱃대 속을 빠져나올 때마다 끈적이는 시커먼 댓진이 잔뜩 묻어있었어요.

나는 다시 윗방 문 앞에서 얼쩡거렸어요. 문고리를 만지작거리다가 놓아버리고 또 만지곤 하면서. 손에 난 땀이 땟물로 고여 손금이 까매지도록 망설이기만 할뿐 문은 열지 못했어요. 생생한 기억 때문이었어요. 언젠가 윗방 문을 열었을 때였어요. 입으로는 왔니? 했지만 눈빛은 모두들 사나웠어요. 한 대 쥐어박고 싶어 하는 눈빛들이었어요. 그때 나는 머쓱해서 슬그머니 문을 닫을 수밖에 없었어요.

귀를 문틈에 댔어요.

"아유, 신식 세상이 어느 천 년에 된다구 그래."

"구식 노인네덜이 몽조리 세상 떠나믄 될까, 원."

"신식 세상이 되던말던 신식으루다 사는 팔자 좋은 사람 우리 동네에 있는데, 뭘."

신식으로 사는 팔자 좋은 사람은 엄마를 가리키는 것 같았어요. 엄마를 두고 좋은 팔자 타고 난 사람이라고 말하는 소리를 수없이 들었기 때문이지요.

"여자 팔자 뒤웅박 팔자라더니."

"무신 복에 증와 아부지 같은 배필을 만났으까."

"타고 난 거지 뭐. 복 있는 사람은 날 때부텀 정해져 있대잖아."

"참말 그런가 봐. 집안두 찌울구 높은 공부를 헌 것두 아니구 그렇다구 천하일색두 아닌데. 그치?"

말이 끊겼어요. 아무도 맞장구치는 사람이 없었어요. 나는 문이 열릴까봐 겁이 났어요. 다행히 말소리가 이어졌어요.

"한눈 안 팔구 잘난 서방님이 주말마다 그 먼 서울서 꼬박꼬박 내려오니 증와 엄만 남부러울 게 읎는 팔자야."

"궁합이 잘 맞나부지 뭐. 것두 찰떡궁합으루다."

누군가 쿡 웃었어요. 그러자 킬킬거리는 웃음이 이어졌어요. 점점 높아진 웃음소리가 한참 동안 방안을 울렸어요. 나중엔 캑캑 기침을 해대기도 하고 아이구 배야 하기도 하며 숨을 몰아쉬었어요.

"암만해두 증와 엄마에게 남덜 모르는 특별한 기술이 있는 개비여."

"삼분아. 니가 보기엔 어떻데?"

그때까지 삼분이 목소리는 한번도 들리지 않았어요. 나는 문틈에 귀를 붙였어요.

"어머머! 애 얼굴 빨개지는 것줌 봐."

"참말이네."

그네들은 또 까르르 웃음을 터트렸어요.

삼분이는 왜 얼굴이 빨개진 것일까. 뭔가 야릇했어요. 문득 할머니가 밤골네에게 말하던 부적 생각이 났어요.

"아유 더워. 방이 더우니까 얼굴이 달아오르네. 느덜두 얼굴이 붉은데 뭘 그래."

삼분이 목소리는 붉지 않았어요.

삼분이 얼굴이 무섭도록 붉었던 적이 있었어요.

햇살이 아침나절부터 병아리들 깃털 속까지 속속들이 파고드는 날이었어요. 할머니와 삼분이가 뭔가를 준비하는 듯했어요. 종다래끼 보자기를 바삐 챙기며 은근슬쩍 눈짓 고갯짓 손짓을 해댔어요. 나를 따돌리고 무지골로 산나물 뜯으러 가려는 낌새가 분명했어요. 할머니 없는 집에 오랫동안 남겨지는 건 끔찍한 일이었어요. 나는 아무도 눈치 못 채게 대문 밖으로 나가자마자 바람개비를 돌릴 때처럼 내달렸어요. 무지골이 가까워질수록 뻐꾸기 종달새가 쉴 새 없이 울어댔어요.

무지골 개울 앞에서 나를 본 할머니와 삼분이는 너무 놀라 입을 딱 벌렸어요. 할머니는 버들피리를 만들어 삐삐 불며 나를 달래 돌려보내려 애를 썼어요. 나는 막무가내로 뻗댔어요. 진이 빠진 할머니가 털퍼덕 주저앉았어요.

"우덜이 나물 뜯는 동안 산 밑에 얌전이 있을 게야?"

나는 힘차게 고개를 끄덕였어요.

"집에 가자구 떼를 쓰거나 무섭다구 울믄 산에 내뿌리구 우덜찌리 집에 가뻘질 게야?"

나는 더 힘차게 고개를 끄덕였어요.

골짜기로 구불구불 들어갈수록 하늘은 좁아졌고 물소리는 크게 났어요. 자꾸 뒤를 돌아봤어요. 골짜기 입구가 어디쯤인지 도무지 알 수가 없었어요. 뒤따라온 걸 후회해봐야 이미 소용없었어요.

나는 계곡물 가에 보자기에 싸인 점심밥과 함께 남겨졌어요. 산을 타고 까마득히 올라간 할머니와 삼분이 모습이 언뜻언뜻 보이기도 하다가 한참동안 아예 안 보이기도 했어요. 휘돌아 올라온 골짜기 길은 막혀있고 사방이 온통 하늘을 찌르는 산봉우리뿐이었어요. 어디선가 호랑이가 불쑥 나타날 것만 같았어요. 산은 곳곳이 진분홍으로 얼룩져있었어요. 산을 온통 자기들 세상으로 만들어놓은 진달래 꽃무더기들의 숨결이 산골짜기를 가득 메우고 있었어요. 꽃도 무섭다는 걸 처음 느꼈어요.

"우어~이!"

할머니가 가끔 외쳐주었어요.

"우아~!"

나도 따라 외쳤어요. 얼마동안은 사방의 산을 울리는 외침소리가 무서움을 가시게 해주었어요. 그런데 외침소리가 점점 먼 데서 아득히 들려왔고 할머니와 삼분이의 모습은 눈에 띄지 않았어요. 사방의 진달래가 일제히 깔깔깔 몸을 흔들며 웃는 듯했어요. 나는 악을 쓰며 울기 시작했어요.

산을 내려오는 사람은 할머니가 아니라 삼분이였어요. 그래도 삼분이

가 눈에 띄자 무서움은 일시에 걷혔어요. 삼분이는 나물보따리를 짊어
지고도 미끄러지듯 산 밑으로 다가왔어요. 나는 냉큼 바위 뒤로 돌아 계
곡물 반대 쪽 진달래 꽃무더기 속에 몸을 숨겼어요. 나물보따리를 내려
놓은 삼분이가 두리번거리며 내 이름을 두어 번 불렀어요. 내가 왜 숨었
는지는 잘 모르겠어요. 장난삼아 그랬는지 삼분이를 애먹이려 그랬는
지. 삼분이가 또 부르면 대답을 해야겠다고 마음먹고 꽃잎을 따며 기다
렸어요.

　삼분이는 더 이상 나를 찾을 생각이 없는 듯 급히 옷을 벗었어요. 그
리곤 홑치마만으로 몸통을 가리고 첨벙 물속에 잠겼어요. 참을 수 없이
더웠던 모양이었어요. 첨벙거리며 몸을 씻은 삼분이는 치마를 물속에 부
풀린 채 한동안 가만히 있었어요. 그러다가 웬일로 움찔움찔 몸을 솟구
쳐대기 시작했어요. 삼분이 얼굴이 뻘겋게 물들기 시작했어요. 나는 몸
을 웅크리고 숨을 죽였어요. 삼분이 손이 사타구니에서 점점 빠르게 움
직이고 있었어요.

　삼분이 얼굴은 불이 붙은 듯 붉었어요.

제 4 부

시간의 무늬

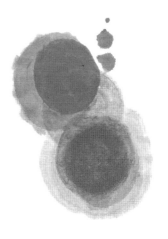

1

처마 밑을 제비가 자주 들락거리고 있었어요. 댓돌에 앉아 놋그릇을 닦고 있는 삼분이 머리 위를 빙빙 돌기도 했어요. 집을 지으려는 모양이었어요. 언젠가 엄마는 간짓대로 제비를 쫓아내며 투덜거렸어요.

"저녀서거 제비가 왜 해필 우리 새 집 처마 밑에 집을 지으려는 게야. 지저분스럽게시리."

그날은 다행히 엄마가 없었어요. 정우를 데리고 고개 너머 외갓집에 갔어요. 할머니는 담장 밑을 오가며 무슨 씨앗인가를 심고 있었어요. 할머니 키보다 높은 곳에서는 거미가 공중에 매달려 그물 집을 짓고 있었어요. 삼분이는 짚수세미에 재를 묻혀가며 놋그릇을 닦다가 햇빛에 비쳐가며 얼룩이 있나 없나 살펴보곤 했어요.

나는 처마 밑을 올려다보며 제비집이 좀 빨리 지어지기를 바랐어요. 엄마가 돌아오기 전에 다 지었으면 좋겠는데 너무나 더뎌서 답답했어요. 시간을 보내기 위해 눈을 감고 숫자를 세기 시작했어요. 하아나 두우울. 숨까지 참으며 천천히 세었어요. 몇 백을 세어도 제비집과 거미집은 별로 달라지지 않았어요. 그런 채로 제비는 빨랫줄에 앉아 지절거렸고 거미는 허공에 매달려 잠을 자는 듯했어요.

수많은 개미들이 쉴 새 없이 구멍 속을 들락거리는 빠른 움직임이 눈에 띄었어요. 구멍 둘레엔 콩가루처럼 고운 흙이 작은 언덕을 이루고 있었어요. 개미가 흙으로 울타리를 쌓으면 비가 올 징조라던 할머니 말이 생각났어요. 그러고 보니 아까와 달리 해가 보이지 않았어요. 하늘을 올려다볼 수도 없는 작은 개미들이 비가 올 걸 어찌 알았을까. 구멍에서 쏙쏙 올라오는 개미들은 입에 물고 온 흙을 내려놓고 다시 구멍 속으로 사라졌어요. 구멍 속에서 개미가 물고 나오는 흙은 겨우 눈에 띌 정도로 작았어요.

할머니도 삼분이도 보이지 않았어요. 뒤란에서 두런두런 말소리가 났어요. 할머니와 삼분이는 둘둘 만 멍석에 나란히 앉아있었어요. 비설거지를 끝내고 쉬는 모양이었어요. 내가 다가가는 줄도 모르고 있었어요.

"요전게 준 부적. 그거 항시 몸에 지니구 있는 게지?"

할머니 물음에 삼분이는 고개를 숙이며 예, 했어요. 밤골네 집에 할머니를 따라갔던 저녁이 생각났어요. 아버지와 삼분이 사주를 확인하며 부적을 만들라더니 그걸 삼분이에게 준 모양이었어요.

"니게 조흔 혼처자리가 나설 게다."

삼분이는 알고 있을까. 좋은 혼처자리를.

"서방 잘 만네믄 팔자 피는 게지."

삼분이와 공깃돌놀이를 했어요.

삼분이가 몸을 움직일 때마다 살 냄새 머리냄새가 풍겼어요. 그 야릇한 냄새는 꽃이나 사탕냄새처럼 향기롭진 않았어요. 뿌리기, 알 낳기, 알

품기, 알까기, 알 받기를 거치는 동안 삼분이는 마지막 알 받기에서 연달아 공깃돌을 떨어트렸어요. 내게 져주려고 일부러 그랬을 거예요. 댓돌에 걸터앉아 우리를 바라보는 할머니는 괜히 벙싯벙싯 웃었어요.

"아모캐두 쟤 어멈은 낼 제녁이나 모레 올 것이야. 잔칫날인데다 하오랜만에 즈이 친정 발걸음을 혔으이깐. 비설거지두 마쳤것다 우리 즈응와가 허재는대루 한바탕 재미지게 놀아 봐. 하늘이 꾸물꾸물 내려앉기는 했어두 쉬 비를 퍼불 거 겉지두 않구."

하늘을 둘러보던 할머니가 안채를 향해 담뱃대를 흔들었어요.

"안채가 비니 앓던 이 빠진 거맨치나 씨언허네."

갑자기 할머니의 담뱃대가 허공을 가르며 담장을 향했어요.

"게 뉘기야!"

담장 기왓장 위로 히죽 웃는 얼굴이 솟아올랐어요. 덕배였어요.

"저런 얼간이 불쌍눔이 있나."

불호령소리와는 달리 할머니 얼굴엔 웃음기가 물렸어요.

어느 날 제비와 거미가 집짓기를 끝냈다는 걸 알았어요. 제비는 새끼를 키울 집을. 거미는 먹잇감이 걸려들 집을. 거미가 제비집에서 살 수 없듯이 제비도 거미집에서 살 수 없을 테니까 각각 자기네 집을 지은 것이겠지요. 하나씩 조금씩 오래오래 멈추지 않고 이룩해낸 집이었어요.

제비집 밑에 제비 똥을 받아낼 송판을 덧댄 사람은 아버지였어요. 엄마는 제비집을 헐어내지 못했어요.

마루 끝에 앉은 아버지가 제비집을 올려다보고 있었어요. 삼분이는 부엌문 앞에서 푸성귀를 다듬고 있었어요. 빨랫줄에서 지절거리는 두 마리의 제비부리에서 햇살이 반짝거렸어요. 슬몃슬몃 아버지가 삼분이를,

삼분이가 아버지를 바라본다는 걸 느낄 수 있었어요. 나는 인형머리를 땋으며 가슴 졸였어요. 문중 제삿집에 간 엄마가 언제 나타날지 모르는 일이었어요. 삼분이 쪽으로 고개를 돌린 아버지가 움직이지 않았어요. 삼분이 고개가 살포시 아래로 향했어요. 두 사람 모두 숨을 멈춘 듯한 시간이 이어졌어요. 빨랫줄을 떠나 공중을 빙빙 도는 제비들 지절거림만 요란했어요.

나는 슬며시 인형을 들고 대문 밖으로 나갔어요. 밭두렁 끝 아지랑이가 아른거리고 지짐질 냄새가 풍겨오는 제삿집 바깥마당에는 조무래기들이 딱지를 치며 놀고 있었어요. 정우도 보였어요. 엄마가 손에 뭔가를 들고 그 집 대문턱을 넘어서고 있었어요. 엄마 손에 들려있는 건 부침개 떡 약과 산자 그런 따위일 것이 분명했어요. 딱지 치던 정우가 엄마를 따라붙었어요. 아버지와 삼분이의 야릇한 모습이 엄마 눈에 띌 게 분명했어요. 가슴이 두근거렸어요. 엄마와 정우는 벌써 담 모퉁이에 다다르고 있었어요. 대문 틈으로 바라본 아버지는 삼분이와 함께 푸성귀를 다듬고 있었어요. 나는 대문 안에 대고 소리쳤어요.

"정우야! 엄마가 맛있는 거 많이 가져오고 있어."

여름이 한창이었어요. 더워서 잠 못 드는 밤에도 처녀들은 맘 놓고 개울에 가지 못했어요. 그래도 딱 하루만은 몰래 가슴 졸이지 않고 개울에서 목욕을 즐길 수 있었어요. 그게 유두날이었어요.

개울물 소리와 함께 처녀들 웃음소리가 숲을 울렸어요. 아무도 망측한 년이라거나 발칙한 년이라고 욕하지 않았어요. 일 년에 한 번 맞는 명절이었으니까요. 틀림없이 풀숲 은밀한 곳에 총각들이 숨소리를 죽이고 엎드려서 눈알을 굴리고 있었겠지요. 총각들 사이엔 종덕이도 있었을 것이고 덕배도 있었을 거예요.

유두날이 지나고 얼마 후 할머니는 종덕이 거동이 눈에 띄게 굼떠졌다고 구시렁거렸어요.

"암만혀두 종덱이 저눔이 몹쓸 상사뱅이 든 게야. 그렇지 않구서야 고봉밥을 게 눈 감추듯 먹어치우던 게 반두 못 넹기구 눈은 게게 풀어져서는…. 아, 장정 두 몫의 일을 너끈히 해치우던 눔이 오뉴월 쇠불알 맹이루 늘어져 있으이 내 원 참."

종덕이만 이상해 진 게 아니었어요. 덕배도 엉뚱한 소리를 해댔어요. 전보다 더 히죽거렸고 침도 더 많이 흘렸어요.

"헤헤 헤. 삼분이 내 샥시야. 다 봤어."

덕배는 온몸이 가려운 듯 팔다리를 움찔거리며 비비 꼬았어요. 그 꼴을 보면 할머니는 솟구치듯 일어나 덕배 앞에서 삿대질을 했어요.

"네 이노오오옴! 한번만 더 그따우 소릴 지껄였다간 네 아가리가 성치 않을 것이야!"

할머니의 불호령은 덕배를 납작 엎드리게 만들었어요. 그렇지만 짓궂은 어른이나 사내애들은 덕배보다 더 실실 웃으며 삼분이 어디를 보았니, 뭘 보았니, 캐묻곤 했어요 못둑네는 덕배 짓거리가 견딜 수 없었던가 봐요. 아무리 반편이 칠푼이로 불리는 바보이긴 하지만 그도 스무 살이 넘은 사내거든요.

난간마루에서 소꿉장난을 하다가 방에 있는 풀각시를 가지러 들어갔어요. 방안엔 못둑네와 할머니가 단둘이 앉아있었어요. 뭔가 심상치 않은 얘기를 나누는 것 같았어요. 머리를 조아리고 웅크려 앉은 못둑네는 저고리 앞섶이 들썩거릴 만큼 숨을 몰아쉬었어요. 짚 속대로 담뱃대의 진을 훑어내는 할머니는 무슨 말인가를 입안에 가둬놓고 있는 듯했어요. 나는 벽장 안에 있던 풀각시를 손에 쥐고도 괜히 뭉그적거렸어요.

"그까짓 가리사니 읎는 반편이 눔 지껄이는 소리가 뭔 대순가!"

단번에 쏟아낸 할머니 말에 못둑네 어깨가 푹 주저앉았어요.

"읎는 말두 지어내는 판인데 덕배가 그따우루…. 삼분이 나이두 꽉 찬데다 괜시리 혼사길이래두 맥힐까봐서유. 이참에 종덱이와 아예 혼약을…. 옹골차게 살림밑천꺼정 마련해 논 종덱이 쪽에서 맘 달아있을 적에…."

"종덱이가…여러모루다…괜찮은 눔이기는 허지만서두…."

민저와 딜리 할머니는 느러터지게 밀했어요. 숙였던 못둑네 고개가 반짝 들리는가 싶더니 이내 다시 꺾였어요.

할머니가 옆에 눕지 않아 나는 잠들지 못하고 뒤척였어요.

할머니 비녀를 담배연기가 휘감아댔어요.

"삼분이 갸를 우째야 헐꼬. 우째야 헐꼬."

혼잣말을 하면서 할머니는 한숨을 푸푸 쉬었어요. 담배연기가 급히 흩어졌어요.

"남 주기는 참말루 아까와. 아까우나마나."

할머니 등이 오르내리며 뿜어내는 한숨이 방안을 답답하게 했어요.

"항아선녀 겉이 고운 걸. 눈앞에 알찐대는 걸. 사내가 돼가주구설랑 그래 그거 하날…. 첩실루 눌러 앉힌다구 누가 손꾸락질헐까. 가뜩이나 위아래두 읎이 기세등등헌 예펜네. 그래 늙을 때꺼정 그것만 떠받들구 살 참인가. 삼분이 제 쪽에서 봐두 그래. 아범 첩실이믄 황감헌 노릇이지. 아무려믄 종덱이에 비헐까."

나는 벽지의 이방연속무늬를 하나하나 눈으로 쫓으며 궁리를 했어요.

삼분이를 우선 종덕이와 혼인시킨 다음에 아버지 첩실 노릇을 하게 하면 어떨까. 그러면 엄마만 빼고 못둑네, 할머니, 아버지, 종덕이, 삼분이, 나까지 다 좋은 일 아닌가. 그렇게 하면 되겠네. 나는 후딱 이불을 걷어내고 몸을 일으켰어요.

그런데 입이 열리려다 닫혀버렸어요. 눈앞에 버티고 있는 할머니 등판이 쯧쯧 혀를 차는 듯했어요. 내 생각을 말했다가는 좋은 궁리를 했다고 칭찬받기보다 핀잔을 들을 게 뻔했어요. 여자는 남자와 같을 수 없는 것이니까요. 그러니까 남자는 첩을 여럿 거느려도 괜찮고 여자는 하나만 거느려도 안 되는 것이겠지요.

"합방을 허구두 어멈 낯가죽이 슥 달 굶은 시에미 상으루 우그러질 때가 있는 걸 보믄 예펜네 치매속배끼 몰르는 첩지는 아닌 것두 걸구…. 도무지 그누메 속을 알 재간이 읎으이…."

첩실이니, 여편네 치마속이니, 하는 소리를 할머니는 내가 못 알아들을 거라고 생각하는 것 같았어요. 나는 어른들이 쉬쉬거리며 하는 말을 다 알아들었어요. 그냥 모르는 척 할뿐이지.

비녀가 꽂힌 할머니의 쪽머리가 숨결에 따라 움찔거렸어요. 그 속에 할머니의 엄청난 꿍꿍이가 숨어있는 것 같았어요. 내가 궁리해낸 따위는 비할 바가 못 되는 묘책이.

"해야 허는 일과 허지 말어야 허는 일을 너머 겡우 바르게 가리는 것두 탈이래믄 탈이구…."

누가 경우 바르다는 것일까. 삼분이가 그렇다는 걸까. 아버지가 그렇다는 걸까. 둘 다 그렇다는 걸까. 궁금했지만 나는 묻지 않았어요. 내가 할머니의 말귀나 속내를 다 알아채고 있다는 걸 들키면 안 되니까요.

나를 어린애로 여기면서도 할머니는 '여자가 하지 말아야 할 것'을 시도 때도 없이 뇌까렸어요. 때론 소리가락에 맞춰 흥얼거렸어요.

큰소리로 말하지 마라. 큰소리로 웃지 마라. 눈을 치켜뜨지 마라. 엉덩이 흔들며 걷지 마라. 발소리 크게 내지 마라. 식전에 남의 집에 가지 마라. 남자 앞을 가로지르지 마라. 모서리에 앉지 마라. 문지방에 앉지 마라. 가랑이 벌리고 앉지 마라.

여자가 하지 말아야 할 것은 하찮고 기분 나쁜 것들뿐이었어요. 나는 할머니가 말하는 '여자'와는 상관없다는 생각이었으므로 귀담아듣지도 않았어요. 귀담아듣지 않는데도 덧붙이는 말까지 저절로 머릿속에 박혀버렸어요.

"핼미는 너보담두 더 어릴 적부터 아녀자가 지케야 허는 도리를 노상 으른덜께 들으며 컸어, 이것아."

얼굴에 주름 골이 깊이 파인 할머니도 어릴 적이 있었을까. 분명 아기 때부터 살아왔을 텐데 할머니는 처음부터 할머니였을 것만 같았어요.

"함머이 어릴 땐 어땠는데? 이뻤어?"

나는 똑같은 질문을 되풀이하곤 했어요. 할머니 대답도 들으나마나 뻔한 소리였어요.

"암만. 이쁘나마나. 여북허믄 제우 열 살일 때부팀 중신애비가 문턱이 닳두룩 드나들었겠니."

어릴 적 얘기를 할 때면 얼굴뿐 아니라 목소리까지 환해지는 할머니가 재미있어 나는 앵무새처럼 입에 붙은 말을 나불거렸어요.

"우리 함머이가 삼분이보다도 이뻤나부다. 그치?"

"말허믄 뭘혀. 인젠 다 늙어 쭈구렁 망탱이가 된 마당에. 일색이건 박색이건 한 펭상 사는 건 매한가진 게야. 핼미가 일러주는 말이나 맹심혀두룩 혀."

그러고는 겁을 주었어요. 이다음이 아니면 죽은 다음에라도 여자는 도리를 어긴 대가를 꼭 치르는 법이라고. 이다음이나 죽은 다음은 경험해보지 못한 시간이잖아요. 이담에 어떻게 된다거나 이담에 어쩔 거라는 말은 믿고 싶어도 믿기지 않았어요.

삼분이와 종덕이가 혼인한다는 소문이 쫙 퍼졌어요. 못둑네가 삼분이를 닦달해가며 일을 성사시킨 듯 했어요. 그 소문은 아이들 입에 더 많이 오르내렸어요. 종덕이가 땡 잡았다는 둥 삼분이가 땡 잡았다는 둥 아이들은 얼굴을 시뻘겋게 물들이며 열을 올렸어요.

아이들은 잔치 중에 혼인잔치를 제일 손꼽아 기다렸어요. 사모관대를 한 신랑과 활옷에 연지곤지를 찍은 신부의 휘황찬란한 모습을 구경하는 것도 즐거운데 신랑을 거꾸로 매달고 발바닥을 때리는 구경거리와 문창호지를 손가락으로 뚫고 신방을 훔쳐보는 구경거리가 밤까지 이어졌으니까요. 더구나 국수며 떡이며 전이며 별별 음식을 배불리 먹을 수 있으니 왜 안 그렇겠어요.

한동안 두 사람 혼인얘기가 동네를 휩쓸었어요. 어른들은 인물 좋고 솜씨 좋은 삼분이와 사내답고 진국인데다 살림밑천까지 장만한 종덕이는 천생연분이라고 입을 모았어요. 그런데 정작 삼분이 낯빛은 그대로였어요. 종덕이가 좋다는 건지 싫다는 건지 속 시원히 알 수가 없었어요. 아마 부끄러워 내색을 않는 걸 거라고 또 모두들 입을 모았어요.

2

마당이 소란스러웠어요. 개 짖는 소리, 발자국소리와 인기척, 문 여닫는 소리와 왁자한 웃음소리가 이어졌어요. 행랑채에 사람들이 모여드는 저녁이면 마당을 메우고 있던 어둠도 덩달아 수런거렸어요. 안채 부엌에선 국수 삶는 냄새가 구수하게 퍼졌어요. 들뜬 내가 마당을 들락거리는 사이 밤이 깊어갔어요.

개도 제 집에서 잠들었는지 마당의 어둠은 고요했어요. 집안 곳곳에서 깨어난 신령들의 숨결이 어둠 속에 배어있는 듯했어요. 할머니가 지성스럽게 모시는 신령들이란 생각 때문이어서인지 무섭진 않았어요. 어둠에 익숙해진 눈에 사람 모습이 얼핏 비쳤어요. 순간적으로 오싹 몸이 오그라들었지만 이내 안심할 수 있었어요. 귀신이 아닌 삼분이였어요. 삼분이가 행랑채 문 옆에 몸을 붙이고 있었어요. 도둑괭이처럼 왜 저러고 있는 것일까. 나는 앞으로도 뒤로도 발을 떼지 못했어요. 삼분이에게 들켜선 안 될 것 같았어요. 나는 조심스럽게 뒷걸음질을 시작했어요. 몇 걸음 떼었을 때 삼분이는 바람처럼 부엌으로 사라졌어요.

등잔불빛 배어든 문엔 그림자가 어른거렸어요. 그릇에 코를 박듯이 고개를 숙이고 국수를 먹는 사람들 그림자는 기괴한 형상으로 움직였어요. 삼분이는 자기와 혼인할 종덕이 그림자를 훔쳐보았던 것일까. 아버지 얘기에 귀를 기울였던 것일까. 부패 정권. 우리 농민. 그 두 마디가 되풀이되는 아버지 목소리는 문창호지를 울리며 어둠 속 댓돌에 널려있는 신발짝들까지 귀를 기울이게 하는 것 같았어요.

많은 사람이 둘러앉은 탓인지 종덕이 그림자를 가려내긴 힘들었어요.

종덕이는 네 명의 일꾼 중 제일 멀끔했고 허튼소리도 안 했어요. 거기다 제 앞가림을 누구보다 옹골차게 해냈다며 할머니는 늘 종덕이 칭찬을 했어요. '알뜰헌데다 외양두 멀끔허구 속두 짚구 일두 똑부러지게 잘 허는 싹수 있는 눔'이라고요. 그러면서도 삼분이와의 혼인은 내켜하지 않았어요. 나도 삼분이와 종덕이가 결혼하는 건 어쩐지 삼분이가 아깝다는 생각이 들었어요.

할머니는 나에게 종덕이를 '아재'라고 부르라 했지만 언제나 입을 꾹 다문 채 자기 하는 일에만 열중해있는 그를 부를 일이 거의 없었어요. 그는 늘 잠방이 주머니에 너덜너덜 낡은 한문책을 넣고 다녔어요. 밥 먹는 틈틈이 막걸리 마시는 틈틈이 그 책을 펼쳐보기도 하고 손가락이나 나뭇가지로 땅바닥에 글자를 쓰기도 했어요. 그런 싹수 있는 모습을 볼 때면 무뚝뚝하긴 하지만 삼분이가 그렇게 아까울 것까지는 없겠다는 생각도 들긴 했어요.

산골 여기저기를 떠돌며 화전을 하다 흘러들어왔다는 삼분네 가족이 어떻게 살아왔는지 정확히 아는 사람은 없었어요. 삼분 아버지는 아들이 없어선지 늘 겉돌았고 못둑네를 데면데면하게 대했대요. 돌날 내게 신발도 사다주고 안아주기도 했다는 삼분 아버지에 대해 나는 아무것도 기억할 수가 없었어요. 그래서 사람들이 삼분 아버지 얘기를 할 때마다 안타깝고 답답했어요.

눈처럼 머리도 옷도 하얀 삼분 할머니는 문턱이나 봉당에 앉아 담뱃대를 물고 허공을 바라보기만 했어요. 어쩌다 지팡이를 짚고 걸을 때면 허리가 척 휘어서 얼굴은 잘 안 보였어요.

못둑네는 삼분이처럼 매일은 아니지만 가끔 우리 집 일을 도와주러

왔는데 딸과 마찬가지로 태도 곱고 정갈했어요. 할머니는 '피가 나두룩 정갈헌 모녀' 라고도 했고 '조선 천지에 그마만치 깨끗헌 처자는 다시 읎구 말구' 라고도 했어요. 할머니가 그렇게 말 안 해도 그네들의 정갈함은 어린애들까지 다 알고 있는 터였어요. 무지개 모양의 싸리비 자국이 또렷하게 나 있는 삼분네 울타리 밖 길을 지날 때면 발자국이 찍힐까봐 발뒤꿈치를 들거나 길옆을 골라 디디곤 했어요.

하루에도 몇 번씩 매끄럽게 윤기 도는 마룻바닥에 흙발자국이 찍혔어요. 정우 짓이었어요. 발자국들은 금세 사라졌다가 또 나타나곤 했어요. 정우가 발자국을 만들면 삼분이는 줄기차게 닦아냈어요. 일부러 흙을 뿌려놓고 발자국을 찍어대는 정우를 엄마는 한번도 나무라지 않았어요.

나는 그 발자국만 보면 피가 끓었어요. 일부러 그런 짓을 저지르는 정우에게 욕이라도 퍼붓지 않고는 견딜 수가 없었어요. 나는 그때마다 정우와 싸웠고 엄마에게 매를 맞았어요. 삼분이가 지극정성으로 닦아내지만 않았어도 그토록 분통이 터지지는 않았을 거예요.

종덕이는 장작이나 꼴을 지고 마당을 오갈적마다 기웃기웃 목을 빼고 안을 살폈어요. 그러다가 대청에 엎드려 얼룩진 발자국을 닦아내고 있는 삼분이를 보면 굳게 다물었던 입을 열곤 했어요. 말수 적은 종덕이도 참을 수가 없었던가 봐요. 여러 번 그런 모습을 보아선지 나는 멀리서도 종덕이가 하는 말을 알 수 있었어요.

"금방 또 생길누무 발자국 놔뒀다 한껩에 닦음 될 걸 왜 심들게 일을 맨들어 헌대유?"

종덕이 말에 삼분이는 대꾸하지 않았어요. 종덕이는 그러는 삼분이가 서운하지도 않은지 매번 되풀이 말했어요.

종덕이가 말없이 삼분이를 바라볼 때도 있었어요. 삼분이가 마루에서 수를 놓고 있을 때예요. 그냥 바라보는 눈빛이 아닌 빨아들일 것 같은 눈빛으로. 그럴 때의 종덕이 얼굴은 좀 무섭게 느껴졌어요.

삼분이는 아무것도 없는 하얀 천에 바늘과 색색의 실만으로 황홀한 세상을 만들어냈어요. 연속무늬 테두리 안에 살아 숨쉬는 듯한 십장생이며 꽃과 나비를 새겨 넣은 우리 식구 베갯잇들도 모두 삼분이가 수놓은 것이었어요.

행랑채에 밤참을 내가던 밤이었어요. 할머니도 나도 자리에 누웠고 삼분이 혼자 등잔불 앞에 앉아 수를 놓고 있었어요. 나는 몇 번이나 실눈을 뜨고 훔쳐봤어요. 삼분이는 여전히 그 모습 그대로였어요.

설거지를 하려는지 삼분이가 방을 나갔어요. 냉큼 삼분이가 수놓던 걸 살펴보았어요. 네모로 자른 하얀 천 귀퉁이에 본떠놓은 자잘한 꽃무늬를 수놓아 가는 중이었어요. 완성되진 않았지만 훔쳐서라도 내 것으로 간직하고 싶은 손수건이었어요.

제삿날이나 명절 때보다는 덜하지만 아버지가 오는 토요일도 집안 공기가 들썩거렸어요. 닭도 잡고 콩을 갈아 두부도 만들었어요. 삼분이가 밤늦게까지 집에 머물기도 했어요. 어쩌다가 사랑방에서 잘 때도 있었어요. 엄마는 삼분이를 보내려했지만 할머니가 붙잡았어요. 엄마와 할머니는 팽팽히 맞서면서도 큰소리는 내지 않았어요. 서로 낯을 붉히지도 않았어요. 아버지가 오는 날은 절대로 다툼이 없었어요.

엄마는 토요일 저녁이면 삼분이가 하던 일을 멈추게 했어요.

"급헌 일 아니니깐 놔둬."

그럴 때 엄마 눈은 독기를 뿜으며 번들거렸어요. 삼분이는 고양이 앞의 쥐처럼 냉큼 일손을 놓고 물러났어요. 엄마와 삼분이 사이에 일어난 일을 귀신같이 알아챈 할머니는 삼분이가 대문을 나서기 전에 불러들이곤 했어요. 다급하면 버선발로 뒤따라가 끌어들였어요.

"내 따루 시킬 일이 있어 그런다."

엄마 들으라고 할머니는 부엌을 향해 크게 외쳤어요. 나는 삼분이 얼굴부터 살폈어요. 삼분이 얼굴은 담담할 뿐이었어요.

할머니는 아버지가 문안인사를 할 때면 삼분이에게 식혜나 수정과를 내오게 했어요. 아버지가 안채로 들어가면 삼분이에게 안채에 들락거리게 할 심부름거리를 만들어냈어요. 나는 삼분이가 안채에 들어갈 때마다 어떤 낯빛일지 궁금했어요. 엄마와 할머니의 속마음은 알 수가 있는데 삼분이 속마음은 도통 짐작조차 할 수 없어 답답했어요.

밤중에 오줌이 마려워 일어나다가 뭉클한 것에 발이 걸린 적이 있었어요. 할머니 몸과는 다른 느낌이었어요. 달빛에 잠든 삼분이 얼굴이 드러났어요. 아마 밤이 깊어 집에 돌아가지 못하고 우리 방에서 잠을 잤던가봐요.

나는 삼분이의 고른 숨소리를 들으며 내 몸을 삼분이 몸에 붙였어요. 그렇게 있으면 삼분이의 속마음을 알 수 있을 것도 같았어요. 삼분이의 몸 냄새가 물씬물씬 풍겼어요. 그 냄새가 속마음이기라도 한 듯 깊이 숨을 빨아들였어요. 삼분이가 잠을 깰까봐 조마조마했어요. 자지도 않으면서 자는 척하는 건 아닐까. 그런 생각도 들었어요.

볕이 좋은 날이었어요. 할머니와 삼분이와 내가 툇마루에 둘러앉아 머리를 맞댔어요. 수본을 뜨기 위해서였어요. 내 손으로 수를 놓아보고 싶어 졸라댄 일이었어요. 옥양목에 묵지를 얹고 묵지 위에 수본을 얹고 연필로 본그림을 따라 그리는 일은 간단치 않았어요. 삼분이가 본을 잘 뜨게 하기 위해 나는 옥양목이 움직이지 못하도록, 할머니는 묵지가 움직이지 못하도록 양손으로 잡고 있어야 했어요. 조금이라도 손을 움직이면 망치는 일이었어요.

몸 여기저기가 간질거렸어요. 햇볕이 내리쬐니까 옷 솔기 틈에 숨어있던 이들이 스멀거렸어요. 아마 할머니도 삼분이도 마찬가지였을 거예요. 막무가내로 떼를 쓴 일이라 나는 찍소리도 할 수 없었어요. 볼까지 간질거렸지만 이를 악물고 참아야 했어요.

얼핏 종덕이가 눈을 스쳤어요. 종덕이는 행랑채 헛간에서 이쪽을 향해 쭈그리고 있었어요. 볼이 간질거렸던 건 종덕이 눈빛 때문인 듯했어요. 할머니는 헛간을 등지고 있었으니 알 리가 없지만 삼분이는 헛간과 마주보는 자리였어요. 종덕이가 눈을 떼지 않고 바라보고 있다는 걸 모를 리 없을 텐데 삼분이는 담담하기만 했어요. 나는 삼분이와 종덕이를 번갈아보느라 눈동자를 바삐 움직였어요. 두 사람이 잠깐만이라도 마주보는 모습을 간절히 기다렸지만 삼분이 눈은 연필심에만 꽂혀있었어요.

드디어 삼분이와 마주앉아 수놓기를 시작했어요. 똑같은 문양을 삼분이가 하는 대로 한 땀 떴어요. 그런데 마음과 달리 바늘이 제대로 꽂혀주지를 않았어요. 서너 땀 하고 나니 삼분이처럼 반듯하게 수가 놓인 것이 아니라 바탕천을 옭아놓았을 뿐이었어요. 손에는 자꾸 땀이 배어났어요. 올 사이에 꽂힌 바늘은 꼼짝도 하지 않았어요. 앞으로도 뒤로도 빠지지 않았어요. 할머니가 쯧쯧 혀를 차며 말했어요.

"바늘을 잡을 양이면 무엇보담두 먼첨 맴을 눅진허게 가라앉혀야 허는 법이여."

그러고는 푸념하듯 덧붙였어요.

"아, 시방 일러준들 소용이 닿기나 헐까."

마음을 가라앉히라니. 마음이 무슨 상관이라고. 수는 손으로 놓는 게 아닌가. 바늘이 빠지지 않아 독이 오른 나는 갸웃 숙인 삼분이 이마를 노려보았어요.

삼분이가 수놓은 나비는 팔랑팔랑 날아가는 듯했고 꽃은 진짜 꽃보다 더 예뻤어요. 삼분이가 수놓아가는 세상은 황홀했어요. 한참 보고 있노라면 그 세상 속으로 내가 빨려 들어가는 듯했어요. 아무래도 하얀 천과 수실과 바늘 그리고 삼분이 손만으로 그런 세상이 만들어진 건 아닌 듯했어요. 할머니 말대로 눅진하게 가라앉은 삼분이 맘이 합쳐졌기 때문에 그런 세상을 만들어낼 수 있었을 것 같았어요.

나는 종종 나보다 아홉 살 많은 삼분이를 시샘했어요. 시샘은 엉뚱한 상상을 낳았어요. 할머니 소원대로 삼분이가 아버지 첩이 되는 것이었어요. 그러면 샘이 나는 게 아니라 예쁘고 솜씨 좋은 작은엄마가 자랑스러울 것 같았어요.

"열 지집 싫단 사내 읎다더구먼. 즈 예펜네 치매 속배끼 몰르넌 첨지헌테 천하일색인들 무신 소용…."

한숨 섞인 할머니의 푸념이 귓가에 매달렸어요.

"벤벤치 못헌 거이 행실머리가 곱기를 헌가. 헐줄 아는 게라군 서방 좆이나 물구 늘어지는 거. 딱 그거배끼 몰르넌 년."

할머니는 내가 못 알아들을 줄 아는지 아니면 알아든든 말든 괘념치 않는 것인지 엄마에 대한 지독한 욕설도 서슴없이 해댔어요.

아버지는 할머니가 어떤 생각을 하고 있는지 짐작조차 못할 것 같았어요. 아버지는 그 누구보다도 할머니에게 더 무심했으니까요. 아버지는 무슨 생각인가에 깊이 빠져있을 때가 많았어요. 엄마가 곁에서 부르거나 뭘 물어볼 때도 두세 번 되풀이해야 화들짝 꿈에서 막 깨어난 사람 같은 표정을 지었어요.

밥상머리에서 아버지는 엉뚱한 얘기를 자주 했어요. 꼭 학교 공부시간 같았어요. 나는 아버지를 통해 미국과 소련이, 민주주의와 공산주의가, 할머니와 엄마처럼 서로 으르렁거리는 사이란 걸 알았어요. 삼일절이나 광복절 같은 날은 얘기가 더 길었어요. 독립투사가 어쩌고저쩌고. 친일파가 어쩌고저쩌고. 얘기가 아니라 연설이었어요. 할아버지는 덤덤했고, 할머니는 또 무슨 귀신 씨 나락 까먹는 소린가 하는 표정이었고, 엄마와 삼분이는 다소곳이 들었고, 정우는 이 사람 저 사람 흘깃거릴 뿐이었어요. 도대체 독립투사와 친일파가 우리 식구와 무슨 상관이 있다는 걸까. 그런 얘기는 학교에서나 했으면 좋겠다 싶었어요.

나는 눈앞의 아버지와 우물가에서 삼분이를 훔쳐보던 아버지와 혼자만의 생각에 깊이 빠져있던 아버지가 같은 사람이란 사실이 혼란스러워 머릿속이 복잡했어요.

3

명절 중에 설 명절이 으뜸이란 건 여자애들이 더 잘 느꼈어요. 설날만은 '여자가 하지 말아야 하는 것'에서 온전히 풀려나는 날이었어요. 그래서 설은 마냥 기쁜 날이었어요.

집집마다 설 두어 달 전부터 식구들 설빔 장만을 위해 바느질을 하게 마련이었어요. 설 임박해서는 음식 장만을 해야 하므로 설빔은 미리미리 준비해둬야 했으니까요. 여자애들은 설빔 옷감에 온 신경을 곤두세웠어요. 옷감이 양단인지 공단인지 인조견인지 무명천인지에 따라 삼팔선처럼 양쪽으로 편이 갈렸어요. 시간이 지나면서 딱 두 편으로만 갈려있는 게 아니었어요. 양쪽 편은 또 각각 옷감의 색깔에 따라 다시 편이 갈라졌어요.

누구나 다홍치마에 노랑저고리거나 색동저고리이건만 색감은 차이가 났어요. 누군가가 자기 지나 색깔은 맨드라미보다 고운 색이라고 하면 너도 나도 자기 것은 철쭉꽃보다 곱다느니 봉숭아꽃보다 곱다느니 목청을 돋웠어요. 결사적으로 우기다 보면 눈빛까지 독해졌어요. 옷감을 직접 눈으로 확인하지 않고는 판가름할 수가 없었어요. 옷감 자투리를 잘라오는 수밖에 뾰족한 방법이 없었어요.

나란히 펼쳐놓은 천 조각 앞에서 누군가는 풀이 죽어 식식거리게 마련이었어요. 그 애 입에서는 꼭 이런 말이 튀어나왔어요.

"옷감만 고우믄 다야? 얼굴이 삼분이 반 만큼이라두 돼야 말이지."

그 말은 싸움에 불을 붙였어요. 갑자기 서로를 파먹을 듯 노려본 다음엔 콧잔등이 닿을락 말락 다가섰어요. 서로의 콧김을 고스란히 맡으면서도 물러서지 않았어요. 배가 서로 닿을 수밖에 없었어요. 배치기는 박자가 빨라지게 마련이었어요. 빠른 배치기를 하며 서로 밀리지 않으려고 버티다가 급기야 머리채를 움켜쥐며 뒤엉켰어요. 마구잡이 엎치락뒤치락은 닭싸움보다 험악했어요. 순식간에 뽑힌 머리채가 풀풀 날리고 옷이 찢어지고 손톱에 얼굴이 긁히는 지경에 이르렀어요. 눈알을 빛내며 구경하던 다른 애들이 그제야 뜯어말렸어요. 말리면서 한마디씩 했어요.

"삼분이보담 이쁜 여자 춘천시내엔 열 도락꾸도 넘을 거야."

"얼굴만 이쁘믄 뭘해? 남으 집 일이나 허능 걸."

"맞아. 나는 삼분이 한나두 안 부럽다."

여자애들 싸우는 꼴을 볼 때마다 할머니는 담뱃대를 두드리며 구시렁 거렸어요.

"즌장을 젂구 나서 그런가 원. 지집아덜꺼정 와살시럽게 사나워져설랑 여차허믄 머리끄댕이 쥐어뜯으믄서 쌈박질이나 해쌌구. 아모튼지 간에 낫살 먹은 거나 애덜이나 즌장 전허구는 천양지차라니깐. 문중 것덜 행실머리 뻣뻣해진 것만 봐두 알조지."

사내애들은 전쟁놀이 끝에 꼭 돌을 던지며 패싸움을 했어요. 이마나 뒤통수에 밤톨 같은 혹이 부풀어 오르거나 피멍이 들어도 싸워야 큰다 며 어른들은 애들 싸움판을 그냥 지나치기 일쑤였어요.

어른들도 심심찮게 싸웠어요. 어른 싸움은 밥 먹다가도 숟가락 내던 지고 달려가 구경했어요. 덮어놓고 싸움을 말리려는 사람, 잘잘못을 가 리려는 사람들로 와자지껄한 광경은 가슴을 벅차게 했어요. 결사적으로 말리는 사람 때문에 싸움이 빨리 끝날까 마음 졸이며 나름대로 잘잘못 을 심판하기도 했어요.

어른 싸움 중 제일 짜릿한 구경거리는 본처와 첩의 싸움이었어요. 그 들이 뿜어대는 욕지거리는 소나무의 찰진 송진처럼 머릿속에 찰싹 붙어 버렸어요. 그런 싸움은 무엇 때문에 싸우는 건지 이유를 알 수 없기 때 문에 심판할 수도 없었고 그럴 필요도 없었어요.

"남으 서방이나 붙어 처먹는 천하에 드러운 년."

"천하에 깨깟헌 요조숙녀래서 말뽄세가 그 모냥이더냐."

"첩년 주제에 엇다 대구 주댕일 함부루 놀리구 자빠졌어. 가랭일 갈기 갈기 찢어 호래이 아가리에 처널 년."

왜 하필 또 호랑이일까. 사람들은 툭하면 호랑이를 입에 올렸어요. 호랑이는 눈에 띄진 않지만 아무래도 사람들 가까이에 있는 것 같았어요. 달력이나 병풍에 호랑이가 그려지는 것도 그렇고요. 백일을 견디지 않고 도망쳤기 때문에 경계해서 그러는 것일까. 아니면 사람이 못 됐기 때문에 동정해서 그러는 것일까.

어른 싸움은 애들 싸움과 달리 끝냈다고 끝난 것이 아니었어요. 쉬었다가 다시 불이 붙곤 했어요. 본처와 첩의 싸움도 아닌데 심판하기 힘든 질질 끄는 싸움이 있었어요. 사내애 둘이 들판에서 주운 수류탄과 탄피를 가지고 놀다가 갑자기 터지는 바람에 한 아이가 손가락을 잃게 되어 벌어진 싸움이었어요. 만약 두 아이가 함께 다쳤다면 애초에 싸움은 일어나지 않았겠지요.

수류탄과 탄피를 가지고 놀았던 두 아이는 고개를 들지 못했어요. 어른들이 묻는 말에 제 부모 눈치를 보며 고갯짓과 손가락질로만 대답했어요. 네가 먼저 거기 자자고 했느냐는 물음엔 똑같이 고개를 가로 저었어요. 누가 먼저 거기 가자고 했느냐는 물음엔 똑같이 상대를 손가락으로 가리켰어요. 손가락을 뻗는 두 아이의 고개는 점점 더 숙여졌어요. 아이들은 말이 없는데 옥신각신 양쪽 부모들 목소리만 높아졌어요.

한 아이가 소리 없는 눈물을 주르륵 흘리자, 다른 아이가 흐느낌을 주체 못하고 울음을 터트렸어요. 손을 붕대로 감싼 아이였어요. 놀란 양쪽 부모들이 그제야 입을 다물었어요. 폭발물로 잘려나간 손가락이 싸운다고 멀쩡해질 수는 없는 일이었어요.

계속해서 원망과 공격을 하는 쪽이나 당하는 쪽이나 고통 속에 빠져

있는 건 매한가지였어요.

　동네 사람들은 손가락 잘린 쪽이 안됐긴 하지만 너무 상대를 몰아붙인다고도 했고 멀쩡한 쪽은 조막손 된 쪽에게 끝까지 죄인인양 납작 엎드려 빌어야 한다고도 했어요. 그러다가도 이쪽 앞에선 이쪽 편을 들었고 저쪽 앞에선 저쪽 편을 들었어요.

　어느 날 두 집 부모들이 사랑채 할아버지 앞에 앉았어요. 삼분이가 떡 엿강정 수정과 등 먹을거리를 내왔어요. 두 집 부모들은 싸울 때와 달리 조용히 상 앞에 마주앉아 있었어요. 할아버지는 답답할 만큼 간간이 헛기침만 할뿐이었어요. 나는 장지문 이쪽 바느질하는 할머니 곁에서 가슴 졸이며 기웃거렸어요. 삼분이도 함께 머리를 맞대고 있었어요. 조용한 가운데서 할아버지 헛기침이 이쪽을 향했어요. 할머니가 기다리고 있었다는 듯 냉큼 바느질감을 밀어내고 문턱을 넘어갔어요. 삼분이와 내 눈이 잠깐 마주쳤어요.

　"이 일이 누구 잘잘못을 따질 일이던가?"

　할머니가 자리에 앉자 할아버지가 입을 열었어요.

　"따지구자시구 헐 일이 아니지유. 즌장 때 떨어진 폭탄 땜에 생게난 일을 가주구설랑."

　대답은 할머니가 했어요.

　"부모가 나서서 자라나는 애들 척을 지게 맨들어선 안 되는 일이구면." "아무렴유. 안 되구 말구지유."

　할아버지 말에 또 할머니가 맞장구를 쳤어요.

　"음석을 앞에 놓구설랑 왜 보구덜만 있는 게야. 어여덜 들게."

　할머니가 수저를 탕탕 두드렸어요. 조용하던 방안에 말소리 음식 먹는 소리들이 피어나기 시작했어요. 나는 삼분이 손을 끌고 할머니 옆으로 갔어요. 할머니의 함박웃음이 모두에게 번져갔어요.

　설이 열흘 앞으로 다가왔어요.

　해가 잘 드는 건넌방에 삼분이가 반짇고리와 함께 오색찬란한 옷감에 둘러싸여 있었어요. 건넌방을 들락거릴 때마다 나는 자투리 천 몇 개씩을 뭉쳐 들고 나왔어요. 사실 넘쳐나는 자투리 천에 욕심이 있는 건 아니었어요.

　삼분이는 반짇고리를 신주단지처럼 귀히 여겼어요. 언제나 보자기로 꼭꼭 싸서 올 적 갈 적 안고 다녔어요. 나는 속속들이 마음껏 헤집어볼 수 없는 그 반짇고리 속이 늘 궁금했어요.

　슬쩍 삼분이를 훔쳐봤어요. 삼분이는 내 눈길 따윈 아랑곳하지 않았어요. 혼자인 듯 묵묵히 인두질을 하다가 가위질을 하다가 또 어느새 바느질을 했어요. 나는 반짇고리 가까이로 엉덩이를 밀었어요. 대나무로 엮은 방구리 모양의 반짇고리 속엔 색실이며, 실패, 골무, 바늘쌈지, 가위 뿐만 아니라 별의별 것들이 가득 채워져 있었어요. 나는 삼분이를 지켜보며 손을 반짇고리 속에 집어넣었어요.

　"진분홍인데 꼭두서니 색에 가찹지?"

　깜짝 놀라 황급히 손을 뺐어요. 바느질을 멈춘 삼분이가 붉은 천을 들어올렸어요.

　"네 치맛감이야. 맨들어 놓으믄 젤루다 이쁠 거야."

　삼분이는 나와 눈을 마주치지 않은 채 말했어요.

　"참말루 곱지? 증와는 좋겠네."

　나는 억지웃음을 흘리며 삼분이 눈치를 살폈어요. 때마침 할머니의 인기척과 함께 방문이 열렸어요.

"어이구. 그새 많이두 했구먼."

할머니에게서 독한 담배냄새가 물씬 풍겼어요. 사랑방과 달리 건넌방에선 담배냄새가 도드라졌어요. 담배냄새가 독하거나 말거나 할머니가 나타난 건 다행이었어요.

"쉬엄쉬엄 허지 않구설랑…."

할머니 눈길이 삼분이와 나를 번갈아 훑었어요.

"안 뵌다 했더이만 즈응와가 예 있었구먼."

할머니 낌새가 야릇했어요. 뭔가 나 모르게 비밀얘기라도 있는 듯한 눈치였어요. 할머니가 삼분이에게 눈짓을 보내는 걸 알 수 있었어요. 나는 모른 체했어요. 발딱 일어난 삼분이가 할머니를 따라 나갔어요.

나는 재빨리 반짇고리를 들췄어요. 바느질에 소용 닿는 물건들뿐만 아니라 책이며 공책 연필도 있었어요. 그런데 책이 낯익은 것이었어요. 아버지 책방에서 보았던 김소월 시집이었어요. 표지 뒷장에 쓰인 글자도 같았어요. 왜 아버지 책상 위에 있던 책이 삼분이 반짇고리에 들어있는 것일까.

반짇고리 속에는 반듯하게 접힌 손수건도 있었어요. 언젠가 사랑방에서 삼분이가 수놓던 것이었어요. 네 귀퉁이 꽃을 에둘러 몇 가닥 올을 뽑고 군데군데 홀쳐맨, 완성된 것이었어요. 손수건이지만 사용해선 안 될 고이 모셔두고 바라보기만 해야 할 것 같았어요. 손수건 때문에 다른 건 더 이상 관심이 없어졌어요.

4

쌍여닫이 큰 광문이 양쪽으로 활짝 열려있었어요. 타작을 끝내고 쌀 가마니 쌓을 때나 열릴 뿐 항상 안에서 굳게 잠겨있는 문이었어요. 매일 들락거리는 작은 문도 그때그때 밖에서 자물쇠가 채워져 광은 집안에서 유일하게 낯선 공간일 수밖에 없었어요.

엄마는 장거리에 가고 집에 없었어요. 광에서 말소리와 발소리 물건 끄는 소리가 났어요. 나는 광문 앞으로 다가갔어요. 무엇인가가 밖으로 획 던져졌어요. 닭들이 놀라 꼬꼬댁거리며 흩어졌어요. 털도 없는 발그스름한 쥐새끼들이 지푸라기 뭉치 속에서 고물거렸어요. 쥐 같지 않은 예쁜 모습에 나는 한동안 정신이 팔려있었어요. 아직 눈도 못 뜬 작은 새끼들을 그냥 죽게 내버려둘 수는 없었어요.

광으로 들어가려다 움찔 몸을 뺐어요. 할머니와 삼분이가 자루에 쌀을 퍼 담고 있었어요.

"살림허는 년이 한 가지래두 제대루 허는 기 있으야 말이지. 애초에 곳간 근처엔 얼씬두 못허게 했으야 허능긴데. 그런 걸 메누리라구⋯."

"암만해두 너머 많이 퍼 낸 거 같아유."

삼분이가 항아리 속을 들여다보았어요.

"걱정헐 거 읎다. 아, 내가 시퍼렇게 눈을 뜨구 있는데 누구 눈칠 봐."

나는 광문 앞에서 물러났어요. 할머니 눈에 띄고 싶지 않았어요. 쌀을 삼분이에게 퍼줄 때면 사방을 살피는 할머니 모습을 여러 번 보았던 터였어요.

"하앗다. 햇살 한번 다부지구먼. 이런 날은 가끔썩 광문두 열어놓구 해야 허는구먼."

할머니가 담뱃대를 휘저으며 광에서 나오자 쌀자루를 머리에 인 삼분이도 뒤따라 나왔어요. 나는 굴뚝 뒤로 숨었어요.

광 안엔 쌀가마니와 곡식자루와 크고 작은 갖가지 항아리와 무엇인지 모를 것들로 가득 차있었어요. 서까래가 드러난 천장은 아주 높았고 수많은 봉지들이 주렁주렁 매달려있었어요. 넓은 광 어디에 쥐새끼들을 놓아야할지 한참을 궁리해야했어요.

마루바닥 한군데가 들춰져 있었어요. 마루바닥 밑엔 왕겨에 잠긴 항아리들이 뚜껑만 위로 내민 채 박혀있었어요. 시크무레한 술 냄새가 풀풀 났어요. 그곳은 술항아리들만의 세상이었어요. 불현듯 술래잡기를 하고 싶어졌어요. 광은 쥐새끼들뿐만 아니라 사람이 숨어있기에도 좋은 장소였어요.

나는 정우를 불렀어요. 엄마만 없으면 정우는 내 말을 잘 들었어요. 우리는 삼 세 번 가위 바위 보로 술래를 정했어요. 나는 정우가 눈치 채지 못하게 두 번 이기고 한 번 져주었어요. 굴뚝에 붙어 서서 양손으로 눈을 가린 정우는 분명 숫자를 세면서 샛눈을 뜨고 훔쳐볼 게 뻔했어요. 나는 장작가리로 가는 척하다가 닭장을 돌아 광으로 들어갔어요. 숫자를 다 센 정우가 대뜸 광으로 들어왔어요. 나는 들키지 않게 항아리를 돌아 나와 연못가 나무 뒤로 갔어요. 한참이 지나도 정우의 기척이 없었어요. 콩닥거리던 숨소리도 잦아들고 재미도 없어지고 하품만 나왔어요.

어둑한 목간통 문을 열고 들어갔어요. 나는 빈 무쇠목간통 안에 누웠어요. 아주 시원했고 목욕할 때완 생판 다른 느낌이 들었어요. 눈이 감기며 잠이 쏟아졌어요.

밖이 예사롭지 않게 소란스러웠어요. 다급한 말소리들과 발소리들의 뒤엉킴. 정신이 번쩍 들었어요.

그래 술래잡기를 했었어. 정우가 술래였어. 목간통에 숨었는데도 못 찾아? 바보 같은 새끼.

나는 목간통 좁은 턱에 올라서서 쪽창으로 고개를 빼고 안마당을 살폈어요. 사람들이 마당에서 우왕좌왕했어요. 문중 어른도 보이고 영자 할머니도 보였어요. 마당 안쪽은 잘 보이지 않았어요. 엄마의 울부짖는 소리가 들렸어요. 정우를 등에 업은 일꾼 아저씨가 걸어 나오고 있었어요. 고꾸라질 듯 따라나서며 엄마는 아저씨 등에 업힌 정우를 향해 팔을 휘저었어요. 정우는 축 늘어져있었어요. 삼분이가 종종걸음으로 쫓아 나와 엄마에게 손가방을 건네주었어요. 덜컥 겁이 났어요.

울음소리를 내면 안 되는데. 들키면 안 되는데….

누군가가 목간통 문을 열어젖혔어요. 우르르 사람들이 몰려왔어요. 이 사람 저 사람이 훌쩍거리는 나를 향해 한꺼번에 물었어요.

"대관절 니 동상이 뭐때매 광에넌 들으가설랑 술독에 빠자뿌렀니?"

"증와야, 니넌 무신 일루 목간통에 들으가 있는 게냐?"

"짜장 몰렀니? 니 동상 그르케 됀 줄을?"

"암만해두 재네덜 숨기장난 허다가 그르케 됀 게비네유. 쌈 헌 건 아닌 게비유. 증와야 내 말이 맞제?"

누구 말에 대꾸를 해야 할지 정신을 차릴 수 없었어요. 실은 아무 대꾸도 하기 싫었어요.

"아따, 가뜩이나 놀래 우는 애헌테 뭘 그리덜 한꺼베 물어쌌구 난리를 쳐?"

할머니의 한마디에 모두들 입을 다물었어요.

어두워져서도 정우와 엄마는 돌아오지 않았어요. 정우를 업고 갔던 아저씨만 돌아왔어요. 그때까지 남아있던 사람들이 할아버지 앞에 앉는 아저씨를 둘러쌌어요.

"댕게왔구먼유 으르신. 장꺼리 뱅원에 갔다가설랑 죄 토해내구 나왔는데유. 또 읍내 큰 뱅원으루 가시겠다구 해설랑 거게꺼정 댕게오니라 늦었습지유. 우쨌던지 큰 뱅원에서두 으사 선상님 말인즉슨 시간이 너머 지체됐다구유. 그르키는 헌데유 죄 토해냈으이 뭐 벨일이야 있을라구유, 으르신."

"수고 했구먼."

할아버지는 담뱃대에 담배를 쟁여 넣었어요.

"먼 질 댕게오니라 허기졌을 테이 어여 가서 밥부텀 먹게나."

할머니 말에 이어 다른 사람들도 한마디씩 인사말을 하며 일어났어요.

"아모쪼록에 무사이 돌아오기를 빌겠구먼유."

"누가 아니래유. 지발 그래야지유."

"암만. 그 자석이 우떤 자석인데."

밤이 깊어있었어요. 먼데서 간간이 들려오던 개짓는 소리도 끊겼어요. 할머니는 담배 피울 때 말고는 계속 바느질만 했어요. 입은 꼭 다문 채 아라리 소리가락도 흥얼거리지 않았어요.

나는 그림자놀이밖에 할일이 없었어요. 꺼멓게 등잔불 그을음이 묻은 벽 아래에 내 손 모양을 따라 토끼 귀도 나타났다가 늑대 아가리도 나타났다가 했지만 아무 재미도 없었어요. 자꾸 정우가 죽을지도 모른다는 생각만 들었어요. 무서운 생각은 꼬리를 물고 이어졌어요.

정우가 벌써 죽었다면…. 엄마는 날마다 내게 매질을 해서 나도 죽게 하고 말 거야. 나 때문에 정우가 죽었다고, 정우를 잡아먹은 년이라고 욕을 퍼부으면서 때리겠지. 할머니 할아버지도 독이 오른 엄마를 말릴 재간이 없을 거야. 난 어떡해야 하나. 아버지도 내 편이 돼주진 않을 거야. 매 맞아 죽는 건 너무 무서워. 그러니까 도망쳐야 해. 도망치는 수밖에 없잖아. 도망가면 어디서 어떻게 살아야 하나. 거지가 되는 건 싫어. 그렇다면 식모살이를 할 수밖에 없지. 주인이 나이를 물으면 열두 살이라고 해야지. 삼분이가 우리 집 일을 시작한 나이가 열두 살이었다니까. 만약 아홉 살이라고 바른대로 말하면 너무 어려서 일도 못 할 거라고 내칠 거야.

어쩌면 엄마는 정우의 죽음을 받아들일 수 없어 미쳐버리거나 죽어버릴 거야. 어른들이 그랬잖아. 사람이 청천 하늘에 날벼락 같은 일을 당하면 그렇게 된다고. 그러면 아버지는 새장가를 들겠지. 계모가 아무리 못되게 군다고 해도 엄마보단 나을 거야. 아, 삼분이가 새엄마가 될지도 몰라. 할머니가 그렇게 만들 거야. 그렇지만 정우도 엄마도 죽는 건 싫어.

바느질하는 할머니의 팔 그림자가 내가 만드는 토끼 귀며 늑대 아가리 그림자를 덮쳐버리곤 했어요. 이불 속에 누웠어요. 잠은 안 오고 축 늘어진 채로 업혀나가던 정우 모습만 떠올랐어요. 등잔불이 다른 때보다 더 어두침침하게 보였어요. 나는 등잔 심지의 작은 불꽃을 멀거니 바라봤어요.

할머니는 왜 환한 램프 불을 마다하는 거야. 그것뿐만이 아니잖아. 매끄러운 장판지도 못 바르게 하고 돗자리만 고집하잖아.

하긴 자리틀로 돗자리 짜는 일은 재미있었어요. 가늘고 기다란 줄기를 막대 끝 홈에 걸친 다음 자리틀에 가로질러 주었어요. 그런 다음 노끈에 매달려있는 고드렛돌을 양쪽으로 엇갈리게 넘기며 알맞게 조였어요. 행랑채에 아무도 없을 때 몰래 들어가 잠깐 짠 적이 있어요. 한눈에 표가 나 더 이상 계속 할 수가 없었지만.

돗자리는 시간이 지나면 틈새마다 더러운 때가 많이 끼었어요. 그러니까 이도 생기고 그 이가 많은 서캐를 까고 서캐들이 또 이가 되고…. 엄마는 늘 사랑채에서 이가 옮아와 못살겠다고 투덜거렸어요. 할머니에게 이가 많은 건 순전히 돗자리 때문인 듯했어요. 나는 할머니를 흘겨보았어요. 할머니는 여전히 바느질에만 정신이 팔려있었어요.

할머니가 광문을 열어놓지만 않았어도 나는 술래잡기를 하지도 않았을 테고 정우가 술독에 빠지는 일도 일어나지 않았을 텐데…. 엄마 몰래 삼분이에게 쌀을 퍼준 할머니가 순간 꼴도 보기 싫었어요. 안방에 가서 잘까. 안방에서 자다가 엄마가 오면 할머니가 한 짓을 다 일러바칠까. 그리고 엄마 편이 되어 이제부턴 안채에서 살까.

안채엔 여러 가지 물건이 갖춰져 있었어요. 라디오 유성기도 있었고 갖가지 색깔의 천 쪼가리가 잔뜩 들어있는 반짇고리는 나를 황홀경으로 몰아넣었어요. 반짇고리에서 훔쳐낸 조각 천들은 할머니 손에서 인형 옷이 되기도 하고 인형 이불이 되기도 했지만 그런 것들을 만들 때 할머니가 말없이 바느질만 한 적은 없었어요.

"똥구녕이 찢어지게 가난헌 즈이 친정에서는 귀경두 못했을 이르케 값나가는 항라 비단을 호강에 제워 흥청망청. 아조 살판났구면. 아모튼지간에 알뜰헌 구석이라군 눈씻구 찾어두 읎으니께. 살림 말아처먹을 년 겉으니라구."

엄마 욕을 하던 할머니 목소리가 귀에 쟁쟁했어요.

"함머이."

할머니는 못 들었을 리 없을 텐데 못 들은 체했어요. 귀 먹었어? 하려다가 할머니 궁둥이를 발로 툭툭 찼어요.

"밤이 짚었구먼 왜 안 자구설랑 바상거려?"

"함머이는 왜 안 자는데? 그러면서 왜 나만 자라구 하는데?"

나는 갑자기 빽빽 소리치면서 울먹거렸어요. 정우가 죽을까봐 겁이 났어요. 서낭당에 가서 정우를 살려달라고 빌고 싶은 생각도 들었어요. 정우만 살아 돌아올 수 있다면 그렇게라도 해야 할 것 같았어요. 하지만 깜깜한 밤중에 솔밭을 지나 거기를 가느니 차라리 내가 죽는 게 낫겠다 싶었어요.

"함머이는 정우가 죽어두 괜찮지? 괜찮은 거지? 그치?"

할머니가 뭐라고 대답할 겨를도 없이 또 다그쳤어요.

"괜찮은 거잖아!"

"괜찮기넌 뭐이 괜찮다는 게야! 조막만헌 지지배가 못허는 소리가 읎네. 증우가 죽기넌 왜 죽는다구설랑 그따우루 방정맞게 입방정을 떨어?"

할머니도 바느질감을 밀쳐내며 소리쳤어요.

"함머이가 정우한테 그랬잖아. 즈 에미 닮아 심술이 하늘을 찌른다구. 그래서 육실허다 꺼꾸러져 뒈질 새끼라구."

할머니가 몸을 틀어 바투 다가앉으며 똑바로 나를 봤어요.

"사램이 밸이 나믄 무신 욕인들 못헐까. 나라 상감 욕두 허거늘. 그러는 니년은 왜 지 동상허구 하뤼에두 열두 번쓱이나 욕 퍼부믄서 쌈박질을 해쌌는데?"

할머니 눈이 나를 노려봤어요.

"함머이가 광문을 열어놨으니까 정우가 술독에 빠졌잖아! 글구, 엄마 욕하면서 삼분이한테 쌀 퍼준 거 다 알아!"

할머니가 담뱃대를 입에 물었어요. 담뱃대가 부들부들 떨렸어요.

"우짜다가 집안꼴이 이 지겡이 되얐을꼬. 어이구우. 어이구우…."

아랫간에서 에헴, 에에헴, 할아버지 헛기침 소리가 올라왔어요.

해질녘, 텅 빈 듯했던 집안으로 엄마와 정우가 들어섰어요. 축 늘어진 채 업혀나갔던 전날과 달리 정우는 멀쩡했어요. 살아서 돌아온 정우가 순간적으로 반갑기도 했지만 속았다는 느낌이 더 컸어요. 둘은 시내에서 샀을 물건들을 각각 머리에 이고 가슴에 안고 들어와 안채 마루문을 열어젖혔어요. 단박에 휑했던 집안이 가득 메워졌어요.

정우 입술에는 과자 부스러기가 묻어있었어요. 과자냄새가 솔솔 풍겼어요. 둘은 나를 본체만체했어요. 나는 아무도 없는 뒤란으로 갔어요. 굴뚝 턱에 올라가 뛰어내려도 보고 닭들을 이리 몰았다 저리 몰았다 해보아도, 정우가 안고 온 과자봉지만 눈에 아른거렸어요. 정우만 누리는 호사가 가슴을 먹먹하게 했어요. 더군다나 나를 그냥 내버려둘 리 없는 엄마가 얼마나 끔찍한 욕지거리와 매질을 할지 불안했어요.

정우는 분명 거짓말로 고자질을 했을 거예요. 내가 밀어서 저를 술독에 빠뜨렸다고. 벌써 회초리를 든 마귀 같은 엄마 얼굴이 눈앞에 아른거렸어요. 엄마는 내 말을 믿기는커녕 들으려고도 하지 않을 게 뻔했어요. 자초지종 바른 말을 할 기회조차 주지 않는다는 건 억울하고 서러운 일이었어요.

닭을 향해 막대기를 휘둘렀어요. 놀란 닭들이 푸드득거리며 비명을 내질렀어요. 닭털이 날았고 흙먼지가 눈을 찔렀어요. 흙먼지가 눈에 들어갔기 때문이기도 했지만 눈물이 자꾸 나왔어요.

굴뚝에서 연기가 솟아나기 시작했어요. 연기가 흩어지는 희뿌연 하늘에선 검은 새들이 무지골 쪽으로 빠르게 날아가곤 했어요. 새들도 그렇게 끼리끼리 자기 집을 찾아가고 있었어요. 바가지를 든 삼분이가 닭장 앞으로 갔어요. 나는 장작가리 틈에 몸을 디밀고 더 웅크렸어요. 구우구 구구 구우구. 모이를 뿌리며 삼분이는 입으로 닭소리를 냈어요. 닭들이 한순간에 삼분이를 에워쌌어요. 삼분이의 구구 구우 소리에 왠지 목이 메었어요. 사방에 내려앉은 어둠은 점점 짙어져갔어요.

시커먼 무지골 산이 성큼 다가와 있었어요. 뒤란이 갑자기 무서워졌어요. 사랑채 모퉁이를 돌아오는 할머니가 눈에 들어왔어요. 눈물이 왈칵 고였어요. 할머니는 치마를 걷어 올리고 불룩한 속곳주머니에 손을 집어넣었어요.

"네 모가치루 제우 요맨치 내놓는 걸 내 더 집어넣었다."

할머니는 속곳주머니를 다른 손으로 툭툭 쳤어요.

"술독에 빠진 새끼 술 게워내믄 될 일을 큰 병원에 가 묵어가믄서까장 돈 퍼분 걸루두 모자라 돈지랄 허니라 벨눔에 과자를 한 보따리쓱이나 사와, 그래? 사왔으믄 똑같이 노나 먹어야지. 즈덜 주대이만 입인 게야? 감최두구설랑 즈덜찌리만 처먹을 요량인 게지. 에미나 새끼나 욕심 사나운 건 똑같대니깐."

집 안팎을 냄새가 메웠어요. 고깃국 냄새 김 굽는 냄새에 엉겨 고등어 굽는 냄새는 재채기가 날만큼 지독했어요.

언제나 그랬듯이 안방에 할아버지 할머니의 겸상과 엄마 정우 나 삼분이가 둘러앉는 두리반이 놓였어요. 반찬그릇들이 가득해서 그런지 두 개의 상이 다른 때보다 더 커보였어요. 나는 내가 진짜로 정우를 밀어서 술독에 빠뜨리기라도 한 듯 마음이 조마조마했어요. 정우는 고등어 토막을 손에 쥐고 순식간에 먹어치우면서도 다른 손으로는 김을 두세 장씩 집어다 입에 구겨 넣었어요. 그 꼴이 돼지 같아 보였지만 어물거리다 가는 내 입에 들어갈 건 없을 것 같았어요. 이마에 엄마의 눈총이 따갑게 꽂히는 걸 느꼈어요. 행랑채 일꾼들 밥상을 챙긴 삼분이가 숭늉쟁반을 들고 들어왔어요.

"행랑채에두 괴깃국서껀 고등어서껀 골고루 내간 게냐?"

고개를 곧추세운 할머니가 삼분이를 향해 물었어요. 삼분이는 냉큼 엄마를 바라봤어요. 엄마는 고개를 외로 돌리며 어깨 숨을 쉬었어.

"왜 대답이 읎는 게야! 귓구멍덜이 맥힌 게야?"

할머니의 호통에 이어 할아버지가 헛기침 소리를 내며 몸을 일으켰어요. 밥사발과 국 대접은 반도 비우지 않은 채였어요. 할아버지는 미닫이문을 양 갈래로 열어젖히고 헛기침소리를 더 크게 냈어요. 할머니는 수저를 요란스레 내려놓고는 목울대를 불룩거리며 힘들게 침을 삼켰어요.

"나넌 일꾼덜을 그르케 안 대했다! 우떤 음석이구 간에 펜 가르지 않구 멕였어. 외려 더 잘 해줬어. 자고로 일꾼을 잘 멕이구 대우해야 집안이 흥허는 벱인데 뭣 하나 제대루 보구 배운 게 있으야 말이지. 먹는 음석 가주구설랑 채별이나 허구 펜이나 가르구. 정작 애낄 건 안 애끼구 돈 뿌려쌌구는. 그러구 말이 나온 짐에 허는 말인데, 귀헌 자석일수룩에 오냐오냐 해달라는대루 다 해주질 말구 따끔허게 매루 다스리라구 했거늘. 자석을 반듯허게 키울라믄 겉으루 괴지 말구 속으루 괴야 허는 벱이…."

"죄 알아들었으니깐 작작 좀 허세유!"

할머니 말을 자르고 엄마가 소리쳤어요. 수저를 내려놓은 삼분이가 소리 없이 방에서 빠져나가고 있었어요.

"시방 뉘 앞에서 눈을 까뒤집구 포달을 떠는 게야!"

할머니 말이 떨어지자마자, 죽을 뻔하다 겨우 살아난 새끼 기력 좀 채워주려는 게 뭔 잘못이냐며 엄마가 되받아쳤고 그 다음부터는 엄마와 할머니가 한꺼번에 말을 쏟아내기 시작했어요. 엄마 말이 더 날카로웠고 더 빨랐어요.

5

드디어 어스름 녘이 되었어요. 하루 낮이 아주 긴 날이었어요. 부엌에서 설거지를 마친 삼분이가 사랑채에 들렀다가 대문 밖으로 미끄러지듯 사라졌어요. 집에 돌아가는 모양이었어요. 아버지가 오는 날인데 할머니가 왜 삼분이를 잡지 않는지 의아했어요. 하긴 늘 그랬던 건 아니니까 대수로운 일도 아니었어요.

나는 난간마루에서 먼 남쪽하늘을 바라보고 있었어요.

지금쯤 아버지는 어디만큼 오고 있을까. 여우고개는 지났을까. 어른들은 여우고개만 넘으면 다 온 거나 다름없다지만 내겐 까마득한 거리였어요. 아마 여우고개는 아까 전에 지났을 거야. 그러니까 이미 장거리도 거치고 삼거리도….

초조함을 잊기 위해 난간동자를 세기 시작했어요. 가로 세로 끼워 맞춘 난간동자를 정확히 세어나가기란 쉽지 않아 시간이 많이 걸렸어요. 시간이 많이 걸릴수록 좋았어요. 무슨 일이든 삼 세 번을 중요하게 여기는 할머니처럼 나도 세 번을 세었어요. 어느새 사방이 어두워졌어요.

지금쯤은 삼거리를 지나 서낭당까지 왔는지도 몰라. 조금만 더 있으면, 그래, 이렇게 공중뛰기를 열 번만 하고 있으면…. 지금은 버덩 솔밭을 지날 거야. 그리고 담장을 향해 아버지가….

나는 대문을 향해 달려갔어요. 대문 밖은 더 어두웠고 개구리 울음소리는 더 극성스러웠어요. 크레용으로 도화지에 떡칠을 해대듯 개구리들의 울음소리는 빈틈없이 겹쳐졌어요. 나는 버덩 솔밭을 향해 한 발 한 발 내디뎠어요. 솔밭쯤에서 아버지와 딱 마주칠 것만 같았어요. 시간을 끌기 위해 천천히 발걸음을 옮겼어요. 한 발짝씩을 쉬었다가 내디디곤 했건만 아버지의 기척은 감감했고 나는 벌써 솔밭에 다다랐어요. 하늘을 찌르는 시커먼 소나무들이 떼로 몰려있는 밤의 숲은 낮과는 딴판인 세상이었어요. 어느새 어둠은 코앞까지 바짝 다가와 있었어요. 귀신을 떠올리자 숨이 턱 막히며 머리가 쭈뼛해졌어요.

무서움에 온몸이 조여드는 데도 나는 숲 속으로 한 걸음씩 다가서고 있었어요. 어디쯤 어떤 나무가 있고 어디쯤 바닥이 푹 꺼졌는지 너무나도 익숙한 숲. 그 숲을 에워싼 어둠이 나를 끌어당기고 있었어요. 귀신에게 홀린 건가. 하긴 잡귀와 악귀를 물리쳐주는 좋은 귀신도 많다고 할머니가 그랬어. 어쩌면 좋은 귀신이 나무 꼭대기에서 나를 지켜보고 있는지도 몰라.

나는 눈을 크게 뜨고 사방을 둘러보았어요. 순간 눈앞에서 뭔가가 움직였어요. 헉! 숨이 멎으며 비명이 터져 나올 뻔 했어요. 나무 둥치 뒤로 자취를 감추는 두 그림자. 짐승도 아니고 귀신도 아니었어요. 얼핏 보았지만 둘 다 눈에 익은 사람이었어요. 긴 머리타래와 몸매는 어둠 속에서도 숨겨지지 않았어요. 그리고 또 한 사람도….

가슴에서 쿵쿵 소리가 들렸고 다리가 후들거렸어요. 돌아오는 내내 나는 두 사람 모습을 지우려 자꾸 도리질을 했어요.

아버지를 기다리던 청년들이 모두 돌아갔는지 불 꺼진 행랑채는 괴괴했어요. 나는 툇마루에 걸터앉아 벌렁거리는 가슴을 싸쥐고 있었어요. 안방 불빛도 사랑방 불빛도 낯설게 느껴졌어요.

어둠 속에서 남의 눈을 속일 수는 있겠지만 귀신의 눈도 속일 수 있을까. 귀신이 해코지를 하면 어쩌지.

대문에서 아버지 기척이 들려오는 순간 나는 재빨리 방으로 들어갔어요. 절을 하고 난 아버지를 향해 할아버지가 입을 열었어요.

"시국이 어수선허니라. 김이혁이 그 사람은 험헌 질을 택헌 사램이니 각벨히 유념해서 대허는 기 좋을 게다."

할아버지는 아버지가 밖에서 김의혁 씨를 만나느라 늦게 왔다고 생각하는 듯했어요.

"밤두 짚었으니 어여 가서 쉬거라."

아버지는 곧장 난간마루를 쿵쿵 울리며 안채로 향했어요. 무슨 까닭에선지 나는 곤두박질로 아버지를 따라갔어요. 아버지가 안방 문을 열고 들어설 때 나도 함께 몸을 들이밀었어요.

한밤에 들어선 안방은 남의 집처럼 어색했어요. 밥상과 잠든 정우 사이에 앉아있던 엄마가 발딱 일어났어요.

"밤두 늦었는데 넌 왜 따라 들어와?"

목소리는 부드럽게 내면서 옆구리로 나를 밀치는 엄마의 눈길은 싸늘했어요. 웃옷을 벗어 횃대에 걸던 아버지가 돌아보았어요.

"정화도 같이 밥 먹자. 너한테는 밤참이네. 원래 밤참이 젤 맛있단다."

아버지는 알 리가 없겠지요. 다른 날 밤엔 내가 안방에 있은 적이 없다는 걸. 그래서 얼마나 어색한지를.

"여태 안 자고 아버지 기다렸구나. 그래 뭘 하면서 기다렸지?"

뭘 하면서라니. 아무것도 할 수가 없었는데. 그냥 기다리는 것밖에는. 인형놀이도 그림자놀이도 할 수가 없었는데. 오로지 기다림에 숨이 막혔는데. 몇 차례나 가슴 졸이며 난간동자를 세고 대문 밖을 기웃거렸는데. 그리고 솔밭까지 갔다가….

"귀신 나오는 동화책을…."

내 입에서 엉뚱한 말이 튀어나왔어요.

"귀신 나오는 동화를 읽었다고?…. 동화책 더 사다줄까?"

수저를 잡으려다 말고 아버지가 나를 바라봤어요. 아버지 눈빛이 왠지 두려웠어요. 나는 아버지의 눈빛을 견디지 못해 얼굴을 숙인 다음에야 고개를 끄덕거렸어요.

"어서 밥 먹자."

"걘 저녁밥 잔뜩 먹었에유. 시장허실낀데 당신이나 어여 드세유."

엄마가 끼어들었어요.

"근데 오늘두 무신 일 있었에유? 그전엔 해떨어지기 전에 당도허더니만 요지막엔 자주 늦어지니…."

"으응. 볼일이 좀 있었어."

아버지는 더 말을 잇지 않았어요. 입을 다문 채 수저질하는 아버지 눈치를 살피던 엄마가 내게로 돌아앉았어요. 아버지에게 등을 돌리자마자 엄마 얼굴은 험악해졌어요. 눈을 부라리고 입을 실룩여대며 소리 없이 윽박질렀어요. 어서 나가라는 뜻이었어요. 아버지는 밥그릇에 머리를 숙인 채 수저질만 열심이었어요. 나는 방을 빠져나오기 전에 잠든 정우 다리를 힘주어 밟았어요. 문을 닫는 순간 등 뒤에서 정우 울음소리가 폭발했어요.

먼동이 트는 새벽이었어요. 나는 꾸물거리는 할머니보다 먼저 밖으로 나왔어요. 담밖에 떨어지는 알밤을 줍기 위해서였어요. 새벽기운이 가득한 마당에 내려섰을 때 안방에서 심상치 않은 목소리가 들려왔어요. 발소리를 죽여 다가갔어요. 다투는 소리가 분명했어요. 순간 짜릿한 흥분에 휩싸였어요. 엄마와 아버지가 다투는 걸 한번도 본 적이 없었거든요. 나는 안방 북장 문 옆에 붙어 섰어요.

"말이 되는 소릴 해!"

낮지만 화난 아버지 목소리였어요.

"증말루 내가 뭐 땜에 그러는질 몰라서 그래유?"

엄마 목소리엔 울음이 배어있었어요.

"으른덜이 싸구도는 것두 눈꼴 사나운데 당신꺼정 삼분일 두둔허는 건 더는 못참겠에유. 집안 살림 허는 사람은 나예유. 삼분이완 손발이 안 맞으니깐 친정 일가붙이 덕순이를 데려다 쓰겠다는데 왜 안 된다구만 허느냐구유."

"참하고 일도 잘하는데 왜 내보낼 생각을 해? 더군다나 한 동네 사는 사람을. 당신 그렇게 속이 좁아? 그게 다 내 낯을 깎는 일이란 걸 몰라? 장차 큰일 좀 해보려는데 안에서 이 모양이니, 내 원 참."

"나두 그만헌 소견은 있에유. 앞으루 큰일 허겠다는 양반이니 체면 때문에라두 딴 짓은 않을 거라는 걸. 그런데두 당신이 삼분이만 지웃대는…."

"그만두지 못해?!"

버럭 소리친 아버지가 대청마루로 통하는 미닫이문을 여는 소리가 들렸어요. 나는 바람처럼 북장 문 앞을 물러났어요.

6

겨울방학이 반도 안 지나갔어요. 날마다 지겨울 만큼 심심했어요. 너무 추워 밖에서 놀 수도 없고 방안에만 있으려니 답답했어요. 아버지도 방학이라 집에 내려와 있었지만 외출하는 날이 더 많았어요. 아버지가 집에 있어도 책상 앞에만 앉아있어서인지 주말에만 만날 때보다 더 서먹하게 느껴졌어요. 그래도 아버지 때문에 동생과 싸우는 일도 엄마에게 매 맞는 일도 없었어요. 그래서 더 심심했던 건지도 모르겠어요. 나는 괜히 사랑채와 안채를 들락거리고 행랑채도 기웃거렸어요.

조반상을 물리고 나면 발소리와 함께 인기척이 안마당에서 뻔질나게 났어요. 나는 그때마다 문을 열고 밖을 살폈어요. 문을 열 때마다 찬바람이 무서운 기세로 들이닥쳤어요. 문 좀 작작 펄럭거리라며 할머니는 잔소리를 해댔어요.

할아버지 방엔 할아버지들이 모여들었고 건넌방엔 아낙네들이 모여들었어요. 신발이 댓돌 가득 널려있어도 할아버지들은 있는지 없는지 모를 만큼 조용했어요. 순국선열에 대한 묵념을 할 때처럼 고개를 약간 숙이고 묵묵히 앉아만 있었어요. 하지만 안채는 탈탈거리는 재봉틀 소리와 얘기소리 웃음소리로 들썩거렸어요. 단숨에 박음질을 해대는 재봉틀을 핑계 삼아 한 자리에 모인 아낙네들이 마음껏 수다를 떨었어요. 행랑채엔 아저씨들이 담배연기 속에 한가득 모여 있었어요. 손바닥에 침을 뱉어가며 새끼줄을 꼬는가하면 한옆에선 화투를 치기도 하고 벽에 기대앉아 장화홍련뎐이나 춘향뎐 같은 얘기책을 읽기도 했어요. 때론 덕배가 끼어들어 히죽히죽 웃었고 술병을 들고 온 주상사가 떠들썩하게 술판을 벌였어요.

어느 방이든 두세 번 문을 열면 아무도 달가워하지 않았어요. 들어갈까 말까 망설이는 짧은 순간 유독 눈에 들어오는 얼굴이 있었어요. 입을 양옆으로 찢으며 웃는 밤골네 얼굴이었어요. 나는 밤골네가 못 본 체하는 다른 사람들보다 더 나를 달갑지 않게 여긴다는 걸 알고 있었어요. 어쩔 수 없이 할머니 방에 처박혀있어야 했어요.

우중충하던 방이 화사한 비단 천 때문에 눈이 부셨어요. 하얀 솜뭉치도 한옆에 쌓여 있었어요. 그날의 바느질은 골무를 만든다거나 버선을 깁는 따위의 자질구레한 것이 아니었어요. 삼분이까지 앉혀놓고 할아버지 솜바지저고리를 만들고 있었어요. 조각 천들이 수북이 쌓여갔고 화롯불에 달궈진 인두는 뻗질나게 삼분이 손에서 춤추듯 움직였어요. 인두가 지나가기만 하면 솔기의 시접은 신기하게 납작 눌렸어요.

할머니도 삼분이도 내겐 관심이 없었어요. 나는 풀각시에게 옷을 갈아입히느라고 용을 썼어요. 풀각시 머리가 엉망으로 헝클어져버렸어요. 풀각시 옷이 너무 작았어요. 비단 천으로 몽땅 인형 옷을 만들면 얼마나 좋을까. 갖가지 인형 옷들이 머릿속에 그려졌어요. 풀각시 머리는 턱 턱

손가락에 걸리기만 하고 매끄럽게 가다듬어지지 않았어요.

"작년에두 올해두 목화농사가 잘 돼설랑 솜은 넉넉허니라."

삼분이에게 흐뭇한 눈길을 보내며 할머니가 말했어요. 삼분이도 할머니를 마주보며 생긋 웃었어요. 솜이 한 켜씩 바지 모양으로 재단한 천에 얹혔어요. 쭈글쭈글한 할머니 손과 통통한 삼분이 손이 살살 솜을 펴기 시작했어요. 여기저기 뭉쳐졌던 솜이 골고루 펴지고 있었어요. 두 사람의 이마가 딱 부딪치는 소리가 꽤 크게 났어요. 둘은 벌렁 젖혀졌던 몸을 바로 세우고는 서로의 이마를 문지르며 웃어댔어요. 이마가 벌겋게 부푸는데도 웃어댔어요. 나는 풀각시를 우악스레 움켜쥐었어요. 씨근거리는 내 숨소리가 높아졌지만 두 사람은 본 체도 않고 다시 일에 매달렸어요. 솜 두른 천을 둘둘 말았다가 펼치자 마술처럼 솜이 자취를 감춰버렸어요.

담뱃대를 입에 문 할머니가 아라리가락을 흥얼거리기 시작했어요. 삼분이는 솜 넣은 두툼한 비단을 누벼나갔어요. 바늘을 찔러 넣었다가 뽑아낸 다음 실 길이만큼 어깨 뒤로 천천히 팔을 들어 올렸어요. 한 땀 또 한 땀 누빈 자리마다 쏙 쏙 보조개 같은 홈이 파였어요. 천천히 하나씩 같은 간격으로 홈은 늘어났어요. 비단과 목화솜이 한 몸으로 볼록 볼록 누벼지는 모습은 땅따먹기로 한 뼘씩 땅을 넓혀갈 때처럼 뿌듯했어요.

나는 삼분이가 팔을 들어 올리며 실을 당기는 모습에 빨려들고 있었어요. 산 능선처럼 휘어지는 팔 움직임은 할머니의 아라리가락과 잘 어우러졌어요. 소리와 동작의 어우러짐. 그건 바로 춤이었어요. 바늘을 꽂는 동작. 바늘을 뽑는 동작. 바늘을 들어올리는 동작. 그 이어지는 동작 속에 배어드는 가락이 내 몸속으로도 옮아왔어요. 몸속에 퍼지는 가락이 내 몸을 움찔거리게 했어요.

나는 추운 줄도 모르고 난간마루에서 아리랑을 흥얼거리며 덩실덩실 춤을 추었어요. 멀리 눈 덮인 무지골 산 능선도 나를 따라 우쭐거렸어요. 구불텅한 논두렁길도 초가지붕들도 숨을 모으고 춤사위를 펼치는 듯 했어요. 그것들과 나 사이의 거리가 느껴지지 않았어요. 한 자락 춤사위에 산 능선이 다가오고 또 한 자락 춤사위에 초가지붕이 다가왔어요. 속에서 뿜어지는 열기로 내 몸이 풍선처럼 부푸는 듯했어요.

갑자기 몸이 굳어버렸어요. 건넌방에서 나온 엄마가 내게 손짓을 하고 있었어요. 나는 냉큼 다가가지 않았어요. 엄마가 발을 굴렀어요. 할머니 몰래 할말이 있는 게 분명했어요. 재봉틀 소리와 웃음소리가 새나오는 건넌방 가까이 다가가기도 전에 엄마가 내 팔을 잡아챘어요.

정우 혼자 딱지를 접고 있는 안방에 나를 주저앉히며 엄마가 물었어요.

"사랑방에서 삼분이 뭘 허구 있디?"

너무 바짝 얼굴을 들이밀어서 나는 약간 비켜 앉았어요. 정우가 슬쩍 돌아봤어요.

"그냥 있어."

"아무 일두 안 허구?"

"응."

"바느질두 안 허구 있단 말이야?"

"응."

엄마가 몸을 일으키자 바람이 휭 일었어요. 엄마는 벽장에서 꺼낸 캐러멜을 양손에 나눠 각각 정우와 내게 주었어요. 나는 재빨리 정우와 내 손에 들린 캐러멜을 가늠했어요.

"정우랑 똑같이 노났어."

엄마는 다시 내 곁에 바짝 앉았어요. 건넌방에서 한꺼번에 웃음소리가 터지고 있었어요. 남자처럼 걸걸한 영자 엄마 웃음소리가 제일 컸어요. 문을 향해 엄마가 눈을 희번덕였어요. 웃음소리는 쉬 잦아들지 않았어요. 엄마가 내게로 얼굴을 돌렸어요.

"그래, 이 엄마 얘기를 뭐라구 허디? 할머이허구 삼분이허구 말이다."

그럼 그렇지. 내게 간첩짓을 안 시킬 리가 없지. 나는 껍데기를 벗기던 캐러멜을 다시 싸며 엉덩이를 밀어 엄마와의 사이를 벌렸어요.

"똑똑헌 니가 들은 말 고대로 옮기는 게 뭬 어렵겠니."

짧은 순간 엄마와 눈동자가 얽혔어요. 가슴 속에 서늘한 기운이 퍼졌어요.

"삼분이가 뭐랬냐면…."

"그래. 뭐라던?"

"광에선 쌀 새나가구 뷔에선 양념 새나간다구 엄마가 펄펄 뛰었다구 했어. 그러면서 자기는 양념을 퍼낸 적이 없는데 그런 소리를 듣는다고 훌쩍훌쩍 울었어."

엄마가 입술을 잘근거리며 바튼 숨을 쉬었어요.

"그러니깐 할머이는?"

"그따우 소릴랑은 괘념치 말랬어. 그리구 항아선녀보다 곱구 맘씨 솜씨는 조선팔도에서 으뜸인 니가 참으라구 했어. 참으면 좋은 끝이 있을 거라구도 했구"

나는 글씨를 눌러 쓰듯 또박또박 힘주어 말했어요.

"또! 또 뭐랬어?!"

엄마 눈에서 파란 불꽃이 일렁였어요. 나는 발딱 일어났어요. 캐러멜이 방바닥에 떨어졌어요. 미끄러지듯 문지방을 넘어선 나는 홱 돌아서서

따발총처럼 쏘아댔어요.

"엄마는 삼분이 발뒤꿈치두 못 따라간다구 했어!"

할머니는 끈질기게 손으로 한 땀 한 땀 바느질을 했어요. 짧은 제 몸 길이만큼만 늘였다가 오므리기를 반복하며 앞으로 나가는 자벌레처럼 할머니의 손바느질은 답답해 보였어요. 그러나 연속무늬 같이 이어지는 그 동작엔 할머니만이 느낄 수 있는 특별한 재미가 있는 것도 같았어요.

눈이 밝지 못한 할머니를 위해 나는 고분고분 바늘귀에 실을 꿰어주지 않았어요. 실을 바늘귀에 꿰었다가도 다시 잡아 빼곤 하며 약을 올렸어요. '저런 저 천하에 둘두 없는 고약헌 년 겉으니라구' 소리를 들을 때까지. 그 소리를 들으면 왠지 속이 시원했어요.

바늘과 실을 잡은 양손을 눈앞에 세우고 할머니는 오랫동안 째려보았어요. 그런 할머니를 지켜보는 일은 짜릿했어요. 바늘구멍과 실 끝은 안타까이 서로 더듬기만 했어요. 할머니는 가늘게 뜬 눈으로 바늘과 실을 잡은 양 손가락에 온 신경을 집중하느라고 숨도 제대로 쉬지 않았어요. 그러다가 바늘귀에 실이 들어간 줄 알고 몇 번이나 헛손질을 했어요. 나는 꼴깍 침을 삼키면서도 할머니의 헛손질을 지켜보기만 했어요. 당장 바늘과 실을 잡아 채 단박에 꿰어주고 싶었지만 참았어요. 드디어 바늘구멍으로 실이 통과하는 순간이 오긴 했어요. 할머니가 조심조심 실 끝을 잡아 빼기 직전 내 손이 먼저 늘어진 실을 낚아챘어요.

"금이야 옥이야 질러났더이만 거풋허믄 쥐방울만헌 년꺼정 핼미 괄세나 해쌌구. 오냐, 그래. 느 년덜 속이 씨언허게 이 핼미가 죽어주마."

화가 머리꼭지까지 오른 할머니가 벽장문을 열어젖혔어요.

"한 많은 늄에 시상, 깅계랍 한 움큼 꿀꺽 넹기믄 끝장 낼 걸."

목침을 발밑에 괸 할머니가 허리띠에 매달린 열쇠를 벗겨냈어요. 나는 등을 돌려 앉았어요. 뒤에서 짤랑짤랑 소리가 났어요. 할머니 허리띠에는 광 열쇠며 농 열쇠며 여러 개가 매달려 있어 허리띠를 풀거나 맬 때마다 짤랑거렸어요. 찰칵 자물쇠 열리는 소리에 이어 부스럭거리는 소리, 병뚜껑 열리는 소리, 알약 덜어내는 소리가 차례로 났어요.

정말 먹으면 죽는 약일까. 어쩜 소화제일 수도 있어. 소화제를 가지고 날 속이려는 걸 거야.

"그래. 죽어! 죽어!"

나는 악악대며 할머니 턱밑으로 바짝 다가섰어요.

"나보다 삼분이를 더 이뻐할 거면 죽으라구!"

말은 그렇게 하면서도 겁이 났어요. 숨이 가빠지고 있었어요. 약을 움켜쥔 할머니 손이 입으로 향했어요. 나는 번개처럼 빠르게 할머니 손을 걷어챘어요. 알약들이 방바닥에 흩뿌려졌어요. 허겁지겁 알갱이들을 그러모아 움켜쥔 나는 울음을 터트렸어요.

"핼미 죽으라구 악을 써댈 땐 은제구 울긴 왜 우누."

울음은 대성통곡으로 이어졌어요. 할머니가 등을 쓰다듬으며 뭐라고 웅얼거렸지만 아무소리도 들리지 않았어요. 울음이 지겨웠던지 할머니가 소리쳤어요.

"깅계랍이 아니구 소화제야 이것아!"

나는 울음을 딱 멈췄어요.

소리가락에 맞춰 바늘을 천천히 찔렀다가 천천히 뽑아 올리는 모습을 넋 놓고 바라보는 일이 잦아졌어요. 꿰맨 바늘을 실과 함께 뽑아 올릴 때면 실이 엉켜 옹이가 지지 않도록 손목에 얼마만큼 힘을 주어야 하는지 실을 잡아당기는 속도는 어떻게 조절해야 하는지 할머니는 잘 알고 있는 것 같았어요.

     네~ 파알~ 자아~ 나아~
     내~ 파알~ 자아~ 나아~
     엉트을 ~ 멍트을 ~
     지프으은~저어엉~
     아리라앙~ 고오개루우~
     나아르을~ 네엥겨어~

  할머니 소리가락에서 늘 변함없는 대목은 아리랑 고개로 나를 넘겨달라는 끝부분뿐이었어요. 늘어지게 뽑아내는 가락과 느린 팔 동작. 그 되풀이 되는 율동은 치댈수록 고와지는 밀가루 반죽처럼 희한하게 마음을 서서히 가다듬어주었어요.

  "바눌 허리에 실감아 바누질 헌다더냐."

  인형 옷을 빨리 만들어달라고 졸라댈 때마다 할머니가 하는 말이었어요. 시간이 얼마 걸리면 다 되느냐고 물으면 한참 걸릴는지 한나절 걸릴는지 해봐야 아는 노릇 아니냐고 대답했어요. '한참' '한나절'이 도대체 몇 분, 몇 시간을 뜻하는지 알 수 없어 답답했어요. 몇 시간 몇 분 정확하게 구분지어 토막 낸 시간을 할머니는 이해하지 못했어요.

  "새털겉이 많은 날 급헐 게 무에 있다구설랑. 오늘 못 다 허면 내일 허면 되는 게구. 내일 못 다 허면 모레 허면 되는 게지."

  할머니가 입에 달고 있는 말이었어요.

할머니의 시간이 마냥 맑은 풀물 같진 않았어요.

"육실헐 년. 천하에 못돼처먹은 년. 호래이가 물어다 태를 칠 년. 내 재산 내 살림 죄 차구 앉아설랑 제우 삼시 세끼 밥 끓여주는 거 가주구설랑 뉘 앞에서 공치사여 공치사가. 분수두 모르는 거이. 그 잘난 아들 새끼 하나 낳은 유세루다 꼴에 아조 세도가 하늘을 찌르구두 모자르지. 본 데 읎는 년 겉으니라구."

할머니 뒤통수에서는 쪽머리가 달랑거렸고 비녀는 빠질 듯 말 듯 턱걸이를 하고 있었어요.

"새끼를 내질러만 놓으믄 다인가. 젖이나 물렸지 지 년이 증와헌티 헌게 뭬 있다구설랑. 증우 새끼만 지 씹구녕루루 내질렀나. 증와두 매한가지루 지 씹구녕루루 내질렀구먼. 내가 애지중지허는 거이 밸이 꼴려 내게 대헌 배참으루다 후딱허믄 어린 거헌테 매질이나 해쌌구. 독허디 독헌 년 겉으니라구. 서방헌테 갖은 야살을 떨어대믄서 고자질허는 꼬락서니래니. 백년 묵은 여우두 그르케는 못헐거구먼. 아, 내가 삼분이헌테 곡석 좀 더 주기로서니 지 년이 주제넘게 왜 암상을 떨어 떨긴. 암팡시럽게 내게다 눈깔 까뒤집구 대들 때 보믄 독종두 그런 독종이 시상에 또 있을라구."

쪽머리에서 빠진 비녀를 다시 꽂는 할머니 손이 부들부들 떨려 헛손질을 거듭했어요. 나는 할머니의 분한 마음을 어떻게든 달래주고 싶어 귀에 대고 속삭였어요.

"저번에 아부지 왔을 때두 엄마가 고자질 했어. 함머이가 몰래 안방에 들어와 엄마 살림을 분탕질해 놓는다구."

할머니가 욕설을 입이 아닌 몸으로 드러낼 때도 있었어요. 어깨를 들썩이며 얼굴을 씰룩이며 눈을 부릅뜨고 담뱃대를 급하게 빨아대는 모습으로. 그 모습은 덫에 걸린 쥐를 떠올리게 했어요.

집에 다니러 온 아버지가 사랑채에 머물렀다가 자리를 뜬 다음이면 가끔 그랬어요. 한숨을 쉬는 것도 고통스럽게 들이쉬었다가 내뿜었어요. 독약을 마신 것도 아닌데 목 고개와 등을 뒤로 한껏 젖히며 숨을 가두었다가 고꾸라지듯 앞으로 꺾으며 푸우 토해냈어요. 그러고는 쥐어짜듯 짧게 중얼거렸어요.

"거둬준 은공두 몰르넌 눔. 즈 예펜네 씹구녕배께 몰르넌 눔."

그럴 때면 나는 슬며시 할머니 곁에서 물러났어요. 할머니를 달래줄 수도 없었지만 달래주고 싶지도 않았어요. 한숨쉬는 할머니를 피해 밖으로 나오면 나도 모르게 아버지가 있는 서울 쪽 하늘을 바라봤어요.

아버지가 깎아준 연필은 내게 특별했어요.

아버지는 집에 올 때마다 제사상에 올리는 밤처럼 단정하게 내 연필을 깎았어요. 그렇게 반듯하고 예쁘게 깎인 연필을 나는 한번도 보지 못했어요. 연필심을 향해 자루가 깎인 부분은 알맞은 각도로 반듯반듯한 속살을 드러냈어요. 아버지처럼 연필을 깎을 수 있는 사람은 세상에 아무도 없을 것 같았어요.

그 특별한 연필들은 나를 자랑스럽게 했어요. 나는 필통 바닥에 삼분이가 오린 색종이를 폭신하게 깔았어요. 색종이를 그렇게 실처럼 가늘고 길고 고르게 가위질할 수 있는 사람도 삼분이밖에 없었어요. 알록달록한 깔개 위에 가지런히 누워있는 연필들은 보고 또 봐도 좋았어요.

나는 일부러 삼분이 앞에서 필통을 열곤 했어요. 필통 속을 바라보는 삼분이의 눈빛은 내 피를 후끈 달아오르게 했어요. 동네 애들이나 학교 애들의 부러운 눈빛에선 느낄 수 없는 저릿한 기쁨이었어요. 삼분이는 필통 속을 바라보고 있지만은 않았어요. 연필을 하나하나 손에 들고 쓰다듬고 어루만졌어요. 그러면서 알 수 없는 소리를 중얼거리기도 했어요.

"장차 큰일을 하실 양반이…."

제 5 부

조홧속

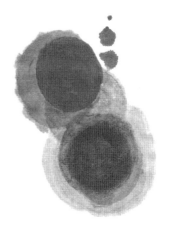

1

　나는 '마빡에 피도 안 마른 것'에서 '시집을 가도 될 것'으로 자랐어
요. 물론 할머니 눈에만 그렇게 보였던 것이겠지만.

　풀밭 길과 신작로. 두 갈래 길 앞에 서면 할머니 목소리가 귀에 붙었어
요. "쬐께 가찹다구 풀밭 질루 댕기지 말어. 그런 디선 귀신보담 사램이
더 무선 벱이여."
　할머니 목소리가 생생할 때면 나는 망설임 없이 풀밭 길로 들어섰어
요.
　마을에 들어설 때까지 집 한 채 없는 벌판엔 다른 데서 볼 수 없는 것
들이 많았어요.
　납작해진 묘지. '남조선 동포' 옆에 느낌표가 겹쳐져 있는 삐라. 탄피
조각. 동강난 낙하산 줄. 우그러진 깡통. 돌무덤. 뱀과 들쥐….
　그런 것들을 보게 되는 풀밭 길은 겨우 발자국에 다져진 흔적이 삐뚤
삐뚤 이어져있을 뿐이었어요. 그래도 그 거친 길은 세상과 단절된 묘한

기분에 휩싸이게 해주었어요. 풀이 아무렇게나 자란 묘지도, 스르르 지나가는 뱀도, 삐라도, 탄피도 익숙해서 그런지 무섭지 않았어요. 묘지 위에 걸터앉아 꽃반지 열 개를 만들어 손가락마다 끼우고 일어서면 해가 설핏 기울어 있곤 했어요.

개울 앞에서는 징검다리를 딛지 않고 물속에 맨발을 빠트렸어요. 작은 물고기들과 돌 틈을 파고드는 가재들과의 숨바꼭질에 또 정신이 팔려버렸어요.

"이것아. 핼미 목 빠지게 지둘르는 줄두 몰러!"

화들짝 놀라 고개를 들면 할머니가 쯧쯧 혀를 차고 있었어요. 해는 어느새 서편 하늘을 붉게 물들여놓고 산마루를 넘어가고 있었어요. 마을은 굴뚝마다 피워 올리는 저녁연기에 에워싸여 집들이 모두 사라진 듯했어요.

"시집을 가두 될만치 다 큰 게 우쩌자구 이런 험헌 질루 들어서설랑 는적거리구 있는 게야. 삼분이 짝나믄 우쩔라구."

내가 지나온 풀밭을 돌아보았어요. 땅거미가 내려앉는 풀밭은 귀신들 세상 같았어요. 삼분이가 인적 없는 거기서 애를 뱄을지도 모른다는 생각이 들었어요.

신작로는 곧게 뻗어있을 뿐 딴 세상 같은 맛은 없었어요.

어쩌다 우마차를 만나면 덜컹거리는 짐칸에 올라탈 수도 있었어요. 소는 힘겹게 걸으면서도 줄기차게 들러붙는 쉬파리를 쫓느라 꼬리를 휘둘러 제 엉덩이를 내리쳤어요. 무심코 짐이 실린 마차에 올라탔을 때 지친 소가 더운 숨을 헉헉 내뿜으면 불쌍한 마음에 짐칸에서 뛰어내리다 고꾸라지곤 했어요. 신작로엔 군용트럭이나 지프차도 지나가고 사람들도 심심찮게 오갔어요. 차가 나타나면 재빨리 길에서 벗어났어요. 구름처럼 일어나는 흙먼지도 싫지만 차를 세우고 손짓하는 군인들을 피해야 했어요.

철모를 쓴 얼굴이 코가 높고 유난히 희거나 검으면 더 무서웠어요. 그들은 쌀라쌀라 알아들을 수 없는 말을 쏟아내며 낄낄거렸고 날카로운 휘파람소리를 냈어요. 사내애들은 흙먼지를 무릅쓰고 필사적으로 차 꽁무니를 따라 달렸어요. 만만한 여자애들은 무조건 끌고 달렸어요. 여자가 있어야 차에서 초콜릿이 많이 던져진다는 걸 알고 있기 때문이었어요. 때론 엎어진 여자애가 질질 끌려가기도 했어요.

어느 순간 아이들은 모이를 찾는 닭들처럼 초콜릿을 찾기 위해 머리를 숙이고 풀숲까지 헤집고 있었어요.

신작로 끝에 필순네 가겟방이 있었어요.

신작로가 꺾이는 모퉁이에 자리 잡은 가겟방은 늘 사람들이 붐볐어요. 그 가겟방이 들어선 지는 2년밖에 안 됐어요. 처음엔 판잣집에 물건도 별로 없는 보잘 것 없던 가게였는데 번듯하게 집을 짓고 사람들을 끌어들이기 시작했어요. 그전엔 휑뎅그렁했던 자리가 북적북적 열기를 뿜어내며 동네 대문 역할을 하고 있었어요. 그 대문을 거치지 않으면 왠지 개구멍으로 기어들어가는 느낌이 들었어요. 뻔질나게 동네를 드나들던 보따리장수도 언제부턴가 발길이 뜸해졌어요.

가겟방 벽에는 보고 싶지 않아도 저절로 눈에 띄는 울긋불긋한 표어가 언제나 덕지덕지 붙어있었어요.

덮어놓고 낳다보면 거지꼴을 못 면한다!

아들 딸 구별 말고 둘만 낳아 잘 키우자!

군관민 한마음으로 간첩을 몰아내자!
간첩은 표식 없다 삼천만아 살피자!

만화로 그려진 과장된 포스터에 붉은 글씨로 씌어진 표어를 볼 때마다 별별 생각이 꼬리를 물었어요. 이담에 애를 몇 명 낳을 것인가. 계속 딸만 낳으면 어떡하나. 정말 아들딸을 구별하지 않을 수 있을까. 아이 낳는 일은 내 맘대로 할 수 있는 문제도 아니지 않는가. 남편이나 시어머니 뜻을 따라야 하는 거 아닌가. 그래. 아이 문제는 이담의 일이니까 벌써부터 걱정할 일은 아니지. 간첩이 문제지. 간첩은 언제 어디서든 나타날 수 있잖아. 만약 간첩이 나한테 나타나 협박을 하거나 먹을 것을 달라고 애걸하면 어떻게 해야 하나. 목숨 걸고 신고하려다가는 죽을지도 몰라. 그렇다고 간첩을 도와주었다가는 나도 간첩 누명을 쓰고 감옥살이를 하게 될 거야. 그러니까 간첩과 맞닥뜨리는 일 같은 건 없어야 해.

없어야 하는데 마음 한 편에선 은근히 간첩을 기다렸어요. 나는 삼분 아버지가 간첩이 되어 내게 나타나기를 바랐어요. 어떻게든 들키지 않게 그를 숨겨주고 먹을 것을 챙겨줄 궁리를 하기도 했어요. 그를 통해 이북으로 갔다는 친할머니 소식을 들을 수 있을 것도 같았어요. 벽을 도배한 표어에서 눈길을 떼면 평상을 살폈어요. 그러나 간첩 같은 수상쩍은 얼굴은 거의 눈에 띄지 않았어요.

가겟방 앞엔 아무나 걸터앉을 수 있는 평상이 놓여있고 한쪽 옆엔 어설프긴 하지만 탁구대도 있었어요. 평상 위엔 언제나 장기판과 함께 요상한 잡지 서너 권이 뒹굴고 있었고 둘둘 말린 군용담요엔 화투장이 들어있었어요. 탁구대 주위엔 아이들, 학생들, 군인들이 몰려있었어요. 물론 덕배도 끼어있었어요. 그들은 편을 갈라 건빵내기나 술내기 같은 탁구시합을 벌이곤 했어요. 덕배는 희죽거리다가도 탁구공이 땅으로 떨어져 구르면 잽싸게 주워오곤 했어요. 통통 튀어 오르는 탁구공 소리도 듣기 좋았고 가끔 터지는 남자들의 함성은 뜻 모르게 가슴을 설레게 했어요.

머리에 새빨간 리본을 매단 가겟집 딸 필순이는 볼 때마다 껌을 씹고 있었어요. 아이들은 그녀를 '껌순이'라고 불렀어요. 껌을 질겅거리다가 딱 딱 소리를 낼 때는 볼따구니가 심하게 실룩거렸어요. 손거울에 얼굴을 비춰볼 때도 요란을 떨었어요. 고개를 갸웃갸웃하며 거울 든 손을 멀리 했다가 가까이 했다가 오른쪽을 봤다가 왼쪽을 봤다. 필순이는 몸집은 투실투실했지만 팔랑개비처럼 바쁘게 돌아갔어요. 껌 씹으랴, 거울 보랴, 잡지책 뒤적거리랴, 손님 맞으랴….

평상엔 뻔질나게 술상이 차려졌고 둘러앉은 어른들은 술만 마시면 목청을 돋우었어요. 때론 동네사람들과는 옷차림이 다른 낯선 청년들이 떠들썩하게 평상을 차지할 때도 있었지만 자주 술상 앞에 앉는 사람은 정해져있었어요. 그중에 주상사가 제일 많이 눈에 띄었어요. 그들은 이제 전쟁얘기 호랑이얘기 귀신얘기 대신 라디오방송에 자주 나오는 정치가 이름을 들먹였어요.

언젠가 김의혁 씨와 아버지가 거기 평상에 앉아 술 마시는 걸 본 적이 있었어요. 나는 그때 아버지를 바로보지 못하고 고개를 돌렸어요. 필순네 가겟방 평상은 아버지가 앉을 곳이 아닌 듯 여겨졌어요. 김의혁 씨는 국회의원 출마에서 떨어진 뒤 더 자주 사람들 눈에 띄었어요. 그의 너털

웃음은 여전했어요.

필순 아버지는 가끔씩 나타났어요. 그는 올 때마다 가겟방 앞에서 연장을 들고 뚝딱뚝딱 뭔가를 만들었어요. 구경하는 사람들이 둘러서면 그의 톱질과 망치질엔 신이 오르는 것 같았어요. 평상이며 탁구대도 그가 만든 것이었어요. 덕배도 한 몫 거들었어요. 무거운 걸 옮기는 일. 톱질이나 망치질할 때 판자가 움직이지 않도록 잡아주는 일. 쓰레기 치우는 일 따위를 덕배는 실실 웃으면서 했어요. 그러고 나서 막걸리 한 사발 얻어 마시곤 각설이타령 두 소절을 되풀이 불렀어요.

필순 아버지는 올 때마다 자전거를 타고 나타났어요. 자전거 짐받이에는 나무판자며 종이상자 같은 것들이 잔뜩 묶여있었어요. 필순이가 씹는 껌이나 요상한 잡지책이나 필순네가 얼굴을 하얗게 빨갛게 칠하는 화장품도 자전거 짐칸에 실려 온 것들이었어요.

진하게 화장한 필순네는 언제나 환하게 웃었어요. 동네 아낙네들은 필순네 험담을 하면서도 가겟방 드나들 땐 친한 척을 했어요. 그네들은 미제화장품을 몰래 사기 위해 은밀히 필순네와 속닥거렸어요. 누구든 필순네와 나누는 얘기는 비슷했어요.

"거시기 그 구리무 발르믄 진짜루 얼굴이 고와질까?"

"그렇게 걱정됨 사지 마셔. 물건은 딸리구 달라는 사람은 줄을 섰구만."

"기양 해본 소릴 가주구 뭘 또 그르케까지."

"딴 사람 안 주구 기껀 생각해서 빼 논거니 그렇지."

"근디 내가 샀다는 말 새나가는 일은 참말 읎겠지?"

"그런 염려랑은 붙들어 매셔."

그럴 때 다른 손님이 나타나면 그네들은 감쪽같이 딴청을 부렸어요.

학교에서 돌아오는 길이었어요. 가겟방에 들어선 나는 망설였어요. 공책을 사야하는데 머리리본이 눈길을 끌었어요. 둘 다 사려면 돈이 모자랐어요. 필순네는 망설이기만 하는 나를 내버려두고 평상으로 나갔어요. 평상엔 막걸리를 마시는 주상사와 잡지를 뒤적이는 필순이가 있었어요. 따악 딱. 필순이의 껌 씹는 소리는 줄기찼어요.

손에 들었던 공책을 다시 놓고 빨간색 리본을 집어들 때 영자 엄마가 들어왔어요. 바로 뒤따라 들어온 필순네는 영자 엄마를 구석으로 몰고 가며 내게 말했어요.

"셈은 나가서 필순이헌테 할래?"

내가 대답도 하기 전에 두 사람은 속닥거리기 시작했어요.

"딱 한 개뿐인데 달래는 사람은 여럿이구."

"요번엔 날 주기루 했으믄 나헌티 줘야지 무신 소리래?"

"아유 그럴게. 까짓거 인심 썼다."

나는 노란색 리본으로 바꾸고 싶었지만 가겟방을 나섰어요. 나와 엇갈리며 밤골네가 급히 가게로 들어섰어요. 갑자기 등 뒤가 소란해졌어요.

"귀먹은 사람처럼 아무리 불러두 뒤두 안 돌아보데? 근데 뭘 살라구 그르케 꽁지가 빠지게 부리나케 온 게야?"

"빨래비누 줌 살라구 왔쥬. 내 걸음이 원체 빨르잖우. 꽁지가 빠지게는 무신…."

"아니, 요전 번 나꽈 같이 산 빨래비누를 그새 다 썼어?"

"미리미리 사두는 거쥬 뭐. 근디 버글버글헌 아들덜 시키지 뭘 사길래 직접 발품을 파신데유?"

"아들덜헌테는 하찮은 잔심부름 시키기 싫더라구. 나헌테 지지배는 읎구. 어쩌겄어. 당장 성냥이 똑 떨어졌으이."

"하이구 누구는 아들 수두룩해서 좋겄어유."

보지 않아도 입을 실룩거리는 영자 엄마 얼굴이 눈에 선했어요. 필순 이는 껌을 딱딱 씹으면서 리본 값을 받았어요. 술 사발을 든 주상사가 아래위로 나를 훑어보며 입을 딱 벌렸어요.

"하이고오. 워찌 고로코롬 빨리 큰당가. 체녀 꼴이 완연허네."

영자 엄마와 밤골네가 각각 빨래비누와 팔각성냥을 들고 나왔어요. 미제화장품은 남몰래 비밀로 살 속셈이었겠지요. 주상사가 냉큼 그네들 에게로 눈길을 돌렸어요.

"나가 고사리 허벌나게 많은 딜 갈차디릴까 허능디. 쪼까 앉아들 보씨 오 잉."

엉거주춤 평상에 엉덩이를 걸치며 흘금거리는 그네들로부터 나는 빨 리 벗어났어요.

빨래터나 우물가에서 아낙네들은 심심찮게 필순네를 들먹였어요.

"대처에서 오다가다 눈 맞은 거래유, 글쎄."

"본마누래가 있을 거구면 감쪽겉이 쇡이구 드나드는 눈칩디다."

"첩 노릇두 사내 잘 만나믄 괜찮은 팔자 같어유."

"아이구 첩 노릇을 어디 아무나 허겠어?"

낄낄거리며 필순네를 첩으로 얕잡아보면서도 은근히 부러워하는 것 같기도 했어요.

"근디 필순이는 암만 봐두 심부름 부려먹을라구 줏어다 길르는 양딸 같어유. 즈 에미를 똑 부러지게 닮은 구석이 읎는 거 같잖아유."

"웬걸. 자세히 뜯어보믄 즈 에미 모습이 있구면."

"에미는 한눈에두 낭창낭창허니 낯반대기두 반반헌데 필순인 넙데데 허니 왁살시럽잖아유."

"안적 다 자라지 않어서 그리 보이는 게지. 다 크믄, 두구 봐. 에미랑 같아질 테니."

"듣구보니 그런 것두 겉구. 허기는 어린 게 엉뎅이 흔들어대구 눈웃음 치면서 벌써부텀 화냥끼 풍겨대는 걸 보믄…."

"그 에미에 그 딸 맞지 뭐."

아침에 학교에 갈 때마다 엄마는 같은 말을 반복했어요.

"가겟방 앞에선 얼쩡거리지 말구 냉큼냉큼 지내 댕겨! 어디서 굴러먹던 개뼉다구인 줄두 몰르는 사람덜과 시시덕거리지 말구."

엄마는 필순네에 대해 말할 땐 꼭 '어디서 굴러먹던 개뼉다구'로 시작 했어요. 그 여편네가 동네사람들을 꼬드겨 자기네 잇속만 챙길 뿐 아니라 동네 물을 흐려놓는다며 진절머리를 쳤어요. 할머니는 필순네에게 신경을 곤두세우는 엄마를 비아냥거렸어요.

"딴에 서방 한눈 팔까봐 쌍심지를 돋구는 꼴이래니. 지가 무신 양귀비라두 되는 줄 아는가부지. 아, 사내덜이야 잘날수룩에 지집이 꼬리를 치는 벱이거늘. 필순네 가겟방에 걸터앉아설랑 몇 번 술 마신 걸 가주구 암상을 떨구 자빠졌네."

방학 때 아버지가 김의혁 씨와 자주 필순네서 술을 마셨던 모양이에요. 바느질하며 뽑아내는 할머니 소리가락엔 신바람이 붙어있었어요.

네 팔자나~ 내 팔자나~
네모반듯~ 왕골방에~
샛별겉은~ 놋요강을~

발치만침~ 던져놓고~

원앙금침~ 잣베게에~

꽃겉은~ 너를 안고~

아리아리~ 쓰리쓰리~

아라리가~ 났구나~

아리아리~ 고개고개루~

나를~ 넹겨주게나~

소리가락 신바람은 사설로 이어졌어요.

"좆대가리 달구 나온 사내가 여적지 지집질 안 헌 것만두 감지덕지헐 노릇이지. 동네 가겟방에서 술 먹는 걸 가주구 앙탈은 무신 눔의 앙탈."

나는 딴청부리며 할머니가 늘어놓는 사설에 귀를 기울였어요.

"한 지붕 아래서 서방이 시앗 품구 자는 꼴을 수두 읎이 봐온 나두 묵묵히 견뎌왔구먼. 고까짓 일에 남세시럽게 유난을 떨어 떨긴."

필순네 가겟방은 날로 번창해 갔어요. 동네 사람들에게 필요한 물건은 없는 거 없이 진열대에 갖춰놓았을 뿐만 아니라 몰래 숨겨놓고 파는 물건들도 많았어요. 양담배며 미제 비누며 화장품이며…. 그런데 필순네만 미제 물건들을 숨겨놓고 파는 건 아니었어요. 언제부턴가 못둑네도 미제 물건들을 팔러 돌아다녔어요. 때깔 나게 차려입고 때깔 나는 가방을 든 못둑네는 장거리며 시내며 안 가는 곳이 없었어요.

쩌엉. 쩌어엉.

한밤중에 아침못 얼어붙는 소리가 어둠을 찢으며 문풍지를 울렸어요. 아랫방에선 콜록콜록 할아버지 기침소리가 자지러졌어요. 귀신울음 같은 아침못 어는 소리 때문인지 할아버지 기침소리 때문인지 나는 잠에서 깼어요. 다시 잠이 올 것 같지 않았어요. 방학 때라 늦잠을 자도 상관없긴 했어요. 이불속에서 빠져나간 할머니가 등잔심지에 불을 붙였어요. 주황불꽃은 그을음을 뱀 혓바닥처럼 널름거렸고 할머니의 시커먼 그림자는 벽에서 천장까지 어룽거렸어요. 화로불의 더운물로 꿀물을 만든 할머니가 할아버지에게로 갔어요. 나도 따라갔어요.

"뜨뜻헌 꿀물이래두 쯤 넹게보시우."

할머니가 할아버지 어깨를 부축해 일으키는 중에도 기침은 숨넘어갈 듯 이어졌어요. 저승사자가 할아버지 목을 조이는 것 같았어요.

"어이구우. 저녀서거 웬수녀느 지침."

할머니가 웅얼거렸어요. 겨울 들어 자리보전을 하고 누워 지내는 할아버지 얼굴은 이마와 코와 광대뼈만 도드라져 있었어요. 숨 가쁜 목에서는 가래 끓는 소리가 끊이지 않았어요. 힘없는 눈이 나를 향해 희미하게 웃었어요. 나는 앙상한 할아버지 손을 움켜쥐었어요. 서늘한 냉기가 전해졌어요.

늙으면 죽어야 하는 것인가. 할아버지는 왜 이렇게 많이 늙은 것인가. 옛날얘기에서처럼 손가락을 깨물어 피를 먹이면 정말 벌떡 일어날 수 있을까. 나는 손가락을 들여다보다가 검지를 입에 물고 이빨에 힘을 주었어요. 피가 나오도록 깨물 수는 도저히 없었어요.

꿀물 탓인지 할아버지 기침소리가 잦아들었어요. 등잔불을 끈 할머니가 다시 이불속에 누우며 혼잣말을 했어요.

"엔간이 추운 게야. 못물이 쩡쩡 얼어붙는 걸 보이. 우쨌던지 해토헐 때꺼정이래두 명줄을 보존혔음 좋겠구먼. 엄동설한에 줄초상이 나게 생겼으이 원."

할아버지보다 삼분할머니가 더 위독하다고 했어요. 그 집에 다녀온 사람들은 송장이나 다름없는 그 노인네가 소식 모르는 아들 땜에 눈을 못 감는 것이라고 혀를 끌끌 찼어요.

설을 쇠고 나자 추위는 누그러졌어요. 집집마다 찰떡이며 산자 약과 따위가 아직 남아있어 사람들은 이집 저집 몰려다니며 명절 분위기에 젖어있을 때었어요. 할머니 염려대로 줄초상이 났어요. 삼분 할머니 장례를 치른 며칠 후였어요.

보름달이 휘영청 밝은 밤이었어요. 문창호지로 스며드는 달빛이 등잔불보다 밝았어요. 많은 사람들이 누워있는 할아버지 얼굴을 지켜보고 있었어요. 누군가가 할아버지 코끝에 귀를 대보기도 하고 손을 대보기도 했어요. 할머니와 아버지는 검푸르게 변해가는 할아버지의 손과 발을 계속 쓰다듬었어요. 어느 순간 할아버지가 감고 있던 눈을 떴어요. 무슨 신호처럼 앉았던 사람이나 서있던 사람이 일제히 얼굴을 들이밀었어요. 할아버지가 눈동자를 움직이며 사람들과 눈을 맞추려고 안간힘을 썼어요. 나와 눈을 맞추었을 때 할아버지는 마른 입술을 움직이려고 애를 썼어요. 그러다가 눈을 감아버렸어요. 눈을 감은 게 아니라 눈이 닫혔어요. 할아버지는 다시는 눈을 뜨지 않았고 다시는 숨도 쉬지 않았어요.

우리 집은 집단 수용소로 변해 있었어요. 채마밭과 논바닥까지 크고 작은 천막이 봉긋봉긋 솟아났어요. 천막 안엔 어디서 어떻게 알고 모여들었는지 거지 떼가 식구들까지 몰고 와 우글거렸어요. 그들은 누구 하나 거저 얻어먹으려하진 않았어요. 어른 애 할 것 없이 바깥마당에서 할 수 있는 일거리에 다투어 달려들었어요. 도끼를 잡은 손에 침을 뱉어가며 장작을 패기도 했고 작두로 짚이나 마른 풀을 썰기도 하고 싸리비를 들고 마당을 쓸기도 했어요.

늘 사랑채를 지키고 있던 할아버지는 집안 어디에서도 그 모습을 볼 수 없었어요. 삼베상복을 입은 우리 식구와 삼베두건을 쓴 문중 어른들과 다른 수많은 사람들이 집안을 메우고 끊임없이 움직였어요. 뒤란에 마련된 할아버지 빈소 앞에서 나는 혼자 언 땅을 발끝으로 폭폭 찍어댔어요. 관 속의 할아버지는 장죽을 물고 시조창을 읊는 할아버지가 아니었어요. 다시는 내 눈과 귀로 느낄 수 없는 주검일 뿐이었어요.

대들보 높이까지 허연 광목 휘장을 두른 상청이 머리 조아린 상주들을 굽어보고 있었어요. 삼베자락 스치는 절이 끝나자 곧바로 곡이 시작됐어요. 아이고오~ 아이고오~ 아이고오~ 아이고오~ 곡소리는 합창처럼 박자가 착착 맞았어요. 곡이 끝나자마자 여기저기 길게 이어붙인 밥상들마다 둘러앉느라 소란스러웠어요. 먹는 소리 말소리 웃음소리가 범벅이 되어 집안을 흔들었어요. 그런 날들이 9일 동안 이어졌어요. 나중엔 모두들 지쳐서 아무 데서나 곯아떨어졌어요. 할아버지가 돌아가셨다는 사실도 잊을 만큼 나도 지쳤어요.

만장을 너풀너풀 매단 울긋불긋한 상여를 타고 빈소에 있던 할아버지가 떠나던 날은 겨울답지 않게 푸근한 날씨였어요. 상여는 집밖에 나가서도 떠나지 못하고 요령소리와 상여소리를 풀어내고 있었어요. 상두꾼의 선소리와 곡소리가 할아버지를 데려가고 있었어요.

참새 떼가 몰려다니는 담 모퉁이에서 덕배가 눈가를 훔치고 있었어요. 가슴이 뭉클해졌어요. 덕배 같은 바보도 울 수 있는 건가…. 나는 덕배를 얼싸안고 펑펑 울고 싶었어요. 나와 눈이 마주치자 덕배는 헤벌쭉 웃었어요.

2

"시상에나 귀신이 곡헐 노릇이지. 살다살다 이런 변괴가 어딨대."

"누가 아니래. 변괴구 말구."

삼분이가 살아있다는 소문이 동네를 발칵 뒤집었어요.

삼 년 전에 아침못에 빠져 죽은 삼분이가 살아있다니….

필순네 가겟방 옆에서 아이들이 덕배를 둘러싸고 있었어요. 짓궂은 아이기 덕배를 괴롭히는 게 아닌가 싶었어요. 나는 걸음을 빨리했어요.

"다 봤어. 삼분이 못물에 안 빠졌어. 히히히…."

덕배가 괴롭힘을 당하는 건 아니었어요. 함빡 웃으며 꺼떡거리는 덕배 입에서는 침이 질질 흘렀어요. 아이들은 심각한 낯빛으로 저희끼리 눈을 맞추며 덕배를 지켜보고 있었어요.

나는 가겟방으로 들어가 뭘 살까 둘러보았어요. 평상에 있던 필순이가 쪼르르 따라 들어왔어요.

"넌 삼분이 소문 알구 있지? 근데 삼분이가 그르케나 이쁘니?"

나보다 나이는 두세 살 많지만 제까짓 게 뭔데 함부로 지껄이나 싶었어요. 딱딱 껌 씹는 소리도 거슬렸어요. 나는 대꾸 없이 좌판을 훑어보았어요. 가겟방과 붙은 방안에서 말소리와 웃음소리가 새나왔어요. 걸쭉한 주상사 목소리와 필순네 목소리가 알토와 소프라노 같이 섞여들었어요.

"긍게 머시 고로코롬 서운허당께?"

"아, 삼분이래나 사분이래나 허는 못둑네 딸. 못에 빠져죽었다던 딸이 살아있단 소문이 파다허니깐 궁금해서 물어보는데 그렇게 시치밀 떼요?"

"못둑네 코빼기 본 지가 은젠디. 나가 그 집 사정을 먼 수로 안다꼬 그래싸요 잉."

나는 집었던 건빵을 내려놓고 방문 앞의 캐러멜을 집으러 다가갔어요. 못둑네 웃음소리가 문을 울렸어요. 거스름돈을 내주며 필순이가 또 물었어요. "너 영화배우 최은희 김지미 알지? 삼분이가 설마 그만큼 이쁜 건 아니겠지?"

입을 실룩이며 껌을 질겅거리는 필순이를 나는 쏘아봤어요.

"이뻐. 너보다는 천 배 만 배 이쁘고."

밤에 뒷간에 앉았다가 삼분이를 보고 쫓아갔는데 귀신같이 사라졌다고 말한 사람은 영자 엄마였어요. 영자네 뒷간은 울 밖에 있었어요.

"아 글쎄, 요지막에 밤똥 누는 버릇이 붙어부렀지 뭐유. 그날 밤에두 뒷간에 앉아 심을 주구 있는 중이었쥬. 바람에 펄럭대는 거적문 틈새루다 발자국 소리두 안 내구 웬 처자가 지내가는 거에유. 근데 그 외양이 영락없는 삼분입디다. 지가 또 밤눈이 밝잖아유."

입이 걸어 사낸지 지집인지 도통 분간이 안 되는 종자라는 둥. 물에 빠지면 주둥아리만 동동 떠오를 거라는 둥. 핀잔을 일삼던 영자 할머니도 고개를 빼들고 귀를 기울였어요.

"그녀서거 똥자루만 아녔으믄 공중잽이루 쫓아가는긴데…. 우쨌던지 똥구녕에 매달린 똥자루를 끊구설랑 밑을 씻는둥마는둥 뒷간을 나섰쥬. 하이구 근디 고새에 종적이 묘연헙디다. 고 얄망시런 것이 눈칠 채구는 감쪽겉이 숨어삐린 거쥬. 천지사방 짚가리구 콩가린데 어느 구석에 처박힌 줄 알어. 죽자허구 숨은 걸 죽자허구 찾아내 국을 끓여먹을 것두 아니구. 엉덩짝두 언 판에."

영자 할머니 눈이 할기족족 영자 엄마를 흘겨봤어요.

"콩팔칠팔 두수없이 떠들어제끼긴…. 아, 귀신이믄 모를까. 산 사람이래믄 하늘루 솟았었어 땅으루 꺼졌었어. 찬찬히 찾아보지 않구설랑."

한 아줌마가 나섰어요. 며칠씩 집을 비우곤 하는 못둑네도 수상쩍다고. 삼분이를 몰래 만나고 오는 게 아니겠냐고. 맞아 맞아. 몇몇이 고개를 주억거렸어요.

"시상에나. 열 질 물속은 알어두 한 질 사람 속은 몰른다더니만…."

"마른하늘에 날벼락두 유분수지. 그르니깐 모녀가 작당해서 동네 사람덜을 감쪽겉이 쇡인 거네."

그때까지 아무 말도 않고 조용히 듣기만 하던 아줌마가 이사람 저사람 눈치를 보며 입을 열었어요.

"글쎄 눈으루 똑뙤기 보기 전에야 그르케 말헐 수두 없는 노릇이지 뭐."

"그르게나 말이에유. 헛소문 겉기두 허구유."

옆에 있던 이가 맞장구를 쳤어요.

"아앗따, 나뿐 아니구 삼분일 본 사램이 한둘이 아니라는데 헛소문은 무신."

영자 엄마가 팔을 휘저으며 눈을 희번덕거렸어요.

"애를 업구 댕기는 걸 봤대는 이두 있구. 혼자 몸뗴이루 댕기는 걸 봤대는 이두 있구. 사방팔방 안 가는 데 없는 엿장사서껀 그전부텀 쌀 사러 오는 시내 에펜네들서껀 삼분일 봤으니깐 봤다구 허겄지. 매급시 뜨신 밥 먹구 그지뿌렁 헐까."

영자 엄마 기세에 눌렸는지 다시 헛소문을 들먹이는 사람은 없었어요. 밤골네가 카랑카랑한 목소리를 낸 건 한참 만이었어요. 모두들 밤골네 입을 바라봤어요.

"반펜이라서 그러려니 아무두 그때 체머리 흔들면서 실실거리는 덕배를 눈여겨보지 않았잖우. 삼분이가 못에 빠져죽었다구 동네가 발칵 뒤집혔을 때 말이유. 체머리 흔들어댄 까닭이 있었던 거쥬."

모두들 그때를 더듬는 표정으로 고개를 끄덕거렸어요.

삼분이가 정말 살아있는 것일까.

삼분이를 떠올리면 힘들게 사람이 되는 길을 박차고 굴속에서 도망쳤다는 호랑이가 떠올랐어요.

"육시를 헐 년들 겉으니라구. 밥 처먹구 헐 일덜이 그르케두 읎나 원. 모였다허믄 쑤근쑤근. 터진 주대이루 숭악헌 소리나 지껄여쌌구…."

할머니는 삼분이 소문에 대해 성을 냈어요. 삼분이가 살아있다고 생각지 않는 것일까. 숨어사는 삼분이가 소문에 휩싸이는 게 싫은 것일까. 하긴 삼분이가 할머니까지 속일 수는 없을 것 같긴 했어요. 그런데 한편 그럴 수 있을 것도 같았어요.

사방 논밭이며 고샅에는 아직 얼어붙은 눈이 허옇게 덮여있었어요. 농사철이 아니니 어느 집이나 한가했어요. 군불 지핀 방에 모여앉아 바느질할 때가 아낙네들에겐 실컷 수다를 떨 수 있는 기회이기도 했어요. 그네들 입방아는 못둑네 험담으로 시작됐어요. 삼분 할머니 장례 치를 때 얘기로 물꼬를 텄어요. 모두들 못둑네 곡소리를 트집 잡았어요.

"시상에 살다살다 내 그런 곡소린 생전 츰으루다 들어봤네."

성질 급한 사람이 그렇게 시작하면 너도나도 입맛을 다시며 끼어들었어요.

"아닌 게 아니라 듣기가 민구시럽드라구유."

"누가 아니래유. 억지루 짜내는 곡소리란 게 모기소리만두 못허니 그
걸 어디 곡이라구 헐 수 있습디까."

"일구월심 그 노인네 명줄 끊어지기만 학수고대했을망정 마지막으루
다 저승질 가는 마당에 증말이지 너머 헙디다."

한가한 탓인지 재봉질감을 보자기에 싸들고 우리 집으로 모여드는 아
낙네들 발걸음이 부쩍 잦아졌고 거침이 없어졌어요. 사랑채에서 할아버
지 헛기침이 사라진 탓이었어요. 그네들은 조반상 치우자마자 모여들었
다가 해질녘에나 돌아갔어요. 그런 날은 할머니 점심상을 덕순이가 사
랑채로 내왔어요. 다부지게 생긴 덕순이는 덜렁덜렁 위태롭게 개다리소
반을 들고 왔어요. 덕순이는 우리 집에 올 때부터 엄마에게 찰싹 붙어서
엄마의 수족처럼 굴었어요. 할머니는 덕순이가 내려놓은 밥상을 눈으로
훑었어요.

"밥상 꼬락서니 허구는…. 생각 읎으니깐 도루 내가거라."

할머니 말이 떨어지자마자 덕순이는 덥석 밥상을 들고 나가버렸어요.
할머니는 덕순이가 나간 문을 노려보았어요.

"저런 저 급살을 맞을 년. 도통 위아래가 읎는누무 막돼먹은 집구석이
뒜야으이, 원."

안채에서는 재봉틀소리보다 깔깔거리고 숙덕거리는 소리가 더 많이
났어요. 엄마는 유성기에 황금심 판을 올려놓고 얘기소리를 숨기려했어
요. 그러나 문 가까이 다가가면 창호지 밖으로 각각의 소리가 구별되어
들렸어요.

"내 이런 말까정은 안 헐라구 했지만서두…."

말소리가 끊기더니 유성기에서 흘러나오는 노랫소리만 한참 이어졌어요. 할머니의 아라리 소리가락에 푹 젖어버린 내 귀에 '목포의 눈물'과 '삼다도 소식'은 충격적이고 매혹적이었어요. 학교에서 배우는 단순한 동요의 세계를 이미 벗어난 내게 그 매끄럽고 간드러진 유행가가락은 새 세상으로 향하는 통로이기도 했어요.

　　"하이구, 말을 끄냈으믄 마무리를 져야지유. 속 터져 죽겄네유."

　　"보채기년…. 이우제 살믄서 못 본 체허는 것두 도리가 아닌 듯 싶길래 호박죽을 쑤어설랑 들구 갔지 뭔가. 글쎄 을매나 굶었던지 눈이 십리나 들으간 노인네가 죽 그릇을 눈 깜짝헐 새 핥아먹은 듯이 해치우더라구."

　　"그르니깐 못둑네가 삼분이헌테 가 묵느라구 시엄니를 굶게서 숨통을 끊은 거네유."

　　"아유. 목소리 줌 낮춰어."

　　한동안 키득거리는 웃음소리가 이어졌어요.

　　"메칠쓱 집을 비우는 기 한두 번이 아니었던게비유."

　　"주상사는 아예 필순네 가겟방 터줏대감 노릇을 허는 모냥이던데."

　　"미제 장사 헌답시구 딸 만나러 돌아치다가 또 딴 사내 꿰찬 건가, 원."

　　"글쎄, 암만 봐두 요상시럽대니깐."

　　엄마도 한마디 거들었어요.

　　"어디 못둑네 요상헌 게 한두 가지래야 말이지."

　　삼분이를 직접 봤다는 사람이 점점 늘어났어요. 아침못에서 삼분이 고무신이 발견됐을 때보다 사람들은 더 그악스럽게 소문을 굴리고 다녔어요. 소문은 그들을 흥분으로 뭉치게 만들었어요. 그들은 삼분이 모녀가 감쪽같이 자기들을 속인 것을 괘씸해했고 자기들이 감쪽같이 속은 것을 분하게 생각했어요.

아무리 생각해도 못둑네가 그렇게 엄청난 짓을 저질렀을 것 같지는 않았어요. 어떻게 자기 딸을 밤도망을 시키고, 아침못에 빠져죽은 양 고무신과 머리채를 놓아둘 수가 있겠어요. 그리고 우리 집에 와서 대성통곡을 하다가 기절까지 할 수 있겠어요. 그뿐이 아니지요. 수많은 동네 사람들 앞에서 쪽배를 띄워 시신 찾는 일을 벌이고, 또 무당을 불러 요란하게 굿판까지 벌일 수 있겠어요. 더군다나 시신 찾던 날은 삼분이 고무신과 머리채를 끌어안고 못물에 뛰어들고 굿판 벌이던 날은 무당을 끌어안고 대성통곡까지.

어쩌다 보게 되는 못둑네는 사람들의 수군거림대로 윤기가 자르르 흐르고 입성도 화사했어요. 그런 못둑네를 볼 때마다 나는 제삿날 밤 몰래 남자와 한 덩어리로 쓰러지던 모습이 떠올랐어요. 이어 못둑네와 삼분이가 한밤중에 잘라낸 머리채와 고무신을 들고 아침못 둑을 올라갔다가 다시 내려오는 모습이 눈앞에 그려졌어요. 서로 부둥켜안고 사방을 두리번거리며 못물 가에 고무신과 머리채를 내려놓으려고 허리를 구부리는 모습까지.

어쩌면 삼분이 혼자 저지른 짓일 수도 있겠다 싶었어요.

한밤중에 숨어서 머리를 자르는 삼분이.

깜깜한 아침못으로 가는 삼분이.

고무신에 머리채를 걸쳐놓고 돌아서는 삼분이.

못물에 빠져 뱃속에서 자라고 있는 아기까지 죽여야 하는 일이 얼마나 끔찍했겠어요. 도망쳐서 아이와 함께 살아갈 수만 있다면 못할 짓이 뭐가 있겠어요.

삼분이가 도망을 쳤다면 서울로 갔을 것 같았어요.

"증와는 좋겠네. 서울 귀경두 해보구."

삼분이 목소리가 귀에 쟁쟁했어요.

방학 때 아버지와 서울에 가본 적이 몇 번 있었어요. 처음 갔을 땐 정신을 차릴 수가 없었어요. 소문대로 눈뜨고 코 베어가도 모를 만큼 복잡했어요. 빽빽이 이어진 크고 높은 건물들. 빵빵거리며 오가는 수많은 자동차들. 서로 아는 체하지 않고 스쳐가는 냉랭하면서도 말끔한 사람들. 밤에도 대낮처럼 휘황한 불빛들. 불빛 속의 희귀한 물건들. 생전 처음 호되게 놀란 내 눈과 귀는 그 어느 것도 제대로 볼 수 없었고 들을 수 없었어요. 아버지 손을 움켜쥐고 있는데도 사방의 모든 것들이 온통 위협적이어서 무서울 뿐이었어요.

세 번째 서울에 갔을 땐 눈과 귀가 조금 익숙해져있었어요. 우물 안 개구리가 우물 밖 세상 모습을 그나마 눈여겨 볼 수 있게 됐어요. 서로 모르는 수많은 사람들이 섞여서 살아가는 거대한 서울이 무섭기도 했지만 대단하고 근사한 세상으로 비쳐졌어요.

서울 속의 삼분이 모습을 떠올려봤어요. 보퉁이를 끌어안고 두리번거렸을 삼분이는 어쩔 수 없이 촌에서 올라온 티를 온몸으로 풍겨댔겠지요. 서울사람들 속에서 삼분이는 행색만으로도 하얀 쌀밥의 뉘처럼 눈에 띄었을 거예요. 무심한 서울사람들이 구경거리삼아 흘깃거리다가 예사롭지 않은 삼분이 자태에 놀라 눈을 크게 떴을 걸 상상하면 괜히 내가 우쭐해졌어요.

처음에야 혼이 나갈 만큼 어리벙벙했겠지만 차분하고 눈썰미 좋은 삼분이는 곧 서울에 익숙해졌을 거예요. 촌에서 온 어떤 사람보다도 먼저 서울 사람들을 따라잡았을 것이고 좀더 시간이 지난 다음엔 앞질러버렸을 거예요. 어디에 내놔도 빠지지 않을 빼어난 인물도 한몫 거들었겠지만 무엇보다 삼분이에겐 함부로 대할 수 없는 뭔가가 있었으니까요.

삼분이 모습을 새삼 더듬었어요. 이마부터 눈매 콧날 입매가 눈에 선했어요. 삼분이에게서는 백합의 진한 향기와 알락알락한 등딱지 속에 감쪽같이 숨긴 무당벌레의 날개가 연상됐어요. 물동이를 이고 사뿐히 걷던, 붉은 댕기 물린 머리타래를 늘어트린 삼분이. 그 삼분이에겐 분명 남들에게 없는 특별한 향기와 감춰진 날개가 있는 것 같았어요.

잠에서 깼을 때 오줌이 급했어요. 눈은 잘 떠지지 않았어요. 요강을 들여놓지 않은 방이니 오줌을 누려면 밖으로 나가야 했어요. 더듬더듬 문을 찾다가 무엇인가에 걸려 엎어졌어요. 할머니의 비명소리가 났어요. 눈이 반쯤 떠졌어요. 어찌된 영문인지 어리벙벙했어요.

안채 건넌방이 아니고 사랑채 할머니 방이었어요. 요강이 눈에 들어왔어요. 때가 낀 누리끼리한 놋요강이 무엇보다 반가웠어요. 할머니가 구시렁거리며 일어났어요. 나는 요강에 걸터앉았어요. 요란한 오줌발이 요강을 울렸어요. 할머니는 화롯불에 담뱃대를 꽂고 불을 붙이느라 뻐끔뻐끔 빨아댔어요. 달빛이 문창호지에 스며있었어요. 할머니 방에 내 물건은 아무것도 없었어요.

전날 나는 안채 건넌방으로 내 물건을 모두 옮겼어요. 그러곤 방 꾸미는 일에 매달렸어요. 책상을 닦고 책상보를 씌웠어요. 책꽂이의 책들은 종류별로 크기별로 산뜻하게 정리했어요. 책상보의 화사한 자수는 물론 삼분이 솜씨였어요. 언젠가 아버지 책방에서 본 적 있는 그 책상보를 장롱 밑에서 꺼내면서 할머니가 웅얼거렸어요.

"느 에미 눈에 띄었으면 그 즉시 아궁이에서 활활 타부렸을 게다."

까슬까슬한 새 이불호청 감촉을 느끼며 자리에 누웠어요. 깨끗한 혼자만의 방이 마냥 좋았어요. 할머니로부터의 독립이 감격스러웠어요. 밤이 깊어지도록 잠이 오지 않았어요. 어두운 방에서 창문보다 더 선명한 건 책상보였어요. 책상보가 자꾸 눈길을 끌었어요. 어느 순간 책상보가 삼분이로 느껴졌어요. 삼분이가 거기 앉아있는 것 같았어요. 섬뜩했어요. 책상보가 안 보이는 방향으로 바꿔 누웠어요. 그래도 잠이 오지 않았어요. 사랑채와 안채에서 내 방만 뚝 떨어져 나온 듯했어요. 방이 허공으로 붕 떠오르는 느낌도 들었어요.

누군가가 책상보를 벗겨내려 했어요. 머리를 산발한 여자였어요. 책꽂이의 책들이 와르르 무너지고 있었어요. 머리를 산발한 여자가 둘이 되었어요. 삼분이와 엄마였어요. 두 여자가 서로 책상보를 움켜쥐고 빼앗으려 했어요. 책이며 책상보가 마구 찢어진 속에서 두 여자가 머리채를 잡았어요.

꿈에서 깨자마자 사랑채로 내달렸어요. 그 순간엔 사랑방이 더럽다거나 이가 있다거나 그런 생각 따윈 할 겨를이 없었어요. 퀴퀴한 냄새가 밴 할머니 이불속을 파고드는 순간 온몸이 녹아내리는 느낌이 들었어요.

"햄미 드럽다구 제 물건 몽조리 싸들구설랑 다신 안 올 거처럼 안채루 내빼더니만…."

할머니 목소리가 이불 속에 배어들었어요.

그날 이후로 나는 책이며 옷 보따리를 싸들고 사랑방과 건넌방을 오가기 시작했어요. 여기 있으면 저기가, 저기 있으면 여기가 더 나아 보였어요. 수시로 마음이 바뀌는 자신이 한심하고 실망스러웠어요. 마음이 바뀔 때마다 나는 또 새롭게 결심했어요. 일기장을 펼치면 '나는 결심했다'가 여기저기 눈에 띄었어요.

결심이 무너질 때면 삼분이 생각이 났어요.

삼분이는 아침못에 빠져죽을 결심을 했다가 도망치기로 마음을 바꾼 것일까. 아니면 처음부터 도망칠 결심을 했던 것일까.

제 6 부

녹슨 세월

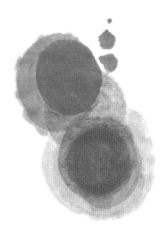

1

"서울서 난리가 터졌대믄서유?"

저녁이면 라디오 앞으로 사람들이 모여들었어요.

"난리가 우째 서울서 터진대? 빨개이덜이 밀구 내려오믄 여그가 더 가차운데."

"빨개이덜이 쳐들어온 거이 아니구 학상덜이 들구 일어났대는구먼."

"어이구 다행이네. 여기야 뭔 일 있을라구."

"글쎄 장대 겉은 청년 학상덜이 여럿 죽었대유. 그것두 총에 맞어서."

"시상에나. 대체 누가 총을 쐈다는 게야?"

"겡찰덜이 그랬대유."

"높은 디서 시켰으이 그랬겄지."

라디오 앞에 바짝 앉았던 영자 엄마가 우람한 몸통을 돌렸어요.

"인제 연속극 나오니깐 고만 입덜 다무세유."

"다물지 말래두 다물거니깐 옆댕이루 비케 앉기나 해. 몸땡이루 나지오 막지 말구."

아낙네들은 연속극에 빠져들었어요. 연속극이 시작되자 기침소리도 억눌렀어요. 갑자기 라디오에서 낄낄거리는 남자 웃음소리가 방안을 울렸어요.

"저런 쥑일 놈이 있나."

"어이구 호래이가 물어다 태를 칠 놈."

"시상에나. 천벌을 받을 놈이네."

아낙네들이 라디오를 향해 삿대질을 하며 욕을 해댔어요. 허겁지겁 들이닥친 밤골네 어깨가 푹 꺼졌어요.

"에구 연속극 벌써 시작해뿌졌네."

우리 집엔 라디오 앞에 모이는 사람뿐 아니라 김의혁 씨가 몰고 오는 양복쟁이들 발걸음도 뻔질나게 이어졌어요. 휴교령이 내려 아버지가 집에 와있기 때문이었어요. 김의혁 씨는 학교 운동회나 입학 졸업식 때 교장 선생님 옆에 앉아있을 때의 근엄한 모습과 달리 언제나 너털웃음을 웃었어요. 그는 밤늦도록 혼자 남아 안채에서 아버지와 단둘이 술상을 마주하는 일이 잦았어요. 내가 건넌방에 있을 때면 그의 우렁찬 말소리를 고스란히 들어야 했어요. 그의 입에서는 삼일오 부정선거, 이승만 부패정권, 사일구 의거가 자주 튀어나왔어요. 얘기는 거의 그가 혼자 했고 아버지는 듣는 편이었어요.

"이 사람아. 젊은 학생들이 피를 흘리고 죽어가는 이 시국이 어떻게 돌아갈 것 같은가. 자네 같은 인재가 타지에서 교사노릇이나 하고 있어서야 되겠는가. 부패정권이 얼마나 버틸 수 있을 것 같은가. 이 시점이 바로 우리가 힘을 합해야 될 때라고 생각하네. 우리 한번 뭉쳐 보세나. 응?"

아버지는 선뜻 대답을 안 했어요. 김의혁 씨의 헛기침소리와 너털웃음소리. 술잔에 술 따르는 소리. 자세를 고쳐 앉을 때 나는 부스럭 소리만 이어졌어요. 한참 만에 다시 김의혁 씨의 목소리가 문풍지를 울렸어요.

"뭘 망설이나. 쇠뿔도 단김에 빼랬다고, 이참에 당장 사표를 내게나."

동경유학을 했다는 김의혁 씨를 모르는 사람은 없었어요. 아이들에겐 콧수염 또는 나비넥타이로 통했어요. 그가 국회의원에 출마했다가 낙선한 건 세상이 썩었기 때문이라며 다음번엔 그를 꼭 국회로 보내야한다는 사람들도 많았어요.

전쟁 때 남편을 잃은 미망인들을 위한 '어머니 마을'을 조성한 사람도 그였고 시내버스를 학교 앞까지 운행하게 한 것도 그였어요. 그러나 정작 자기 집안은 돌보지 않아 처자식들은 여느 농사꾼 식구들과 차이가 없었어요.

"높은 굉부 했대는 서울 여자두 애 줄줄이 낳구 농삿일 해대니깐 벨수 읎습디다. 주제꼴이 우리네나 다를 게 읎는 걸 보니."

"글쎄, 피아논지 뭔지 사주겠다구 꼬드겨서 촌구석으루 끌어다놓구는 호미자루 쥐켜 줬대잖우."

아낙네들은 이화여전을 다녔다는 그의 부인에 대해 수군거렸어요. 학교에서는 아이들이 그의 자식들에 대해 수군거렸어요.

"쟤네가 입구 댕기는 옷은 다 즈네 아부지랑 형 오빠가 입던 헌옷으루 맨든 거래."

"진짜루 가난해서 그러는 건 아니래."

"맞아. 으른들이 그러는데 일부러 그러는 거래."

전교생이 모인 가운데 교장선생님으로부터 상장을 받았어요. 내가 써낸 글이 인정을 받은 거였어요. 박수소리가 운동장을 울렸어요. 김의혁 씨 아들딸 얼굴이 스쳤어요. 그들도 박수를 쳤을까. 7남매 중 아래로 셋이 한 학교 학생이었어요. 그 애들도 글을 써냈을까. 아무래도 제목 때문에 안 썼을 것 같았어요.

'우리 대통령'이 정해진 제목이었어요. 생일을 맞은 대통령을 경축하는 전국적인 글짓기였어요. 학교를 빛낸 큰상이라며 교장선생님이 내 머리를 쓰다듬었어요. 내 머릿속에선 '우리의 영도자'가 맴돌고 있었어요.

원고를 훑어본 선생님은 '우리의 영도자'를 덧붙여 쓰라고 했어요. 그 순간 대통령을 비판하는 아버지와 김의혁 씨 얼굴이 스쳤어요. 나는 내키지 않았지만 선생님이 시키는 대로 썼어요. 아무래도 덧붙여 쓴 그 문장 때문에 상을 받은 것만 같았어요.

2

"이건 또 뭔 소리래?"

라디오 앞에 모인 사람들이 서로 얼굴을 마주보았어요.

"학상덜 난리 치른 지 제우 일년 만에 또 무신 난리래?"

"이번엔 군인덜이 들구 일어났대."

연속극을 기다리던 아낙네들도 웅성거렸어요. 라디오에서 아나운서의 격한 목소리가 흘러나왔어요.

— 반공을 국시의 제 일의로 삼고 지금까지 구호에만 그친 반공태세를

재정비 강화한다. -

학교에서 조회시간마다 전교생이 복창하는 혁명공약이었어요.

나는 시내 중학교에 입학한 지 얼마 안 된 때라 모든 게 서먹하고 낯설었어요. 학교와 선생님들과 똑같은 교복을 입은 수많은 여학생들이 한 패거리로 뭉쳐 나를 금 밖으로 밀어내는 것만 같았어요. 그 패거리 속에서 듣는, 운동장이 흔들릴 듯한 혁명공약 복창은 위협적이었어요.

버스 통학은 차편이 뜸한 탓에 시간이 많이 걸렸고 피곤했어요. 그래도 내가 졸업한 국민학교 앞이 버스종점이어서 늘 거치는 정든 길과 정든 학교가 위안이 돼주었어요. 비포장 길을 달리는 버스 안에서 나는 혁명공약외우기에 몰입했어요. 시험을 본다니 어쩔 수 없었어요. 도대체 무슨 소린지 알 수도 없는 내용이었어요.

버스에서 내려 집으로 가는 길에서도 혁명공약을 외우지 않을 수 없었어요. 눈에 익은 초록들판을 바라볼 시간도 없었어요. 첫째, 반공을 국시의 제 일의로… 시작해서 여섯째, 이와 같은 우리의 과업이… 까지 외우기는 쉽지 않았어요. 유엔헌장, 부패와 구악, 기아선상에서 허덕이는 민생고, 민족의 숙원인 국토통일, 같은 어려운 내용이 담긴 문장을 외우느라 입술을 나불거리다보니 어느새 필순네 가겟방이 코앞이었어요.

웬일로 가겟방 앞에 동네사람들이 잔뜩 몰려있었어요. 평상 위엔 술병과 쏟아진 음식과 엎어진 양재기 냄비들이 널려있었어요. 사람들은 모두 선 채 웅성거렸어요. 뭔가 큰일이 있었던 게 분명해보였어요. 나는 누구에게도 인사를 할 수가 없었어요. 아무도 날 바라보려하지 않았어요. 중학생이나 된 게 인사성도 없단 말은 듣고 싶지 않았지만 어쩔 수가 없었어요.

가겟방에서 필순이가 빈 쟁반을 들고 나왔어요. 평상에 널브러진 것들이 우당탕거리며 쟁반에 담겼어요. 쟁반을 들여놓고 튀어나온 필순이가 내 손을 잡아끌었어요.

"너 여기서 뭔 일 있었는지 몰르지?"

눈알을 굴리며 껌을 질겅거리는 필순이를 나는 빤히 보았어요.

"그 나비네꾸다이, 구케이원 해먹을라는 사람 말이야. 느네 아부지랑 친하잖아. 근데 그 사람 괜찮을래나 몰라. 암만해두 죽었을 거 같애. 아까 까만 차에 실려 갈 때두 축 늘어져 있었거덩."

도대체 무슨 소릴 지껄이는 건지 알 수가 없었어요. 잠시 말을 멈춘 필순이는 옹골차게 껌을 씹어댔어요.

"애, 내가 비밀 지켜줄 거니깐 나한테만 말해줄래? 느네 아부지랑 친한 나비네꾸다이 진짜루 빨갱이 맞니?"

필순이가 주머니에서 뭔가를 꺼냈어요. 캐러멜 몇 개를 내 손에 쥐어주려했어요. 나는 손을 뿌리치고 필순이를 노려봤어요. 필순이는 입 꼬리를 실룩이며 더욱 요란하게 껌을 딱딱 씹었어요.

"필순아아! 이 년이 고새 어딜 간 게야. 필순아아!"

가겟방에서 필순네가 소리치지만 않았다면 우리는 아마 머리채를 잡고 싸웠을 거예요.

마실 다녀온 할머니가 혀를 차며 말했어요.

"빨개이루 몰린 사람이 우리 집을 제 집 드나들 듯 했으이…."

나는 할머니 입을 통해 김의혁 씨 얘기를 들었어요.

김의혁 씨가 가겟방에서 동네 사람들과 술을 마시며 일장 연설을 하고 있었대요. 그때 난데없이 까만 차가 들이닥쳤고 까만 가죽잠바를 입은 청년들이 우르르 차에서 내렸대요. 그들은 다짜고짜 김의혁 씨 멱살을 잡았대요. 눈 깜짝할 새 김의혁 씨가 땅바닥에 내동댕이쳐지며 가겟방 앞이 난장판이 됐대요.

빨갱이를 활개 치게 놔둘 수 없다며 그들은 축 늘어진 김의혁 씨를 차에 실었대요. 그러고는 벌벌 떨고 있는 동네사람들을 향해 엄포를 놓았대요. 빨갱이 물이 든 것들은 가만두지 않을 것이라고요.

"기함을 해설랑 맥을 못 추는 사램헌테 몰매질꺼정 해서 끌구 갔으이 안 죽구 살아나올래나 몰르지. 대명천지 벌건 대낮에…. 아모튼지 무서분 시상이여. 느 애비헌테 불똥이 안 튈래나 몰르겄다."

한숨을 쉬던 할머니는 어느새 코를 곯았어요. 나는 잠이 오지 않아 뒤척였어요. 빨갱이란 말이 귀신보다 무섭게 느껴졌어요. 김의혁 씨가 빨갱이였을 리는 없겠지만 혹시 모르는 일이잖아요. 삼분이가 확실히 살아있는지 모르는 것처럼.

첫닭 우는 소리가 고요한 밤 세상을 울렸어요. 날카롭게 솟구쳤다가 점점 가늘게 스러지는 닭 울음이 다른 때와 달리 슬프게 들렸어요. 나는 아버지까지 빨갱이로 몰릴지 모르는 무서운 생각을 그만 멈추고 싶었어요. 그래서 김의혁 씨는 빨갱이 누명을 쓴 게 확실하고 삼분이는 살아있는 게 확실하다고 단정을 지어버렸어요.

3

땔감이 나무에서 연탄으로 바뀌던 시절이었어요. 그때 난 고등학생이었어요. 우리 집에서 바뀐 건 땔감뿐이 아니었어요.

할머니는 언젠가부터 늘 소화제를 먹어야 했어요. 한때 독약이라고 날 속였던 건위정을 속곳 주머니에 넣고 다녔어요. 유독 할머니의 울화를 돋운 건 도르래바퀴 달린 연탄화덕이었어요. 연탄을 갈아야 할 시간, 집게 다루기, 구멍 맞추기 따위에 익숙해질 수 없는 할머니는 화덕에 쇠꼬챙이 고리를 걸어 끌어내고 밀어 넣을 때마다 골을 냈어요.

"구멍탄인지 지랄탄인지 악귀 붙은 시커먼 걸 집안에 끌어딜여? 불질두 션찮은 거이 거풋허믄 꺼지구. 송장 썩는 내나 풍겨대구. 화룻불이 있으야 방안에 훈짐이 돌지. 육시를 헐 년. 싫다는 데두 기어코. 내 우쩌다 이 지갱이 되얐을꼬."

기어코 할머니는 아궁이 속에서 불붙은 연탄화덕을 끌어내 연못 속에 처박아버렸어요. 물이 소용돌이치며 역한 냄새를 풍길 때 할머니는 허리를 펴고 손을 탁탁 털었어요.

연탄화덕에 맞춰 개조한 아궁이는 나뭇가지를 욱여넣고 불을 때기엔 턱없이 좁았고 불길도 잘 들지 않았어요. 그래도 할머니는 막무가내로 아궁이에 군불을 지폈어요. 비 오는 날이면 끈질기게 매운 연기만 뿜어내는 아궁이 속에 얼굴을 처박고 후 후 입 바람을 불어대느라고 할머니는 궁둥이를 곧추세웠어요. 그러고 나면 팽 콧물을 날려버리며 치맛자락으로 눈물을 훔쳤어요. 흐트러진 허연 머리카락과 얼룩덜룩해진 할머니 얼굴은 처참해보였어요.

집에 일꾼은 한 명도 남지 않았어요. 일꾼들이 기거하던 행랑채엔 아버지 손님들만 우글거렸어요. 한 달이고 두 달이고 눌러있는 사람도 있었어요. 그들은 모여 앉기만 하면 군사독재정권을 안주와 함께 씹어가며 핏대를 올렸어요.

행랑채를 들락거리는 그들에게선 쇠 냄새 같은 강렬하면서 음험한 기운이 느껴졌어요. 나는 딴 세상에서 온 듯한 그들과 맞닥뜨리는 게 거북했어요. 그들보다 아버지와 맞닥뜨리는 게 더 거북했어요. 나는 아버지와 마주치기 전에 내가 먼저 피하곤 했어요.

수업시간에 불온한 발언을 했다는 이유로 교사직에서 쫓겨난 아버지는 김의혁 씨를 닮아갔어요. 아버지의 눈빛에선 전에 볼 수 없던 광채가 번득였어요. 집안일에는 작은 관심조차 보이지 않았어요. 뜰 안의 나무는 제멋대로 가지를 뻗었어요. 녹슨 전지가위는 창고 구석에서 나뒹굴었어요.

녹이 슨 건 전지가위뿐이 아니었어요. 가족들 말에도 녹이 슬어 어쩌다 내뱉는 말소리는 뻑뻑하고 거칠었어요. 우리는 철저히 서로서로 눈을 마주치지 않았어요. 각각 서로에게 그림자일 뿐이었어요.

나는 누구의 눈에도 띄고 싶지 않았어요.

부엌에 아무도 없을 줄 알았어요. 문을 열고 들어섰을 때 시큼한 술 냄새와 부딪쳤어요. 부뚜막에 엄마가 걸터앉아 있었어요. 막걸리가 담긴 사발을 들어올리던 엄마와 눈이 마주친 건 찰나였어요. 나는 냉큼 등을 돌리고 동이의 물을 표주박으로 떠서 일부러 천천히 마셨어요. 내 목구멍으로 물 넘어가는 소리와 엄마 목구멍으로 막걸리 넘어가는 소리가 적막한 부엌을 울렸어요.

덕순이를 내보낸 후부터 엄마는 부엌에 있는 시간이 많아졌어요. 며칠씩 집을 비운 아버지는 아무 때나 손님들을 몰고 들이닥쳤어요. 엄마는 그때마다 술상과 밥상을 차려냈어요. 험악한 표정으로 푸념을 뱉어내다가도 손님들 앞에 상을 들고 갈 땐 그래도 잠깐 얼굴을 폈어요.

할머니는 밥만 먹으면 땔감을 구하려고 산비탈을 올랐어요. 조각조각 기운 커다란 보자기로 묶은 덩그런 나뭇짐은 할머니 몸을 짓눌렀어요. 지팡이에 의지해 허청허청 발걸음을 옮기는 할머니 등에서 나뭇짐은 움찔움찔 춤을 추었어요. 그 큰 짐을 짊어지고 해질녘 대문을 들어설 때의 할머니는 비렁뱅이와 흡사한 몰골이었어요. 할머니는 점점 남루해졌어요. 언젠가부터 동네 사람들이 심지어 애들까지 할머니를 하찮게 대했어요.

할머니는 더 이상 지주 댁 마님이 아니었어요. 소작농이던 그들이 누에를 치고 벌을 치며 슬금슬금 땅 주인이 돼 있었어요. 담배를 물고 있는 할머니 입에서는 아라리가락 대신 푸념이 쏟아져 나왔어요. 푸념이라기보다 저주라고 해야겠지요.

천지가 개벽을 허구두 남을 일.

마른하늘에 날벼락두 유분수지.

내 재산 새나가는 꼴을 번히 눈뜨구 당헐 줄이야 .

영감인지 땡감인지는 왜 날 안 데려가.

이 꼴 저 꼴 뵈기 싫다는데 왜 안 데려가.

내 손으루 양잿물을 마시던가 목을 매달던가.

내 죽어 원귀가 돼설랑 느 연놈을 가만 둘성 싶으냐.

두구 봐라 내 설움 몇 갑절루 갚구 말 테니.

할머니만 저주를 입에 달고 있는 게 아니었어요. 엄마도 마찬가지였어요. 할머니의 긴 사설에 비해 엄마의 저주는 짧고 강했어요.

저 웬수 같은 할망구는 왜 안 꺼꾸러져!

사랑채에 있어도 안채에 있어도 답답했어요. 눈에 띄는 물건들은 모두 집어던지거나 발로 차고 싶은 충동을 불러일으켰어요. 무언가를 집어던지고 걷어찰 때면 먼저 내 입에서 '씨팔'이 튀어나왔어요. 나는 엄마가 퍼 담은 밥사발을 집어던졌고 방구석에 있는 할머니 요강도 걷어 찼어요. 나는 엄마에겐 '염병을 허다 꺼꾸러 뒈질 년'이었고 할머니에겐 '천벌을 골백번 받아두 션찮을 년'이었어요.

한밤중이면 잠든 식구들은 숨만 쉴 뿐 죽은 거나 다름없었어요. 문창호지로 스며드는 엷은 빛에 드러나는, 자신이 누군지도 모르는 잠든 얼굴들을 들여다보는 일이 지속됐어요. 혼자만 깨어있는 그 시간에만 나는 온순해질 수 있었어요.

새마을 운동이 한창이던 때였어요. 어디서나 '잘 살아보세' 노래가 스피커를 울렸어요. 잘 살기 위해선 우선 초가지붕을 없애고 마을길을 넓혀야하는 것이었나 봐요. 집집마다 빨강 파랑 슬레이트지붕으로 바뀌었어요. 서낭당 당산나무는 길을 넓히는데 방해가 되므로 댕강 잘려버렸어요.

끝까지 나무를 베어서는 안 된다는 사람은 아버지 한사람뿐이었어요. 처음엔 서낭신이 노할까 두려워하던 이들도 공짜 슬레이트지붕 밑에 살기 시작하면서 마음이 바뀌었어요. 잘 살게 해준다는 데 눈이 뒤집힌 사람들에게 당산나무는 이제 거추장스런 늙은 소나무일 뿐이었어요. 오랜 세월 잘 살게 해주지도 않는 나무에 제를 올리며 빌었던 일이 어리석게 느껴졌던 걸까요. 사람들은 쓰러진 나무에 걸터앉아 와자지껄 막걸리를 마시며 공짜 시멘트 배급을 기다리고 있었어요.

"그저 남들 허는대루 허면 될 걸 중뿔나게 왜 뭐든지 반댈 허구 나서, 나서길."

아버지에 대한 엄마의 말투는 곱지 않았어요.

"뭔 눔에 전통문화가 어쨌다구? 흥! 유식헌 티를 내봤자지. 누가 알어주기나 헌다구. 땅 판 돈 뿌려가믄서 남들이 손꾸락질허는 일만 벌이며 돌아치는 주제에 큰일은커녕 깡통 차구 비럭질 안 험 다행이지."

쓰러진 당산나무에게서는 하늘을 향해 우뚝 서있을 때의 신령스러움이 느껴지지 않았어요. 내 눈에도 그저 늙은 소나무일 뿐이었어요. 그동안 저 나무에게 얼마나 많은 소원을 빌고 얼마니 많은 잘못을 뉘우쳤던가. 내 발걸음은 사람들을 피해 무지골 쪽으로 향했어요. 물레방앗간도 보이지 않았어요. 휘파람소리를 따라 삼분이가 달려갔던, 물레방앗간이 있던 자리엔 시멘트 포대와 자갈과 모래가 쌓여있을 뿐이었어요.

제 7 부

옛집의 풍경소리

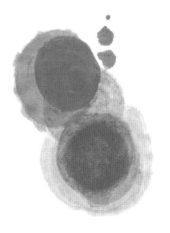

1

70년이 다 된 집. 아버지의 장례를 치르고 홀로 일 년여를 살던 엄마마저 세상을 떠난 후 비어있는 집. 오랜만에 들른 낡은 집 둘레엔 온갖 풀들이 지천이었어요. 그것들은 제 맘대로 완강하게 뿌리를 뻗치고 자기들 세상을 장악하고 있었어요. 그악스럽게 무성한 잡초를 뽑을 엄두가 나지 않았어요. 몇 해 동안 어쩌다 들를 때마다 다음에 하겠다는 다짐만 되풀이 하고 그냥 돌아간 결과였어요.

돌볼 수도 없는 집을 어찌해야 할지 막막했어요. 혼자 사는 내겐 의논할 상대도 없었어요. 몇 번이나 정우 생각을 했지만 소용없는 일이었어요. 서른도 안 된 나이에 미국으로 이민 간 정우가 다시 돌아와 살 리도 없었어요. 그렇다고 평생 춤만 추며 살아온 내가 텃밭을 일구고 큰 집까지 돌보며 살 자신이 없었어요. 나는 70살이 돼 가는데도 문화센터에서 아직 한국무용을 가르치고 있는 형편이니까요.

아무래도 집을 팔아야 할 것 같았어요. 팔면 우리 가족들 혼이 배어있는 집은 당장 헐리고 말겠지요. 요즘 세상에 이렇게 낡고 불편한 한옥에서 살기를 원하는 사람이 누가 있겠어요. 집이 내게 이다지도 짐이 될 줄은 상상도 못한 일이었어요.

무성한 잡초와 나른한 봄빛 속의 퇴락한 집 처마에서 풍경소리가 적막을 흔들었어요. 대청마루 문을 열자 먼저 대들보가 눈에 들어왔어요. 오랜 세월 지붕을 떠받치고 있는 대들보 아래로 끌리듯 다가섰어요. 그 옛날 아버지가 붓으로 쓴 변함없는 먹물 글자들이 나를 마주 보았어요. 대들보와 서까래 사이 거미줄에서도 거미가 나를 내려다보았어요. 안방 완자창사분합 미닫이가 드르륵 열리고 백발의 부모가 얼굴을 내밀 것만 같았어요.

나는 마루 끝에 걸터앉아 망연히 잡초가 자라난 마당에 시선을 던져 놓고 있었어요. 간헐적인 풍경소리가 몽환적으로 들렸어요. 어릴 적부터 들었던 소리. 그 귀에 익은 소리가 내게 시간의 조홧속에 갇혀있음을 일깨워주었어요. 무한한 시간 속에 얼마간을 살다 사라져간 목숨들. 한때 젊었다가 점점 늙어 제대로 보지도 듣지도 먹지도 못하다 차례로 떠나간, 이 집에 살던 사람들. 그들의 영혼은 죽어서도 이 집을 떠나지 않았을 것 같았어요.

장자의 나비 꿈에 생각이 머물러 있는 중이었어요.

대문가에서 사람 기척이 들려왔어요. 나는 꿈에서 막 깨어난 듯 몽롱했어요.

"저…. 집 구경을 좀 할 수 없겠는지요?"

집구경이라니…. 뜬금없는 소리에 대뜸 귀찮은 생각이 들었어요. 대문을 열어놓은 채 있었던 걸 후회하며 몸을 일으켰어요. 나는 무심히 대문가에 서있는 사람을 향해 다가갔어요. 나보다 10년쯤 아래일 것 같은 초로의 남자. 배낭을 멘 여행객 차림의 남자를 가까이 보는 순간 숨이 멈췄어요. 처음 보는 그 남자 얼굴에 대뜸 겹쳐지는 얼굴이 있었어요. 그 겹쳐진 얼굴이 수십 년 전의 풍경을 만화경처럼 펼쳐냈어요.

남자 얼굴은 또 다른 얼굴과 겹쳐지고 있었어요. 뒷골에서 띵 소리가 났어요. 눈앞이 하얘지며 정신이 아찔했어요.

집요한 내 시선 탓이었을까. 남자의 동공이 떨렸어요. 묘한 긴장감이 남자와 나를 묶어버렸어요. 진공상태 같은 답답함이 가슴을 조였어요.

"…집…구경을…좀…."

처음과 달리 남자의 목소리는 어눌했어요. 나는 그제야 길게 숨을 내뱉었어요. 그러나 입이 열리지 않았어요. 나는 아무런 대꾸도 못한 채 떠밀리듯 비켜섰어요. 대문을 들어선 그가 멈춰 섰어요. 마당을 앞에 두고 용마루를 올려다본 그는 눈을 감고 묵념하는 자세로 한참을 있었어요. 그러고 나서야 그는 조심스런 발걸음으로 집을 둘러보기 시작했어요.

나는 그가 뒤란을 돌아오는 동안 마루에 걸터앉았다가 댓돌에 걸터앉았다가 마당을 서성거렸어요.

그래. 세상엔 닮은 사람도 많아. 내가 엉뚱한 상상을 한 거야.

뒤란을 돌아온 그가 손수건으로 이마의 땀을 훔치며 댓돌에 걸터앉았어요.

"아침못에 여러 번 왔었어요. 그때마다 일부러 이 집 앞을 지나갔어요. 이런 한옥을 이 지역에선 보지 못했거든요. 늘 대문이 잠겨있더군요. 사람이 살지 않는 빈집이란 걸 알 수 있었어요."

남자가 집에 대해 계속 말을 이어갔지만 귀에 들어오지 않았어요. 남자와 겹쳐지는 얼굴에서 나는 헤어나지 못하고 있었어요.

우리는 댓돌에 나란히 앉은 채로 집을 팔고 샀어요. 형식적인 절차만 거치면 끝이었어요. 남자 쪽에서 너무 집값을 높게 잡았으므로 오히려 내 쪽에서 낮추는 이상한 흥정을 해야 했어요.

"이 집을 있는 그대로 고스란히 보존하고 살 겁니다. 어머니 뜻이기도 하구요."

어머니….

내 속에서 신음소리가 울렸어요. 나는 아래윗니를 꽉 물었어요.

그는 대들보며 서까래를 그윽이 바라보고 있었어요. 그러고 나서 먼지 앉은 마룻바닥의 나뭇결을 손으로 어루만졌어요.

2

집을 팔고나자 그 집에 얽힌 기억들이 굴속을 빠져나오는 개미떼처럼 끝없이 이어졌어요. 잠들면 그 집 꿈을 꾸었고 잠 깨면 꿈속을 더듬고 있었어요. 닳아버린 몽당 부지깽이에게도 혼이 있다던 할머니 말이 귀에 쟁쟁했어요. 아무래도 그 집에 깃들어있는 할머니가 섬기던 귀신들이 내게 할말이 많은 것 같았어요.

대문은 양쪽으로 활짝 열려있었어요. 무심코 집안으로 들어가려던 나는 멈칫했어요. 이젠 내 집이 아님을 새롭게 깨달으며 뒷걸음질쳤어요. 담 밖을 어정거리며 용마루 아래 수키와와 암키와가 정교하게 얽힌 지붕을 눈으로 핥았어요. 그 동안 단 한번도 그런 시선으로 지붕을 오래 바라본 적은 없었어요.

　나는 발길을 돌리지 못하고 대문 안을 기웃거렸어요. 그러다가 한 발한 발 빨려들 듯 안으로 들어서고 있었어요. 연못 뒤 정자 주변에 집주인 남자가 보였어요. 그는 곡괭이로 땅을 고르게 펴고 있는 듯했어요. 나는 그가 안 보이는 안채 마당으로 들어섰어요. 잡초가 어지럽던 뜰은 훤하고 산뜻하게 변해있었어요. 처마며 기둥들도 활기가 넘쳐보였어요. 나는 되돌아나왔다가 다시 들어가길 되풀이했어요.

　돌아오는 내내 의문에 사로잡혔어요. 정말 주인 남자 눈에 띄지 않던 것일까. 혹여 집안 어딘가에서 그의 어머니가 나를 지켜보고 있던 것은 아니었을까. 여러 차례나 무엇에 씌운 듯 마당 가운데 서있었고 댓돌에 올라서서 문설주를 짚고 있기도 했는데….

　비 때문이었어요.
　비가 나를 밖으로 불러냈어요.
　저녁 무렵 비가 내렸어요. 봄날 저녁 내리는 비가 뭐 그리 대수로울까만 어쩐지 유별나게 느껴졌어요. 주요한의 빗소리를 떠올린 탓이었을까. 빗소리를 들으며 한동안 시를 음미했어요. 내게 비는 소리보다 냄새 이미지가 더 강했어요. 예전에 들판에서 비를 맞으며 강렬하게 풍기던 흙냄새와 풀냄새를 숱하게 맡았던 기억 때문인지도 모르겠어요. 비가 내리면 세상의 모든 존재들이 자신의 정체를 냄새로 증명하려는 것 같았어요. 기억이나 그리움 같은 실체가 없는 것까지도.

　팔아버린 집이 눈앞을 가로막았어요. 비안개 속에서 기억의 냄새와 함께. 그 집 아궁이가 붉게 넘실대며 청솔가지 타는 냄새를 풍겼어요. 그리고 불꽃이 잦아들며 감자 익는 냄새를 풍겼어요.

추적추적 진양조장단으로 처연하게 내리던 비가 문득 휘몰이장단으로 내리꽂히다가 숨을 고르는 듯 잠잠해졌어요. 우산 밖으로 내민 손바닥에 천천히 고이는 빗물을 보며 조용한 빗소리에 빨려들고 있었어요. 빗소리 속에서 아라리가락이, 할머니의 그 늘어지다가 꺾이다가 떨어대며 끊어질듯 가늘어지다가는 다시 살아나는 아라리가락이 들렸어요. 아라리가락은 단조로운 이방연속무늬를, 졸음으로 몰고 가던 그 하염없는 무늬를 토해내며 이어지고 있었어요.

집이 가슴을 헤집었어요.

나는 그곳으로 내달리려는 충동을 꾹 눌렀어요. 온 세상이 축축하게 젖은 날 거기 가면 주인 남자와 그 어머니 앞에서 오열하고 말 것 같았어요. 오열하는 것으로 끝내지 않고 엉뚱한 짓을 벌일지도 모르는 일이었어요.

우산에서 떨어지는 빗소리가 지시랑 물 떨어지는 소리로 들렸어요. 순간 거리의 풍경이 뿌옇게 탈색되며 아침못 동네의 예전 풍경이 펼쳐졌어요.

춤사위처럼 두 팔을 벌렸다가 모으며 치성을 드리는 할머니. 물동이를 머리에 이고 걷는 삼분이. 못둑을 어정거리는 덕배. 필순네 가겟방 평상. 개구리들이 뒤엉키며 폴짝거리던 도랑…. 그런 장면들이 눈앞을 스쳐갔어요. 그리고 영자네 초가지붕과 마구간과 댓돌이 눈앞으로 다가왔어요. 빗물 머금은 초가지붕 냄새와 마구간의 여물냄새와 댓돌의 흙냄새가 훅 끼치는 것 같았어요. 가슴이 저릿저릿 옥죄어서 걷기도 힘들었어요.

저린 가슴을 달래야 했어요.

빈대떡냄새 막걸리냄새 풍기는 주막을 향해 발걸음을 옮겼어요. 술 한 잔이, 아니 내 얘길 들어줄 누군가가 절실했어요. 아는 얼굴들을 떠올려봤어요. 얘기를 들어줄 만한 얼굴들은 나타났다가 이내 지워졌어요. 굴뚝에서 솟구치는 연기기둥처럼 시원하게 뿜어지고 싶은 내 얘기는 목구멍 안에 갇힌 채 소용돌이만 쳐댔어요.

아무도 내 얘기에 귀를 기울여줄 것 같지 않았어요. 필요한 정보도 아니고 자극적인 흥미를 끄는 유머도 아니고 그렇다고 현재와 맥이 닿지도 않는 케케묵은 얘기를 누가….

단숨에 술잔을 비웠어요. 콸콸콸콸 다시 빈 잔을 채웠어요. 빈틈없이 낙서로 어지러운 벽이 내 상대가 돼주었어요. 각기 글씨체가 다른 숱한 낙서문장들이 문득 사람으로 느껴졌어요. 목으로 막걸리를 넘기면서도 벽에 씌어진 문장들과 눈을 맞췄어요. '젊어 고생은 사서 한다' 가 굵게 사선으로 버티고 있는 옆에 '안 사요' 는 앙큼하게 '너나 사' 는 묵직하게 자리 잡고 있었어요. 채워진 잔이 비워지고 또 채워지고 또 비워졌어요. 이백의 시 구절이 시선을 끌었어요.

三杯通大道 一斗合自然.

이백의 합 자연은 어떤 경지였을까. 자연의 개체들마다 혼령이 깃들어 있다고 믿고 살았던, 자연을 고맙게 여겨 섬기면서도 두려워했던 할머니 생은 합 자연의 삶이었을까.

마시고 또 마신 술은 나를 합 자연 경지로 이끌기는커녕 흥분시켜버렸어요. 나는 벽의 낙서들을 향해 중얼거리기 시작했어요.

"아침못이 있는 동네. 내가 태어나 자란 동네. 얼마 전까지 우리 집이 있던 동네. 난 이제 거길 갈 수 없어. 가면 울 수밖에 없으니까."

사람들이 흘깃거리는 모습이 비현실적으로 느껴졌어요.

"내가 열 살 때였어. 열아홉 살의 삼분이가 아침못에 빠져죽었어. 애를 배고 있었대. 정혼한 종덕이 씨가 아니었다는군. 아침못에서 삼분이 시신은 끝내 찾지 못했어. 진혼굿을 크게 벌였지. 그런 굿 구경은 난생 처음이었어. 그런데 삼년 후에 삼분이가 살아있다는 소문이 돌기 시작했어. 그리고…세월이 흘렀어."

픽픽 웃음이 새나왔어요. 사람들 얼굴이 한꺼번에 내게로 향했어요.

"참 이상한 일도 다 있지. 세상은 할머니 말대로 조홧속이야. 우리 집을 산 남자 얼굴이 글쎄…. 핏줄은 어쩔 수 없나 봐."

나는 체머리 흔들듯 고개를 저었어요. 고개를 저으며 히죽히죽 웃기 시작했어요. 반편이 덕배가 내 속에 들어온 느낌이었어요.

그 집을 에둘러 아침못으로 갔어요.

못 둑에서 멀리 그 집을 바라보았어요. 동네에서 그 집만 예전 모습을 그대로 간직하고 있었어요. 사방팔방 찻길이 뚫리고 현대식 주택들이 차지한 틈에서 어디에 도랑이 있었는지 어디에 영자네 초가집과 삼분네 초가집이 있었는지 짚을 수가 없었어요.

몸을 돌려 못물을 향해 앉았어요. 예전이나 다름없이 숨결 같은 물무늬를 일으키는 못물. 세월을 되작여온 못물이 시간을 잊게 했어요. 물무늬에 시선을 던진 채 나는 예전의 할머니처럼 미동도 않고 앉아있었어요. 끊임없이 생겨나고 사라지는 물무늬의 연속. 그 연속성이 내 의식을 증발시키는 듯했어요. 나는 묘한 환각에 빠져들어 갔어요. 내가 물무늬 속에 잠겨 녹아버리고 있었어요.

"전설에서도 암시했듯 아침못은 자연발생적으로 생긴 거란다"

아버지 목소리가 귓가에 매달렸어요. 퍼뜩 정신이 들었어요. 몸이 굳었는지 자리에서 일어나기가 수월치 않았어요.

"낮은 데로 흐르는 물의 속성상 골짜기로 몰린 물이 산사태에 의해 막힌 거란다. 그러니까 못 둑은 오래 전엔 야트막한 산이었어. 못물에 허리를 담그고 있는 맞은편 산줄기와 나란히 뻗은."

아버지는 내가 태어나기 전의 아침못 풍경을 가끔 얘기하곤 했어요. 언제나 처음 하는 얘기처럼. 그 얘기만 꺼내면 저절로 얼굴이 찌푸려지는데도 아버지는 눈치 채지 못했어요.

"하얀 학들이 점점이 박힌 산 능선과 그 능선에 둘러싸인 못물을 상상해 봐라."

아버지가 눈을 가늘게 뜨고 말할 때마다 나는 내가 보았던 내게만 생생한 장면을 떠올렸어요. 두 팔을 허우적이며 못물을 향해 제를 올리던 할머니와 삼분이 시신을 건지기 위해 못물을 휘젓고 다니던 쪽배를.

김소월 시집을 삼분이에게 주었던 아버지.

삼분이가 수놓은 손수건을 지니고 있던 아버지.

그 아버지가 세월에 부대끼며 변해가던 모습들이 물무늬 위에 일렁거렸어요. 어딘가 알 수 없는 곳으로 끌려갔다가 풀려난 후 실어증 환자처럼 늙어가던 모습까지.

3

아침못을 다녀온 며칠 후였어요. 물속에 가라앉은 듯 세상이 아득할 때 정우 전화를 받았어요.

"나야…. 정우."

나는 누웠던 몸을 벌떡 일으켰어요. 그동안 서로 소식 없이 살았는데. 왜 뜬금없이 전화를 했을까. 미국은 지금 늦은 밤일 텐데. 집을 팔았다는 소식이라도 들은 건가.

"며칠 전에 나왔는데…내일 떠나. 아파트 근처에 와있어. 점심이나 함께 할까 하는데…."

미국이 아니라 내 아파트 근처에 와있단다. 느닷없이 불쑥 나타나다니. 심사가 뒤틀리는 가운데 석 장의 사진 같은 정우 모습이 머릿속에 펼쳐졌어요. 이런 나라에선 못 살겠다며 짐을 꾸리던 혈기 방자한 젊은 모습. 아버지의 관 앞에서 희끗희끗한 머리를 쓸어 넘기며 꼿꼿이 서있던 모습. 엄마의 관 앞에서 오열하며 무너지던 아이 같은 모습.

젊은 한때 나도 혈기 방자했던, 아니 치기 방자했던 적이 있었어요.

언제 어디서 누구에게나, 불심검문하는 경찰관에게까지 긴 생머리를 거칠게 쓸어 넘기며 쌈닭처럼 돌격했던 순간순간들. 지워지지 않는 오물처럼 기억 속에 찍혀있는 수많은 장면들. 수십 년 동안 연속적으로 꿈속에서 재생되었던….

빨갱이로 의심받는 아버지의 딸로 취업은 물론 혼사 길마저 막힌 울분이 나를 쌈닭으로 내몰았던 것일까.

그래도 춤을 출 때만은 심신이 안정적인 좌우 세를 유지했어요. 춤을 추면 가슴속 아우성이 신기하게 잦아들었어요. 핏줄 하나하나 뼈 마디마디를 아우르는 춤 결이 나를 환상의 극락정토로 이끌어가는 듯했어요.

나는 대학 때까지 익힌 한국무용을 발판으로 학원을 열어 홀로 생계를 꾸리며 살아왔어요. 내 춤의 모태는 할머니와 삼분이었어요. 그들의 아라리가락과 바느질 곡선에 배인 율동이 속속들이 내게 스며들었던 것이지요.

비가 내리는 탓인가 거리는 초여름답지 않게 선득했어요. 우산을 쓰고 아파트 정문 앞에 서있는 정우를 보는 순간, 집을 산 남자 모습이 겹쳐졌어요. 남자와 겹쳐지는 여러 얼굴들…. 머릿속이 복잡해졌어요. 집을 팔아야했던 심정. 집주인이 된 남자와의 만남. 그런 걸 정우에게 어떻게 설명해야하나.

우리는 택시를 타고 시 외곽으로 향했어요. 허름한 민물매운탕 간판이 눈에 들어왔어요. 간판보다 간판을 이마에 붙이고 있는 낡고 초라한 집이 눈길을 끌었어요.

"저 집. 저 매운탕 집 어떨까? 비도 오는데."

차창으로 간판을 바라보던 정우도 선뜻 고개를 끄덕였어요. 우리는 택시에서 내렸어요.

"난 누나가 이런 초라한 집 싫어할 줄 알았는데…."

정우 입에서 나온 '누나'가 생경했어요. 날 누나라고 부른 적이 있었던가 싶었어요. 자랄 땐 욕을 해대며 늘 싸우기만 했고 성장한 후엔 서로 피했고 그리곤 정우가 대학을 마치자마자 이민 갔으니 우리는 서로를 부를 기회조차 없었어요.

예전엔 초가지붕이었을 것 같은 야트막한 집 앞 플라스틱 화분들 속에는 고추 상추 쑥갓과 뒤섞여 채송화 분꽃들이 비를 맞으며 생기를 뿜어내고 있었어요. 입구와 맞닿은 부엌에서 노년의 두 여자가 고개를 빼고 우리를 내다보았어요. 그 정도가 그 집의 손님맞이 방식인 듯했어요.

손님은 우리 외에 두 남자가 있을 뿐이었어요. 정우와 마주 앉자 무슨 말을 해야 할지 입이 떨어지지 않았어요. 시선도 불편했어요. 얼굴을 젖히고 형광등뿐인 천정을 훑어봤어요. 네 귀퉁이가 반듯하지도 않은 낮은 천정은 메주가 주렁주렁 매달려있는 듯한 착각을 불러일으켰어요. 삼분네 집 안방 천정에 매달려있던 짚에 묶인 메주덩이들이 눈앞에 보이는 듯했어요.

"삼분이라고 기억나니?"

생각지도 않게 튀어나온 말에 나는 당황했어요. 물끄러미 나를 건너다보던 정우가 상체를 뒤로 뺐어요.

"삼분이…. 아, 우리 집에서 일하던…. 아침못에 빠져죽었다고 했는데 나중에 살아있단 소문이 돌았잖아."

마침 상 위에 메기매운탕 냄비와 반찬그릇들이 놓이고 있었어요. 우리의 불편했던 시선은 반찬을 나열하는 여자의 손에 고정됐어요. 우리와 비슷한 연배일 듯한 여자의 손놀림은 지극히 차분했어요.

"아, 사장님. 쐬주도 한 병 주시겠어요?"

정우 목소리는 필요 이상 높았어요.

"아예 두세 병 가져오세요."

술병과 잔을 쟁반에 받쳐 들고 온 다른 여자는 나이가 좀더 들어보였어요. 정우는 재빠르게 술을 따랐어요. 말이 없는 가운데 술 두 병이 거의 정우 입으로 들어갔어요.

"누으나. 머잖아 이 낡은 집두 말이야. 흔적 없이 사라질 거 같은데. 안 그래? 누나? 어엉?"

혀가 꼬인 소리였어요. 어쩌면 일부러 그런 소리를 내는 것도 같았어요. 어쨌거나 침묵보다는 나았어요.

"사라지지 않을 거야."

나는 괜히 어깃장을 놓고 싶었어요.

"그런 예감이 들어."

"우리 집도 그런 예감이 들어서 팔았다며?"

짧은 순간 우리의 눈이 마주쳤어요. 그랬구나. 알고 있었구나. 그 동네에 눌러 살고 있는 정우의 옛 친구 얼굴이 떠올랐어요.

"아니. 미안, 미안. 우리 집이 아니라 누나 집이었지 뭐. 오해는 하지 마. 난 그냥…."

정우는 상체를 곧추세우며 숨을 크게 들이쉬었다가 토해냈어요.

"그냥 그 집이 그리워서…. 그 전엔 안 그랬는데…. 모르겠어. 자꾸 옛날 생각이 나고. 그 집 생각이 나고. 누나 생각도…."

누군가를 통해 내가 집을 판 소식을 세세히 알고 있었던 듯했어요.

"미안하다. 너와 한마디 상의 없이…."

내 목소리는 다듬어지지 않아 퉁명스러웠어요.

"아냐. 그런 뜻이 아냐. 정말이야. 오해하지 말라니까. 그냥 그 집이랑 누나가 보고 싶었을 뿐이야."

정우는 손사래를 치는 시늉으로 눈에 고이는 눈물을 감추려했어요. 우리가 이젠 늙었구나 싶었어요. 정우가 무슨 말을 하든 그런 건 아무래도 좋았어요. 정우와 내가 오랜 시간 마주앉아 있을 수 있다는 게 그저 신기할 따름이었어요. 우리가 예전엔 참 많이도 싸웠다는 정우의 너스레를 들으며 나는 거푸 소주 두 잔을 마셨어요.

"어쨌든 이 집도 우리 집처럼 사라지지 않을 거야."

나는 엉뚱한 상상을 머릿속으로 굴리고 있었어요. 그렇게라도 어색한 자리를 희석시켜야 할 것 같았어요. 정우가 빙긋 웃었어요.

"누나 꼭 점쟁이 같다. 돗자리 깔고 나앉아도 되겠어."

"저 두 여자가 이 집을 죽을 때까지 지키고 살 테니까."

나는 진짜 점쟁이처럼 단호하게 말했어요. 엉뚱한 상상은 이미 얼개가 짜였어요.

"누나 특이한 건 예전이나 다름없네."

정우가 내 잔에 술을 따르며 말했어요.

"특이한 건 나보다 이 집의 두 여자야."

나는 조용히 미끄러지듯 움직이는 두 여자를 눈여겨보았어요. 좀 더 늙은 여자나 덜 늙은 여자나 요즘 사람과는 다르게 예스러웠어요. 서로 말을 나누지 않으면서 손발이 척척 맞는 것도 신기했어요. 두 사람의 거동은 요란스럽지 않게 민첩했어요.

정우와 나는 종종 만났던 사이처럼 자연스럽게 술잔을 주고받았어요. 그렇게 단둘이 마주앉아 오랜 시간 얘기를 나누긴 생전 처음이었어요. 매운탕 집과 두 여자가 풍기는 예스러운 분위기와 비 내리는 풍경이 우리를 그렇게 이끌어간 것 같았어요.

"정우야. 저 두 여자 있잖니. 어떤 관계 같니?"

정우는 술잔을 든 채 나를 바라보기만 했어요.

"맞혀 봐. 재밌잖아."

"참 신기하다. 누나 목소리가 엄마 목소리랑 어떻게 그렇게 같을 수 있을까."

정우는 내게서 엄마의 흔적이라도 더듬고 싶은 모양이었어요.

"근데 지금 뭐라 그랬지? 뭘 물어본 것 같았는데…."

"이 집 두 여자 말이야. 어떤 사이 같으냐고."

"글쎄, 둘이 어떤 사인지 물어보기 전에야 어찌 알겠어. 물어볼까? 어떤 사이냐고."

"아냐. 물어보지 마."

"이제 보니 누나가 전부터 알고 있는 사람들인가 보군. 이 집으로 오자고 한 것두 그렇구."

"그런 건 아냐. 처음 보는 사람들이야."

"그래? 역시 여자는 같은 여자만이 꿰뚫어 볼 수 있나 봐."

"그래. 난 척 보니까 저절로 감이 오더라. 두 여자를 보고 이 집이 곧 사라지지 않을 거란 생각을 굳혔거든. 두 여자 똑같이 이 집에 얽힌 추억에서 벗어날 수 없기 때문이지."

"난 말이야. 지금 이 집에 감사해 하고 있는 중이야. 나갈 때 팁이라도 두둑이 줘야할까 봐."

"저들은 이 집에서 한 남자를 섬긴 인연으로 함께 사는 거야."

"와아! 오늘 술맛난다. 이 집에 오길 잘했어."

"공동의 남편이 살아있을 땐 두 여자가 지금처럼 고요한 표정은 아니었을 거야."

우리는 각자 자기 입에서 나오는 대로 지껄이고 있었어요.

나는 두 여자에게서 할머니와 친할머니 관계를 연상했어요. 할머니는 바느질 할 때 혼자이면서 혼자가 아닌 듯 했어요. 누군가를 의식하고 소리를 뽑아내는 것 같았거든요. 시앗과 함께했던 세월을 평생 잘라낼 수는 없었겠지요. 한 서린 세월을 꿰매고 또 꿰매며 소리가락으로 녹여내려 했던 것은 아닐까.

"늙으면 본처와 첩의 관계가 저렇게 될 수도 있나 봐."

"진짜, 점쟁이가 울고 가겠어."

"뭐 돌팔이 점괘일 수도 있어."

"근데 누나. 이 집이 참 묘하긴 해. 이 집에 들어와서야 우리가 남이 아닌 남매간으로 돌아왔으니. 이 집 귀신에 홀린 건가?…"

정우의 웃는 얼굴이 묘하게 일그러졌어요.

"아니 아니지. 그게 아니지. 난 말이야…. 이제야 오랜 홀림에서 벗어난 거야. 그 많은 세월을 난 무언가에 홀려서 살아왔던 거야. 내가 이민을 선택한 것부터…. 더러워서 못 살겠다고 떠난 이 나라에서 모두들 나름대로 살고 있는데 말이야."

정우 눈가에 맺힌 눈물이 반짝거렸어요. 내 눈에도 눈물이 고였어요. 우리는 눈물이 그렁그렁한 채로 서로 마주보다가 소리 내어 웃기 시작했어요. 왜 터져 나온 웃음인지는 알 수 없었어요.

예전에 비 오는 날이면 할아버지 무릎에 앉아 잡어매운탕을 먹곤 했어요. 비가 오면 농사일을 못하니까 일꾼들이 논두렁이나 도랑에서 민물고기를 잡아왔거든요. 그런 날은 할아버지가 문중 할아버지들과 함께 집에서 담근 술을 마셨어요. 나는 할아버지 무릎에 앉아 수염이 술에 젖지 않도록 잡아주곤 했어요. 술이 거나해지면 할아버지는 비 오는 바깥 풍경을 향해 몸을 흔들거리며 시조가락을 읊었어요.

무릎에 앉아있는 내 몸도 함께 리듬을 타고 흔들흔들했어요. 빗소리와 할아버지의 시조가락은 서로를 감싸주는 듯했어요. 나는 시조가락을 들으며 빗줄기가 연못에 수많은 동그라미를 그려대는 풍경을 바라보았어요.

예전엔 여기저기 개울이 많았고 물고기들도 많았어요. 비가 와서 흙탕물이 일어나면 미꾸라지들은 길바닥이나 논두렁으로 올라와 온몸으로 비를 맞으며 꿈틀거렸어요. 미끌미끌한 미꾸라지를 겨우 두 손으로 움켜쥐었다 싶으면 어느새 손가락 사이로 빠져버리곤 했지요.

술기운 탓인지 두 여자의 젊은 시절이 그려졌어요. 낭군이 잡아온 물고기 비린내를 마셔가며 고추장을 풀어 넣고 밀가루반죽 수제비를 띄워 매운탕을 끓이는 젊은 두 여자. 그네들이 예전 추억을 못 잊어 '매운탕 집'을 열었을 거라고 나는 단정했어요. 손님이야 들거나 말거나 자기들은 민물고기 특유의 비린내를 통해 낭군과 연결된 통로를 보존할 수 있을 테니까.

"비 오는 날이라서 그런지 옛날에 먹었던 민물고기 비린내가 제대로 나네."

옛날을 더듬고 있는 듯 정우는 눈을 가늘게 떴어요.

"맞아. 우린 지금 기억의 냄새를 먹고 있는 거야."

빗물이 마른 땅에 스며들 때 훅 끼치는 냄새가 갑자기 생각났어요. 그 흙냄새가 문득 그리웠어요.

"아치모시 흙냄새 맡고 싶지 않니?"

내 말이 떨어지기 무섭게 정우가 벌떡 몸을 일으켰어요.

"가자! 누나. 지금 당장!"

정우 표정은 단호했어요.

매운탕 집을 나온 다음부터 우리는 말을 잊은 사람이 돼버렸어요. 택시 안에서도 나란히 침묵 속에 잠겼어요. 매운탕 집에서 떠들었던 시간이 실제처럼 느껴지지 않았어요. 우리는 각각 반대편 차창 밖을 내다보고 있었어요. 가끔 정우가 숨을 몰아쉬는 소리를 냈고 내게서도 같은 소리가 났어요.

집주인을 보고 정우는 어떤 반응을 보일까.

나는 줄곧 그 생각에 묶여있었어요.

택시에서 내렸을 때 빗줄기는 는개비로 바꾸어 있었어요. 땅에서 흙냄새가 안개처럼 피어올랐어요. 저만치 있는 그 집을 등진 채 정우는 우산으로 상반신을 가리고 있었어요. 나도 집을 정면으로 바라보지 못하고 시선을 비낀 채 서있었어요.

빗물에 씻긴 기와지붕에 여러 얼굴들이 어른거렸어요. 눈을 감았다가 뜨며 시선을 멀리 보냈어요. 예전이나 다름없이 동네를 굽어보는 아침못둑에 뿌연 하늘이 낮게 내려앉아있었어요. 초점이 흐려지는 시선을 방치한 채 좁은 보폭으로 천천히 걸음을 옮겼어요.

앞서가던 정우가 우뚝 멈춰 서는 바람에 납히 시선이 당겨졌어요. 집 옆구리를 감싸고 있는 담장 저쪽에 집주인 남자의 모습이 나타났어요. 검정색 비옷을 입고 장화를 신은 남자는 모종이 가득 담긴 리어카를 끌고 텃밭으로 들어서고 있었어요. 잠시 후 투명비옷에 감싸인 노년의 여자가 호미를 들고 뒤따랐어요. 나는 더 이상 걸음을 내딛지 못했어요.

정우가 성큼성큼 그들에게로 다가가고 있었어요.

나는 숨이 가빠지는 가슴을 손바닥으로 힘껏 누르고 있었어요.

세 사람은 각각 빗변이 긴 직각삼각형의 꼭짓점에 서있었어요. 주인 남자와 정우가 가까운 위치였어요. 잠시 후 삼각구도가 무너졌어요. 정우와 악수를 한 남자가 정우의 팔을 잡아끌었고 정우는 손사래를 쳐댔어요. 노년의 여자는 장승처럼 움직이지 않았어요.

상기된 얼굴로 곁에 다가온 정우가 중얼거렸어요.

"저 집…. 제대로 주인을 만났네."

繡

ⓒ박계순 장편소설, 2016. printed in seoul, Korea

....

초판 1쇄 | 2016년 07월 20일

지은이 | 박계순
펴낸이 | 임세한
책임편집 | 박해림
디자인 | 유재미 정지은

펴낸곳 | 시와소금
등　록 | 2014년 01월 28일 제424호
발　행 | 춘천시 충혼길 20번길 4, 시와소금 (우24436)
편　집 | 서울시 송파구 백제고분로45길 15, 302호

전자주소 | sisogum@hanmail.net
구입문의 | ☎ (02)766-1195, 010-5211-1195

ISBN 979-11-86550-18-2　03810

....